CIUDAD
DE LOS SUEÑOS

DON WINSLOW

CIUDAD DE LOS SUEÑOS

Editado por HarperCollins Ibérica, S.A.
Avenida de Burgos, 8B - Planta 18
28036 Madrid
www.harpercollinsiberica.com

Ciudad de los sueños
Título original: City of Dreams
© 2023, Samburu, Inc.
© 2025, para esta edición HarperCollins Ibérica, S.A.
Publicado por HarperCollins Publishers LLC, New York, U.S.A.
© De la traducción del inglés, Victoria Horrillo Ledesma

Diseño de cubierta: Gregg Kulick
Imagen de cubierta: © Magdalena Russocka/Trevillion Images
Imagen portadilla: © logoboom/Shutterstock, Inc; © MurrLove/Shutterstock, Inc.; siriwat sriphojaroen/Shutterstock, Inc.; Kevin Key/Shutterstock, Inc.

ISBN: 978-84-19802-80-4
Depósito legal: M-4326-2025
Impreso en España por: Black Print

A los maestros.
Sin vosotros, estos libros no se escribirían.
Ni se leerían.

*Canto a las guerras y al hombre que
empujado al exilio por el hado…*

Virgilio,
Eneida, Libro I

Alborada

Desierto de Anza-Borrego, California
Abril de 1991

Rayaba al fin el día, se alzaba la estrella de la mañana…

Virgilio,
Eneida, Libro II

Danny tendría que haberlos matado a todos.

Ahora lo sabe.

Tendría que haberlo sabido entonces: si le robas a alguien cuarenta millones en efectivo, a mano armada, no le dejas con vida para que vaya a por ti.

Le quitas el dinero y, además, la vida.

Pero Danny Ryan no es así.

Ese ha sido siempre su problema: que todavía cree en Dios. En el cielo y el infierno y todas esas milongas. Se ha cargado a varios tíos, pero siempre era cuestión de vida o muerte: o ellos o él.

El robo no fue así. Estaban todos bien amarrados, tirados en el suelo o en la tierra, indefensos, y sus hombres querían meterles un balazo en la nuca.

Estilo ejecución, suele llamarse.

—Es lo que harían ellos —le dijo Kevin Coombs.

Sí, claro que es lo que harían, pensó Danny.

Popeye Abbarca tenía fama de matar no solo a quien le robaba, sino también a toda su parentela. Hasta se lo dijo su lugarteniente. Levantó la vista del suelo, sonrió y dijo:

—Ustedes y toda su familia. *Muerte*[1]. Y despacito, además.

Hemos venido a por el dinero, no a montar una masacre, pensó Danny. Decenas de millones de dólares en efectivo para empezar una nueva vida, no para seguir reviviendo la de antes.

La matanza tenía que parar.

Así que les quitó el dinero y les dejó la vida.

Ahora comprende que fue un error.

Está de rodillas, con una pistola apuntándole a la cabeza. Los demás lo miran con ojos suplicantes y aterrorizados, sujetos a postes, con las muñecas y los tobillos atados.

El aire del desierto es frío al alba y Danny tirita arrodillado en la arena mientras sale el sol y la luna es un recuerdo que se desvanece. Un sueño. Puede que la vida no sea más que eso, piensa: un sueño.

O una pesadilla.

Porque incluso en sueños, se dice Danny, pagas por tus pecados.

Un olor acre hiende el aire sereno y fresco.

Gasolina.

Entonces oye decir:

—Vas a ver cómo los quemamos vivos. Y después te toca a ti.

---

[1] En español en el original. *(N. de la T.)*

Así es como muero, piensa.
El sueño se desvanece.
Termina la larga noche.
Rompe el día.

PRIMERA PARTE

En alguna tierra abandonada

Rhode Island
Diciembre de 1988

*Exiliados ahora, en busca de un hogar
en alguna tierra abandonada.*

Virgilio,
Eneida, Libro III

1

Salen poco después de que amanezca.

Un viento frío del noreste —¿acaso hay otro?, se pregunta Danny— sopla del océano como si quisiera echarlos a patadas. Danny y su familia —o lo que queda de ella—, detrás en varios coches su banda, a cierta distancia unos de otros para no parecer lo que son: una caravana de refugiados.

Marty, su viejo, va cantando.

> *Adiós, muelle de Prince's Landing,*
> *río Mersey, adiós.*
> *Voy rumbo a California...*[2]

Danny Ryan no sabe bien adónde van; solo sabe que tienen que largarse de Rhode Island.

---

[2] *The Leaving of Liverpool*, canción de The Dubliners. *(N. de la T.)*

No es dejar Liverpool lo que me apena...

No es de Liverpool de donde se marchan, sino de la puñetera Providence. Tienen que alejarse de la familia mafiosa de los Moretti, de la policía de la ciudad y la del estado, de los federales... Prácticamente de todo el mundo.

Es lo que pasa cuando se pierde una guerra.

Danny no se lamenta, aun así.

A pesar de que su mujer, Terri, murió hace apenas unas horas —el cáncer se la llevó como una tormenta parsimoniosa pero implacable—, no tiene tiempo para la pena: lleva a un niño de año y medio dormido en el asiento trasero.

... sino, amor mío, pensar en ti...

Habrá una misa, piensa, habrá un velatorio y un entierro, y yo no estaré allí. Me atraparían la policía o los federales o, si no, los Moretti, entonces Ian se quedaría huérfano del todo.

El niño duerme pese a los gañidos de su abuelo. No sé, piensa Danny, quizá esa vieja canción irlandesa sea una nana.

No tiene prisa por que el niño despierte.

¿Cómo voy a decirle que no va a volver a ver a su madre, que «está con Dios»?

Si es que crees en esas cosas.

Y él ya no está seguro de creer.

Si existe Dios, piensa, es un cabrón cruel y vengativo que ha hecho pagar a mi mujer y a mi niño por lo que he hecho yo. Creía que Jesús había muerto por mis pecados, es lo que decían las monjas. Claro que quizá mis pecados superen el límite de crédito de su tarjeta.

Has robado, se dice, has dado palizas. Has matado a tres hombres. Al último lo dejaste muerto en una playa helada hace cerca de una hora. Pero él intentó matarte primero.

Sí, cuéntate ese cuento, que aun así sigue estando muerto. Que aun así sigues siendo tú quien lo mató. Tienes mucho por lo que rendir cuentas.

Eres un narcotraficante, ibas a poner en circulación diez kilos de heroína.

Ojalá nunca hubiera tocado esa mierda.

Sabías que era un error, piensa ahora mientras conduce. Puedes poner todas las excusas que quieras: que lo hacías por sobrevivir, por tu hijo, por tener una vida mejor, que ya lo compensarías de algún modo más adelante. Pero la verdad es que aun así lo hiciste.

Sabía que era una barbaridad, que estaba inundando de maldad y sufrimiento un mundo ya rebosante de ambas cosas. Y que iba a hacerlo mientras veía a su mujer morirse de cáncer con un tubo por el que circulaba esa misma mierda conectado al brazo.

El dinero que ganara sería dinero manchado de sangre.

Por eso, minutos antes de matar al policía corrupto, Danny Ryan había tirado al mar dos millones de dólares en heroína.

La guerra había empezado por una mujer.

Al menos así es como lo cuenta casi todo el mundo: dicen que la culpa la tuvo Pam.

Danny estaba allí ese día, cuando ella salió del agua, en la playa, como una diosa. Nadie sabía que aquella doncella de hielo, blanca, anglosajona y protestante era la novia de Paulie Moretti. Ni que este la amaba de verdad.

Y si Liam Murphy lo sabía, poco le importó.

Claro que a Liam nunca le había importado nada, aparte de sí mismo. Solo pensó que ella era una mujer hermosa, y él, un hombre hermoso y que por tanto debían estar juntos. Se apoderó de ella como de un trofeo que hubiera ganado solo por ser él.

¿Y Pam?

Danny nunca entendió qué veía en Liam ni por qué se quedó tanto tiempo con él. Siempre le había caído bien; era inteligente, divertida, parecía preocuparse por los demás.

Paulie no pudo soportarlo: perder a Pam, que le pusiera los cuernos con un guaperas irlandés.

El caso era que hasta entonces irlandeses e italianos se habían llevado bien. Eran aliados desde hacía varias generaciones. Marty, el padre de Danny —que por suerte se ha quedado dormido y ahora ronca en lugar de cantar—, fue uno de los hacedores de esa amistad. Los irlandeses tenían los muelles, y los italianos, el juego, y se repartían los sindicatos. Juntos mandaban en Nueva Inglaterra. Estaban todos en la misma fiesta en la playa cuando Liam intentó ligar con Pam.

Cuarenta años de amistad rotos en una noche.

Los italianos dejaron a Liam medio muerto de una paliza.

Luego, Pam se presentó en el hospital y se fue con Liam.

Y así comenzó la guerra.

La mayoría de la gente culpa a Pam, claro, piensa Danny, pero la verdad es que Peter Moretti llevaba años queriendo hacerse con el control de los muelles y utilizó como pretexto la humillación sufrida por su hermano.

Eso ya no importa, se dice Danny.

Da igual por lo que empezase la guerra, el caso es que ya ha terminado.

Y nosotros hemos perdido.

No solo los muelles y los sindicatos.

También ha habido pérdidas personales.

Danny no era un Murphy, estaba emparentado por matrimonio con la familia que mandaba en la mafia irlandesa. Aun así, era poco más que un soldado raso. John Murphy y sus dos hijos, Pat y Liam, manejaban el cotarro.

Ahora John está en una cárcel federal, a la espera de que lo procesen por narcotráfico y lo manden a prisión de por vida.

Liam ha muerto, abatido por el policía al que luego mató Danny.

Y a Pat, el mejor amigo de Danny —su hermano, más que su cuñado—, lo asesinaron. Un coche se lo llevó por delante. Arrastraron su cuerpo por las calles, desollándolo hasta dejarlo irreconocible.

A Danny le rompió el corazón.

Y Terri…

A ella no la ha matado la guerra, piensa Danny. Al menos no directamente, pero el cáncer apareció después de que asesinasen a Pat, su hermano del alma, y a veces Danny se pregunta si no sería ahí donde se originó. Como si la pena que le brotaba del corazón se le hubiera extendido por el pecho.

Dios, cuánto la quería…

Aunque en aquel mundo la mayoría de los tíos follaban con unas y otras o tenían amantes o «amiguitas», él nunca había engañado a su mujer. Era fiel como un *golden retriever,* y Terri hasta le tomaba el pelo por eso, aunque no esperaba menos.

Danny y ella estaban allí el día que apareció Pam. Estaban tumbados juntos en la playa cuando emergió del agua con la piel brillante de sol y sal. Terri le vio mirarla y le dio un codazo, y cuando volvieron a casa hicieron el amor con frenesí.

El sexo entre ellos —aplazado durante mucho tiempo porque eran católicos irlandeses y porque ella, además, era hermana de Pat— siempre había sido placentero. Danny nunca había necesitado buscar satisfacción fuera del matrimonio, ni siquiera cuando Terri cayó enferma.

Menos aún cuando cayó enferma.

Las últimas palabras que le dijo antes de sumirse en el coma terminal inducido por la morfina fueron:

—*Cuida de nuestro hijo.*

—*Lo haré.*

—*Prométemelo.*

—*Te lo promete* —*contestó él*—. *Te lo juro.*

Mientras cruza New Haven por la interestatal 95, repara en que los edificios están decorados con guirnaldas gigantescas. Las luces de las ventanas son rojas y verdes. Un árbol de Navidad enorme sobresale de una plaza rodeada de oficinas.

Navidad, piensa Danny.

La puta feliz Navidad.

Lo había olvidado por completo, se había olvidado del chiste estúpido y repugnante que hizo Liam sobre la heroína y el soñar con una blanca Navidad. Aún falta una semana o así, ¿no?, piensa. ¿Qué más da? Ian es todavía tan pequeño que no se entera, ni le importa. Quizá el año que viene… Si es que hay año que viene.

Así que hazlo ya, se dice.

No tiene sentido posponerlo, no se hará menos amargo con el tiempo.

Sale de la autopista en Bridgeport y sigue una calle en dirección este hasta llegar al océano. O, al menos, al estrecho de Long Island. Se detiene en un aparcamiento de tierra junto a una cala.

Unos minutos después llegan los demás.

Danny sale del coche. Se sube el cuello de la trenca, a pesar de que le agrada el afilado aire invernal.

Jimmy Mac, su amigo desde que iban al parvulario, baja la ventanilla. Cada año que pasa está más rellenito; tiene el cuerpo como un saco de ropa sucia, pero es el mejor conductor del negocio. Pregunta:

—¿Qué pasa? ¿Por qué te has desviado?

Suéltalo de una vez, se dice Danny. Dilo ya, sin rodeos.

—He tirado la heroína, Jimmy.

La sorpresa de Jimmy se hace visible en su rostro fofo y cordial.

—¿Qué cojones, Danny...? ¡Era nuestra única oportunidad! ¡Hemos arriesgado la vida por esa droga!

Y no deberíamos haberlo hecho, se dice Danny.

Porque era una trampa.

Desde el principio.

Frankie Vecchio, un lugarteniente de los Moretti, había acudido a ellos con la proverbial oferta imposible de rechazar. Estaba a cargo de un alijo de cuarenta kilos de heroína que Peter Moretti les había comprado a crédito a los mexicanos. Creía que los Moretti iban a quitarle de en medio y le propuso a Danny que robase el cargamento.

A él le pareció una oportunidad de asestarles el golpe de gracia a los italianos y poner fin a la guerra.

Por eso me lancé a hacerlo, piensa ahora.

Robar los cuarenta kilos fue fácil.

Demasiado fácil, joder, ese era el problema.

Un federal, un tal Phillip Jardine, estaba compinchado con los italianos. El plan era conseguir que los Murphy robaran el cargamento para luego detenerlos. La mayor parte de la heroína volvería a manos de los Moretti.

Era todo una trampa para acabar con los irlandeses.

Y había funcionado.

Picamos, piensa Danny: nos tragamos el anzuelo, el sedal y la plomada.

Los Murphy acabaron detenidos y los Moretti se quedaron con la droga.

Menos con los diez kilos que había escondido él.

Era su red de seguridad, el dinero de la huida, los fondos que les permitirían escabullirse hasta que las cosas se calmaran.

Solo que Danny se los ha entregado al océano, al dios del mar.

Jimmy se limita a mirarlo fijamente.

Ned Egan se acerca. El guardaespaldas de Marty es ya un cuarentón. Tiene la robustez de un hidrante y es aún más duro. A Ned Egan nadie le toca los huevos, ni siquiera bromea con tocárselos, porque él solo ha matado a más gente que el colesterol.

Marty se queda en el coche: no va a salir con el frío que hace. Años atrás, había hombres hechos y derechos que se cagaban de miedo con solo mentarles a Marty Ryan, pero de eso hace ya mucho tiempo. Ahora es un anciano medio ciego por las cataratas y casi siempre borracho.

Otros dos tipos se acercan.

Sean South no podría parecer más irlandés ni con una pipa en la boca y un traje verde de duende. Con su pelo rojo encendido, sus pecas y su aspecto pulcro y aseado, parece tan peligroso como un gatito recién nacido, pero si le das motivo, te pega un tiro en la cara y luego se va a tomar una cerveza y una hamburguesa.

Kevin Coombs lleva las manos metidas en la misma chupa negra de cuero que usa desde que Danny lo conoce. Tiene el pelo castaño, largo hasta los hombros y desgreñado, barba de tres días y parece el típico macarra de la Costa Este. Si a eso le sumas su afición a la bebida, ya tienes el combo completo: irlandés, católico y alcohólico. Pero si necesitas a alguien que arrime el hombro, ahí está Kevin.

A Sean y Kevin los llaman «los Monaguillos». Les gusta ir por ahí diciendo que dan «la última comunión».

—¿Qué pasa, jefe? —pregunta Sean.

—He tirado la heroína —dice Danny.

Kevin parpadea. No se lo puede creer. Luego se le crispa la cara en una mueca de ira.

—¿Te estás quedando conmigo o qué, joder?

—Cuidado con esa lengua —le advierte Ned—. Estás hablando con el jefe.

—Eran millones de dólares —responde Kevin.

Danny nota cómo le huele el aliento a alcohol.

—Eso, si podíamos ponerla en circulación —dice—. Ni siquiera sabía a quién ofrecérsela.

—Liam sí lo sabía —dice Kevin.

—Liam está muerto. Esa mierda solo nos ha traído desgracias. Seguramente nos habrán puesto en busca y captura. Eso por no hablar de los Moretti.

—Por eso necesitábamos el dinero, Danny —dice Sean.

—Van a ir todos a por nosotros —añade Jimmy—. Los italianos, los federales…

—Lo sé —dice Danny.

Pero Jardine no vendrá, piensa. Puede que otros federales sí, pero él no. No se lo dice a los demás; no tiene sentido contarles lo que ha hecho, por su propia seguridad y por la de ellos.

—La heroína era una prueba, por eso me he deshecho de ella.

—No me puedo creer que nos hayas hecho esto —responde Kevin.

Danny ve que la muñeca le asoma un poco por encima del bolsillo de la chupa y comprende que tiene la pistola en la mano.

Si Kevin cree que puede hacerlo, lo hará.

Y Sean también.

Forman un dúo, los Monaguillos.

Pero Danny no echa mano de la pistola. No le hace falta. Ned Egan ya ha sacado la suya.

Apunta a Kevin a la cabeza.

—Kevin —dice Danny—, no me hagas tirarte al mar igual que he tirado la droga. Porque lo haré.

Están en la cuerda floja.

Puede pasar cualquier cosa.

Entonces Kevin rompe a reír. Echa la cabeza hacia atrás y aúlla:

—¡¿Tirar dos millones al mar?! ¡Y los federales nos persiguen y los italianos también! ¡Y todo dios! ¡Joder, menuda movida! ¡Me encanta! ¡Estoy contigo, hombre! ¡Soy de la banda de Danny Ryan! ¡Desde la cuna a la puta tumba!

Ned baja el arma.

Un poco.

Danny se relaja. Un poco. Lo bueno que tienen los Monaguillos es que están locos. Lo malo que tienen los Monaguillos es que están locos.

—Vale, no nos conviene ir todos en fila —dice—. Dispersaos. Estaremos en contacto a través de Bernie.

El viejo Bernie Hughes, el contable de la organización, está refugiado en New Hampshire, a salvo —por el momento— de los federales y los Moretti.

—Entendido, jefe —dice Sean.

Kevin asiente.

Suben a sus respectivos coches y se van.

Somos refugiados, piensa Danny mientras arranca.

Refugiados, joder.

Fugitivos.

Exiliados.

2

Peter Moretti está que se sube por las paredes, esperando a Chris Palumbo.

Sentado en la oficina de American Vending Machines en la avenida Atwells de Providence, menea el pie derecho como un conejo puesto de *speed*. La oficina está toda emperifollada porque a su hermano Paulie le chiflan las fiestas y porque se suponía que esta iba a ser una Navidad estupenda, con el dinero de la heroína entrando a raudales y los irlandeses fuera de combate. Las paredes están adornadas con guirnaldas y chorradas de esas, y un gran árbol artificial de color plata se yergue en el rincón, con los regalos envueltos debajo, listos para la fiesta anual.

Quizá debería devolver algunos, se dice Peter, porque, si Palumbo no aparece, nos vamos todos a la ruina. Lo último que supo de Chris, su *consigliere*, es que iba hacia la playa a recoger los diez kilos de caballo que Danny Ryan tenía escondidos en una casa. De eso hace ya tres horas y en Rhode Island no se tardan tres horas en ir y volver de ningún sitio.

Chris no ha vuelto ni ha llamado.

Y los diez kilos de caballo están en el aire.

Diez kilos de heroína —después de pisotearla como Godzilla a Bambi— valen más de dos millones de dólares en la calle.

Peter necesita ese dinero.

Porque lo debe.

Más o menos.

Les compró cuarenta kilos de jaco a los mexicanos a cien mil el kilo porque estaba deseando meterse en el negocio de la droga. Gente como Gotti, en Nueva York, ganaba dinero a manos llenas con la droga, y él también quería su parte del pastel.

Pero como no tenía cuatro millones en efectivo, su hermano y él acudieron a la mitad de los mafiosos de Nueva Inglaterra y les ofrecieron generosamente la oportunidad de invertir en el negocio. Algunos aceptaron porque creían que la cosa tenía potencial. Otros, porque tenían miedo de decirle que no al jefe. El caso es que, entre unas cosas y otras, había que repartir los beneficios del cargamento entre un montón de gente.

Habría estado bien, pero entonces Peter dejó que Chris Palumbo le convenciera para hacer una jugada muy arriesgada.

—Mandamos a Frankie V a hablar con los irlandeses —dijo— y que finja que nos está traicionando. Les da el soplo del cargamento y convence a Danny Ryan para que lo robe.

—¿Qué coño estás diciendo, Chris? —preguntó Peter, porque ¿qué mierda de idea era hacer que te roben un cargamento de droga y encima que te lo robe una banda con la que estás en guerra? Joder, ¿se estaría drogando Chris?

Palumbo le explicó que tenía a un federal en el bolsillo, un tal Phillip Jardine. Los irlandeses robaban la heroína y Jardine los detenía en una redada, y así se acababa de una vez por todas la larga guerra entre la familia Moretti y los irlandeses.

—Sale caro, por cuatro millones —dijo Peter.

—Eso es lo mejor del asunto —contestó Chris.

Le explicó que Jardine se quedaría con parte de la heroína para que la redada pareciese auténtica, pero que el grueso de la droga volvería directamente a sus manos. Tendrían que darle una parte a Jardine, claro, pero después de cortarla el precio que alcanzaría en la calle compensaría de sobra esa merma.

—Todos salimos ganando —dijo Chris.

Peter accedió.

Y todo había salido conforme al plan.

Oficialmente, Jardine había confiscado doce kilos a los irlandeses en una redada muy sonada. John Murphy, el capo de los irlandeses, estaba detenido, acusado de delitos federales por los que podían caerle entre treinta años y cadena perpetua.

Hasta ahí, todo bien.

Su hijo Liam había muerto.

Mejor que mejor.

Perfecto, veintiocho kilos es una pasta gansa y todo el mundo va a llevarse lo suyo.

Solo que…

Se suponía que Chris Palumbo y Jardine iban a ir a detener a Danny y recuperar sus diez kilos.

Bien.

Pero…

Nadie ha tenido noticias suyas desde entonces. Y supuestamente Jardine tiene los dieciocho kilos restantes.

Peter echa cuentas.

Había cuarenta kilos de droga.

Jardine confiscó doce, oficialmente.

Liam llevaba tres encima cuando Jardine fue a por él.

Danny Ryan tenía otros diez.

Frankie Vecchio se llevó cinco.

O sea, que quedan diez.

A Peter eso no le preocupa gran cosa. Jardine se quedó con doce para satisfacer a las autoridades y no informó de los otros diez. Seguramente les habrá dado algo a los polis de la redada y se presentará con el resto.

Si es que se presenta, joder.

Ryan también ha desaparecido. Se marchó del hospital donde su mujer se estaba muriendo, se las arregló para escabullirse de los chicos de Peter y a él tampoco le han visto el pelo desde entonces.

Billy Battaglia entra por la puerta.

Parece alterado.

—¿Qué? —pregunta Peter.

—He ido con Chris y algunos de los chicos a quitarle la droga a Ryan. Chris entró, salió a los diez minutos sin la droga y nos dijo que nos fuéramos a casa.

—¿Qué cojones…? —Peter siente que el corazón se le va a salir del pecho.

—Ryan tenía la casa de Chris rodeada de pistoleros. Le dijo que mataría a toda su familia si no se retiraba.

—¿Y por qué todo eso no me lo cuenta Chris?

—¿No ha venido?

—¿Crees que tendrías que contármelo tú si hubiera venido? —pregunta Peter—. ¿Dónde está?

—No lo sé. Se fue en su coche.

Suena el teléfono y Peter se sobresalta.

Es Paulie.

—Acaba de llamarme un poli de Gilead. Han encontrado un cadáver en la playa.

Peter siente que va a vomitar. ¿Es Ryan? ¿O Chris?

—Es Jardine —dice Paulie—. Un tiro en el pecho. Tenía el arma en la mano.

—¿Qué se sabe de Chris?

—Nada.

Peter cuelga.

Las noticias sobre Jardine son espantosas. El federal tenía que entregarles el resto de la heroína. ¿Y por qué se ha marchado Chris? Mierda, ¿será posible que Ryan y él estuvieran compinchados? ¿Que Chris, ese pelirrojo de mierda, haya jugado a dos bandas, que los haya traicionado a todos? Sería muy propio de él.

Feliz Navidad, y unos cojones, piensa Peter.

Hemos ganado la guerra, pero hemos perdido el dinero.

Los años de lucha, las matanzas, los funerales... ¿Todo eso para qué?

Para nada.

A no ser que encontremos a Danny Ryan.

Danny no piensa dejar que lo encuentren.

Conduce de noche, toda la noche. Para en un motel por la mañana y duerme casi todo el día, o todo lo que le deja Ian. Casi a diario, Jimmy y él roban un par de coches, les cambian las matrículas y las untan de barro. Recorren con ellos unos cientos de kilómetros, luego los abandonan.

Y vuelta a empezar.

Es estresante de narices tener que ir siempre mirando por el retrovisor, contener la respiración cada vez que adelanta a un coche de policía en la carretera, rezando para que el guardia no vaya tras él. Se crispa también en las gasolineras: ¿ha visto algo en los ojos del empleado, una miradita de más, un destello de temor?

Elige moteles de las afueras, lugares donde casi no hacen preguntas, donde la gente no ve nada y recuerda menos aún.

Lo gracioso es que Danny siempre ha querido hacer este viaje. Él, que nunca había salido de Nueva Inglaterra, soñaba con cruzar el país en coche con Terri e Ian, ver cosas nuevas, tener nuevas experiencias.

Pero de día, como una persona normal.

No huyendo de noche como un animal.

Aun así, el atractivo de la carretera está presente.

Se emociona al ver las señales de las salidas de la autovía, con esos nombres nuevos —Baltimore, Washington D. C., Lynchburg, Bristol—, mientras la carretera se despliega bajo sus neumáticos, cambian las emisoras de radio y la distancia se acumula.

Es el puto sueño americano, se dice mientras conduce. El viaje por carretera, la migración al oeste. Las carretas de esta caravana suya se reparten a lo largo de varios kilómetros, paran en cabinas telefónicas para hablar con Bernie y coordinarse. Se juntan cada dos días en algún motel de mala muerte: cuantos más sean, mejor, por si aparecen los apaches italianos.

No es fácil, con las demandas de un bebé y de la vejiga de un anciano. Hacen demasiadas paradas y cada una es un riesgo. A veces Marty va con Jimmy Mac, pero casi todo el tiempo está con Danny. Bebe a traguitos de una botella, canta o parlotea sin más, le cuenta a Danny batallitas de cuando era libre y estaba en San Diego —o «Dago», como lo llama él—: los bares, las mujeres, las peleas…

Danny se largó de Rhode Island con tanta prisa que en realidad no pensó a dónde iba, pero ahora que está de camino tiene tiempo de sobra para planteárselo. Siempre ha querido conocer California, solía hablarle a Terri de mudarse allí, pero ella siempre lo descartaba como una quimera.

Ahora parece buena idea. San Diego es casi lo más lejos de Rhode Island que se puede ir, y allí Marty sería más feliz que un cerdo en un lodazal, así que ¿por qué no?

Pero primero tengo que llegar, piensa.

Y el camino es largo.

Encuentra un motel junto a la carretera y llama por teléfono.

Antes de la guerra con los Moretti, su relación con Pasco Ferri había sido siempre muy cordial. Solía ir a coger cangrejos con el antiguo capo de Nueva Inglaterra, y en verano Terri y él se tumbaban en la playa frente a su casa.

Además, Pasco y Marty se conocen desde hace siglos.

—Pasco, soy Danny Ryan.

—Me he enterado de lo de Terri. Te acompaño en el sentimiento.

—Gracias.

Un largo silencio y luego:

—¿Qué puedo hacer por ti, Danny?

Danny se da cuenta de que no le pregunta dónde está.

—Necesito saber si tienes algún problema conmigo, Pasco.

—Peter Moretti cree que debería tenerlo.

Danny siente que no puede respirar.

—¿Y?

—Estoy descontento con Peter. Se ha metido en asuntos de drogas, cosa que yo siempre le dije que no hiciera, y ahora está metido en un lío. Ha perdido mucho dinero de mucha gente y yo no sé qué decirle a esa gente.

O sea, piensa Danny, que Peter está sometido a una presión enorme y Pasco no puede hacer nada para quitarle ese peso de encima ni tiene especial interés en hacerlo.

—Entonces, ¿entre nosotros todo bien? —pregunta—. Porque quiero que sepas que lo dejo. Solo quiero encontrar un sitio donde establecerme.

—¿Lo dejas? —pregunta Pasco—. ¿Cómo vas a «dejarlo» llevando diez kilos de jaco en el maletero del coche? Es un pecado, una infamia.

—No tengo la droga.

—No me tomes por tonto.

—Es la verdad, Pasco.

Silencio.

—Los Moretti han ganado la guerra —dice Danny—. Lo entiendo, lo acepto, solo necesito encontrar una forma de sobrevivir. Pero, si tú me persigues, Pasco, sé que soy hombre muerto.

—Deja de lloriquear. No es de hombres. Los problemas que tengas con Peter, los tienes con Peter. Por lo que a mí respecta, esa droga la tiene Chris Palumbo.

—Gracias, Pasco.

—Lo hago por tu padre, no por ti.

—Entendido.

—Tienes tu vida —dice Pasco—. Puedes empezar de nuevo. Construir algo para tu hijo. Es lo que hace un hombre.

Cuelga.

Danny le resume la conversación a Marty.

—Eso es bueno —dice su padre—. Si no tenemos que preocuparnos por Pasco, todo irá bien.

Sí, puede ser, piensa Danny.

Pero Peter Moretti no va a cejar, nos seguirá la pista, y aún no sabemos si hay cargos judiciales contra nosotros.

Danny deja que Ian vea la tele media hora, luego lo acuesta y le lee un cuento sobre un granjero que se sabe casi de memoria, de tantas veces como lo ha leído.

Esta noche Ian cae enseguida.

3

Una imagen borrosa de Ryan aparece en una pantalla, en una sala de reuniones de la oficina del FBI en Boston.

A Brent Harris no le hace nada de gracia estar en esta reunión. Ha tenido que coger un vuelo de madrugada a la gélida Nueva Inglaterra desde la soleada San Diego y él ni siquiera es del FBI, es de la DEA, un agente del Grupo Especial de la Zona Suroeste de Alta Intensidad de Tráfico de Drogas. Pero sus jefes le han dicho que se porte bien con el FBI y eso está haciendo, portarse bien.

Mira la foto de Danny Ryan, el presunto objetivo de este marronazo interdepartamental. Ryan mide su buen metro ochenta y tres y tiene las espaldas que cabe esperar de un antiguo estibador, el pelo castaño y revuelto y unos ojos marrones oscuros que parecen haber visto cosas que querrían no haber visto. La foto se tomó en invierno: Ryan lleva una trenca azul marino vieja, con el cuello levantado.

Una flechita electrónica blanca se posa bajo la barbilla de

Ryan mientras Reggie Moneta, la flamante subdirectora nacional del Departamento de Crimen Organizado del FBI, dice:

—Quiero que encuentren a Ryan. Quiero que lo encuentren y que lo detengan.

Moneta es una de esas sicilianas bajitas y fogosas, se dice Harris. Metro sesenta y cinco, quizá, pelo negro y corto entreverado apenas por algunas hebras de plata, ojos marrones oscuros y una reputación de tocapelotas ganada a pulso. Trabajaba en Boston hasta hace poco, así que esta cagada le toca muy de cerca.

Bill Callahan, el agente especial al mando de la zona de Nueva Inglaterra, es el típico irlandés de Boston: cara blanca y pastosa, pelo rojo tirando a óxido, vasos rotos en la nariz, grande y corpulento, con pinta de no haber visto nunca un *whisky* o un bistec que no le apeteciera.

—¿Danny Ryan? Era un mulo, una bestia de carga. ¿Por qué estamos hablando de él?

—Considero que es el asesino de Phil Jardine —contesta Moneta.

—No hay nada que lo relacione con la muerte del agente Jardine.

Moneta se vuelve hacia Harris.

—¿Brent?

Harris disimula su fastidio por haber tenido que volar toda la noche (y en clase turista, además) para informar sobre lo que ya saben de sobra.

—La organización de Abbarca, que opera desde Tijuana, envió un cargamento importante de heroína a Peter Moretti, a Providence. Domingo Abbarca, al que apodan Popeye porque perdió un ojo en un tiroteo con una banda rival, es un elemento de cuidado, un psicópata sádico que manda toneladas de marihuana, coca y heroína a los Estados Unidos.

»El agente Jardine tenía un informante, un tal Francis Vecchio, que le alertó del envío. Parece, no obstante, que Vecchio se había aliado con Danny Ryan y Liam Murphy para secuestrar el cargamento.

»Como saben, se incautaron doce kilos de heroína en la redada que Jardine llevó a cabo en el bar Glocca Morra, propiedad de los Murphy. Se rumorea que Ryan tenía diez kilos en su poder cuando huyó. El cuerpo del agente Jardine apareció en una playa cerca de la casa del padre de Ryan, en un lugar que sabemos que frecuentaba Ryan.

—De lo que se deduce que Jardine fue allí con intención de detener a Ryan y que lo mataron —dice Moneta.

—Eso es mucho suponer, Reggie —responde Callahan.

—Es suficiente para detener a Ryan e interrogarlo.

—Aunque lo encontremos, ¿estamos seguros de que queremos hacerlo? —pregunta Callahan, y se inclina hacia delante—. Voy a decir lo que nadie ha dicho hasta ahora: Jardine estaba metido en esto.

—Eso no lo sabemos —contesta Moneta.

—¿No? Había tres kilos de heroína en el maletero de su coche.

—Es posible que estuviera yendo a entregarlos cuando recibió información sobre el paradero de Ryan.

—¿Y fue solo? —pregunta Callahan—. Venga ya. Harris, ¿cuántos kilos les vendió Abbarca a los Moretti?

—Cuarenta, según nuestras fuentes.

—Cuarenta. Menos los doce que requisó Jardine son veintiocho. Menos los tres que se encontraron en el maletero de su coche son veinticinco. Vecchio entregó sus cinco cuando entró en el programa de protección de testigos. Pongamos que Ryan se llevó diez. ¿Dónde están los diez que faltan?

—¿Insinúas que se los quedó Jardine? —pregunta Moneta—. Entró en el bar de los Murphy con un comando especial: el FBI, la DEA, la policía estatal y la local. Había testigos por todas partes.

—Y sería la primera vez en la historia —responde Callahan— que un grupo de policías se queda con parte de la droga antes de que llegue al almacén de pruebas. Yo solo pregunto si de verdad queremos airear este asunto. Porque, si ese perro está dispuesto a echarse, yo voto por que lo dejemos dormir.

—Han asesinado a un agente del FBI —dice Moneta—. No podemos hacer la vista gorda ante eso. El entierro de la esposa de Ryan es mañana. Quiero a gente allí.

—¿Crees que Ryan se va a presentar? —pregunta Callahan.

—No, pero, si se presenta, allí estaremos. Y quiero que interroguen a la familia sobre su paradero.

—Nos estás pidiendo que acosemos a esa gente mientras entierra a su hija —dice Callahan.

—Os estoy pidiendo que hagáis vuestro trabajo —replica Moneta.

No hace ni cinco segundos que se ha marchado cuando Callahan se desmarca de ella.

—No sé vosotros, pero mi oficina ya tiene bastantes marrones encima como para pararlo todo y ponerse a buscar a un irlandesito perdido. Voy a hacer como que hago algo, pero no pienso reventar mi presupuesto ni dejar otras cosas de lado porque se le antoje a Reggie Moneta.

—¿Por qué está tan empeñada en atrapar a Ryan? —pregunta Harris.

—Porque se acostaba con Phil Jardine.

—No jodas.

—El típico rollo de la Ruta Noventa y Cinco —dice Callahan—. Ella estaba en Boston y él en Providence. Cuando a ella le tocaba ir a Washington, cogían el Amtrak y quedaban en Wilmington.

—¿En Wilmington?

—El amor lo puede todo.

—¿Crees que Ryan liquidó a Jardine? —pregunta Harris.

—¿Y qué más da? ¿Un agente corrupto? Se lo merecía.

—Aun así, cabe la posibilidad…

—¿De que Moneta estuviera implicada en el asunto de la droga junto a su novio? —dice Callahan—. No creo, porque, si así fuera, no se empeñaría en perseguir a Ryan. Prácticamente le he puesto en bandeja que deje correr el asunto. Conozco a Reggie Moneta desde que era guardia de tráfico. Es ambiciosa pero honrada.

Harris sale de la reunión con una misión en mente.

Encontrar a Danny Ryan antes de que lo encuentre Reggie Moneta.

Un motel a las afueras de Little Rock.

Kevin y Sean han ligado con unas chicas. O puede que las chicas hayan ligado con ellos. Los Monaguillos durmieron un par de horas, luego cruzaron la carretera y entraron en un bar en busca de cerveza y algún coñito, y encontraron ambas cosas.

Linda, Kelli y Jo Anne eran clientas habituales del bar, de eso los chicos se dieron cuenta enseguida y notaron, además, que se alegraban de ver caras nuevas, aparte de «los capullos de siempre y los camioneros» a los que estaban acostumbradas. No había pasado ni un minuto y ya estaban jugando al billar con ellos. Luego se tomaron unos chupitos en un reservado y Linda propuso que montaran una «fiesta».

—¿Tenéis una habitación en el motel? —preguntó. Tenía unos treinta y cinco años, el pelo rojo oscuro y unas tetas bonitas bajo la sedosa blusa morada.

—Tenemos una cada uno —respondió Kevin.

—Pues vamos a hacer una fiesta.

—Pero no cuadran los números, ¿no? —respondió Sean—. Vosotras sois tres y nosotros dos.

Linda meneó la cabeza.

—Kelli y yo formamos equipo.

Kelli era una rubia bajita y prieta que aparentaba veintitantos años.

Sean se puso colorado.

—Yo soy un chavalín católico irlandés…

Linda se volvió hacia Kevin. Le pasó la mano por el muslo y le apretó la polla.

—Tú no eres un chavalín católico irlandés, ¿a que no? Te apetece la idea, te lo noto.

Sí, resultó que a Kevin le apetecía.

Se fue con las dos compañeras de equipo y Sean se llevó a Jo Anne a su habitación. Era baja, morena y un poco regordeta, pero a Sean le gustaban sus tetas grandes, sus labios carnosos y su expresión de perrito apaleado, así que se dio por satisfecho.

La fiesta de Kevin acabó bruscamente cuando le metió la mano en los pantalones a Linda y palpó una polla.

—¡¿Qué cojones…?!

—¿Qué pasa? —preguntó Linda.

—¿Cómo que qué pasa? ¡Pues que eres un tío, joder!

—Solo de cuerpo, no de corazón.

—Sí, bueno, pero es tu cuerpo lo que me preocupa. Largaos de aquí cagando leches.

—No hasta que nos pagues.

—¿Quién ha dicho nada de pagaros?

—¿Creías que esto era gratis? —preguntó Linda.

—¡Pero si no hemos hecho nada!

—Nuestro tiempo vale algo.

—Largaos antes de que os dé una paliza —respondió Kevin.

—¡Dame mi dinero, cabrón!

Sean sale de la habitación contigua tras hacer el mismo descubrimiento.

—¡Kev, que son tíos!

—¡No me digas!

—¡Quiero mi dinero!

En su habitación, Danny oye los gritos. Es lo último que les hace falta: armar jaleo. Sale al rellano y ve a Kevin en la puerta de su habitación, con el torso desnudo y los vaqueros desabrochados. Tiene agarrada a una mujer por la muñeca. Ella le grita y le lanza zarpazos a la cara mientras una chica rubia más baja le da patadas en las espinillas.

Danny baja corriendo las escaleras de cemento, cruza el patio y sube las escaleras hasta la puerta de Kevin.

—¿Qué pasa aquí?

—Que este hijo de puta no quiere pagarme —contesta Linda.

—Es un tío —dice Kevin.

—Paga a la chica —le ordena Danny.

Kevin comprende por su mirada y tono que tiene que obedecer sin rechistar. Saca unos billetes de la cartera y se los lanza a Linda.

—Coged el dinero y largaos —dice Danny.

Linda recoge los billetes.

Pero Kevin no puede refrenarse.

—¡Engendro!

Ella saca una navaja del bolso y le lanza un navajazo al cuello. Él lo esquiva y añade:

—¡Travelo! ¡Maricón!

—¡Cállate! —ordena Danny.

Linda empieza a chillar y Kelli la imita.

Jimmy los mira desde el patio.

—Coge a mi viejo y a Ian y marchaos —le ordena Danny—. Yo voy enseguida con estos dos payasos.

—Sí, lárgate —sisea Linda—. Y llévate a este enano, que tiene la boca muy sucia. Será capullo… ¡Te vas a pasar la vida entera comiendo con tenedores y platos de plástico! ¡Perdedor, que eres un perdedor!

Danny levanta las manos.

—Nos vamos. ¿Por qué no os vais vosotras también, antes de que llegue la policía?

Linda coge a Kelli de la mano y la lleva escaleras abajo. Jo Anne besa a Sean en la mejilla y se va detrás. Kevin regresa a su habitación.

Danny y Sean entran tras él.

—¡Dios! —exclama Kevin—. Ese engendro me ha helado la sangre en las venas.

Danny lo agarra por los hombros y lo empuja contra la pared.

—Ya tengo un hijo del que ocuparme, no necesito otro más. Por tu culpa podría habernos pillado la policía.

—Lo siento, Danny.

—Intento cuidar de mi familia y con eso no se juega. Te quiero, Kevin, pero si vuelves a poner a mi familia en peligro, te pego dos tiros en la nuca. ¿Entendido?

—Sí, Danny.

Danny lo suelta y mira a los dos Monaguillos.

—Tenéis que usar la cabeza. No meteros en líos.

—De acuerdo —dice Sean—. Yo me encargo.

—Recoged vuestras cosas.

Danny va a la recepción del motel. El empleado de noche lo mira con fastidio. Danny se saca un billete de cien del bolsillo —un billete de cien que le hace falta, joder— y lo desliza por el mostrador.

—Siento las molestias. ¿Estamos en paz?

El empleado coge el billete.

—Estamos en paz.

—Necesito saberlo, amigo. ¿Has llamado a la policía?

—No.

—Que te vaya bien.

Diez minutos después, como tantos otros antes que él, Danny reúne a lo que queda de su familia y pone rumbo al oeste.

Oklahoma City, Amarillo, Tucumcari…

Albuquerque, Grants, Gallup…

Winslow, Flagstaff, Phoenix…

La carretera americana.

4

De pie junto a la tumba de su hermana, Cassandra Murphy tiembla bajo el abrigo. Los copos de nieve caen y se derriten en el pelo ambarino, que se desborda sobre el cuello levantado.

Dos entierros en dos días, piensa. Una rareza incluso para la familia Murphy.

Ayer enterraron a su hermano Liam, el bello, el tarado, el egoísta, el causante de todos sus males. La policía dijo que había sido un suicidio, un tiro en la cabeza, pero Cassie no se lo cree: Liam estaba demasiado enamorado de sí mismo como para hacerle algún daño al objeto de su amor.

El dictamen de suicidio ha sido un problema, porque la puta Iglesia se negaba a enterrarlo en tierra sagrada. Cassie tuvo que ir a ver al cura y explicarle la cantidad de dinero que la familia Murphy invierte en la parroquia y habría dejado de aportar si no lo enterraban como es debido, con el cura mascullando las jaculatorias y rociando agua bendita.

A ella, claro, la educaron en el catolicismo, pero se largó de ese motel hace tiempo. Ahora se considera *badista,* o sea, una «mala budista». Es parte de su búsqueda de un poder superior, ahora que está intentando desintoxicarse otra vez.

Porque ha vuelto a chutarse caballo.

Llevaba casi tres años sin probarlo, pero en cuestión de unas horas a su padre se lo llevaron a la cárcel, su hermana falleció y su hermano Liam murió víctima de un «suicidio asistido».

Y ella recurrió a la aguja.

Se ha metido un chute esta mañana para soportar el entierro de Terri y seguramente se meterá otro esta tarde, pero después piensa dejarlo. No va a volver a rehabilitación —está harta de eso—, pero sí que volverá a las reuniones, porque si no la droga acabará con ella y sus padres no podrán superar la muerte de otra hija.

De la única hija que les queda.

Patrick —su amado Pat, su hermano mayor, su protector y su confidente— fue el primero en morir. Era el mejor de todos: valiente, honesto, entregado, leal. Pero nada de eso le salvó de ser asesinado. Cassie se las arregló para no recaer después de su muerte; sobre todo, por respeto a él.

Ahora mira a su viuda, Sheila, allí de pie, con las manos posadas sobre los hombros de su niño y la espesa melena tan negra como el abrigo. Sheila fue siempre la más firme, la pragmática, la que llevaba la voz cantante entre las mujeres de esta tribu tan unida. Ahora es una figura solitaria. Cassie ha intentado convencerla de que empiece a salir con hombres, pero ella no quiere ni oír hablar del asunto. Es como si tuviera a su difunto marido en un pedestal —la casa es prácticamente un santuario en su honor— y llevara la soledad como un manto ceremonial.

El funeral de Liam fue una pesadilla.

Su madre, Catherine, gritaba inconsolable, como una *banshee*. Liam siempre había sido su favorito, su ojito derecho, y tuvieron que arrancarla a la fuerza del ataúd para bajarlo a la sepultura.

Su padre estaba allí parado, con las esposas discretamente tapadas por el abrigo. Un juez —irlandés, por suerte, un paisano— dictó fianza por motivos humanitarios y le permitió salir unas horas en libertad para asistir a los dos entierros, el de su hijo y el de su hija, flanqueado en todo momento por dos alguaciles federales.

Cassie lo mira ahora.

Papá, el mismo de siempre, piensa: estoico, demasiado orgulloso para demostrar sus sentimientos. Parece avejentado, sin embargo, y frágil: un hombre roto. Su negocio está arrasado y tres de sus cuatro hijos muertos, y Cassie no puede evitar preguntarse qué es más doloroso para él.

Y la pobre Terri, piensa.

Lo único que quería era un hogar y una familia. Tuvo ambas cosas, pero por tan poco tiempo… Se casó con el dulce y leal Danny, tuvo un niñito precioso y apenas unos meses después le diagnosticaron el cáncer.

Y que el cura siga hablando de un dios amoroso…

Qué gilipollez.

Ha venido mucha gente al entierro, igual que al de Liam.

Están todos los irlandeses. Antes, hace tiempo, habrían venido también los italianos, pero eso parece ya cosa de otra vida. Terri era amiga de todos ellos: de los hermanos Moretti, de Chris Palumbo, de todos.

No han venido al funeral y han hecho bien no viniendo. Habría sido un insulto.

Cassie, de todas formas, ve un par de coches patrullando la avenida del cementerio y comprende que son hombres de Peter Moretti que andan buscando a Danny.

La pasma también ha venido.

Los policías de Providence, los agentes estatales de paisano y los federales acechan al borde del cementerio como chacales, esperando que aparezca Danny, piensa Cassie.

Ojalá no venga. Si ha conseguido escapar, espera que no se acerque; que Ian y él se hayan ido hace tiempo y que no vuelvan nunca a esta familia y a este lugar malditos.

La madre de Danny sí ha venido a darle el último adiós a su nuera.

Madeleine, la diosa del sexo, piensa Cassie mientras la observa, quieta como una estatua. La antigua *showgirl* se ha servido de su belleza para hacerse rica y poderosa y ha venido en avión desde su mansión en Las Vegas.

Ya de niña, Cassie sabía que a Danny su madre lo abandonó cuando era un bebé, que se lo entregó al borrachín de su padre y se largó sin dejar rastro. Danny prácticamente se había criado en casa de los Murphy, era como un hermano para Pat.

Madeleine volvió a aparecer hace un par de años, llegó volando como una madre pájaro cuando le pegaron un tiro a Danny, se encargó de que recibiera la mejor atención médica, de pagar todas las facturas. Su hijo le guardaba rencor, pero Terri acabó por encariñarse con su suegra y siempre insistía en que Danny se reconciliase con ella.

Ahora tiene que estar muerta de preocupación por su hijo y su nieto desaparecidos.

Cassie vuelve a estremecerse.

Le tiemblan los hombros y no sabe si es por el frío o si le está entrando el mono.

El funeral termina por fin.

Madeleine McKay camina de vuelta a la limusina que la está esperando. Alta, majestuosa, la cabeza erguida, la llamativa cabellera roja recogida con severidad, el maquillaje sutil, perfecto.

Qué terrible tristeza la del funeral, se dice. Terri ha sido una buena esposa para su hijo y una buena madre para su nieto.

No ha tenido noticias de Danny desde que lo llamó al hospital unas horas antes de que falleciera Terri y le instó a huir de posibles imputaciones y de los asesinos de la mafia italiana. Al parecer le hizo caso, y se llevó a su hijo y a su padre, porque no se ha vuelto a saber de ninguno de ellos.

Y, gracias a Dios, no ha aparecido ningún cadáver.

Excepto el de Jardine.

Madeleine espera que Danny se ponga en contacto con ella, aunque solo sea para que sepa que Ian y él están bien.

Pero duda que lo haga.

Mi hijo sigue enfadado conmigo, piensa.

Está a mitad de camino del coche cuando se le acerca un hombre con traje y abrigo.

—¿Señora McKay?

—¿Sí?

—Agente Monroe, FBI.

—No tengo nada que decirle.

Al mirar a su alrededor, ve pulular a los federales en torno a la familia Murphy y a sus allegados como gaviotas en torno a un vertedero.

—¿Sabe dónde está Danny? —pregunta Monroe—. ¿La ha llamado?

—Si tiene alguna pregunta que hacerme —responde ella, echando a andar otra vez—, llame a mis abogados. Si me pregunta algo más, serán ellos quienes lo llamen a usted.

—¿Sabe si…?

—O quizá deba llamar yo misma a su director. Tengo su número privado en mi agenda.

Eso zanja la cuestión.

Monroe se aleja.

El chófer abre la puerta. Ha dejado el motor en marcha para que el coche esté bien caldeado. Entonces se abre la puerta del otro lado y Bill Callahan se desliza dentro del coche acompañado por una ráfaga de frío.

Se frota las manos enguantadas.

—Madeleine, esto no ha sido idea mía.

—Eso espero, porque está siendo extremadamente desagradable. ¿De quién ha sido idea?

Callahan le habla de la obsesión por Danny de Reggie Moneta.

—A mí todo esto me sobra —le asegura—. Voy a jubilarme pronto y tengo en perspectiva un buen puesto en una empresa privada.

—Si mi hijo sufre algún daño, destruiré a todos los implicados. Incluido tú, Bill.

—Somos buenos amigos, Madeleine.

—Y espero que sigamos siéndolo.

Callahan, que sabe cuándo le están echando, se baja del coche.

—Al aeropuerto —dice Madeleine.

No tiene ningún motivo para quedarse en Providence.

No hay nadie allí a quien quiera ver.

Danny sube a Ian al pequeño tobogán de plástico y luego lo suelta, pero no retira mucho las manos mientras el niño se desliza riendo.

El parquecito infantil está junto a la playa y Danny mira el agua azul. Siempre le ha gustado el mar. En otro tiempo, cuando tenía veintitantos años, trabajó en los barcos pesqueros de Gilead, en Rhode Island, y aquella fue en muchos sentidos la mejor época de su vida.

Ian señala la parte de arriba del tobogán: quiere volver a deslizarse.

Danny lo sube por enésima vez, con la esperanza de cansarlo y que se eche una siesta. Acaba de darle de comer —un sándwich de mantequilla de cacahuete y mermelada, uvas y unas rodajas de manzana—, y entre la comida, el aire fresco y el ejercicio, debería dormir en torno a una hora. Más no, porque no quiere que se quede despierto hasta muy tarde con la niñera, por la noche. Pero el niño necesita echar una cabezadita y él también, porque trabaja de noche y luego tiene que levantarse temprano por Ian, así que duerme cuando puede.

Ian vuelve a señalar.

—La última —le dice Danny.

Ian se desliza riendo.

Danny lo agarra al final del tobogán y se lo sube a hombros porque es hora de coger el autobús. Se conoce al dedillo el horario de los autobuses porque hacen esto todos los días. El autobús los recoge al otro lado de la calle, enfrente del parque, y los deja a una manzana de su pisito en un barrio anodino del centro de San Diego.

Cuando llegaron a California, Danny aceptaba cualquier trabajo que le saliera, para no hacerse notar. Portero de noche en un motel a cambio de alojamiento, guarda en un parque de caravanas a cambio de un alquiler, pinche en una cafetería, conductor de un taxi ilegal.

A los tres meses, decidió que tenía que dejar de llevar a Ian de acá para allá y encontró trabajo, sin contrato, atendiendo la barra de un *pub* irlandés en el barrio de Gaslamp, donde servía a viejos paisanos que, aunque se habían retirado a la soleada California, seguían añorando las delicias alcohólicas de su vida en el noreste.

Al principio se asustó por la cantidad de policías jubilados que entraban en el local, pero pronto descubrió que estaban mucho más interesados en la cerveza y las copas que en él.

Ahora se hace llamar John Doyle, se ha cortado el pelo y se ha dejado crecer un bigote hortera, y nadie se fija en él; lo único que les importa es que no rebaje la bebida y que invite de vez en cuando a una copa a los parroquianos, aunque ninguno de ellos parezca capaz de sacarse una propina del bolsillo.

Danny va a lo suyo, sirve la bebida, acarrea los barriles y el hielo, friega el suelo, limpia los baños, se va a casa y paga a la niñera.

Una noche corta y luego a levantarse temprano, con Ian. Le prepara el desayuno, le deja ver un rato los dibujos animados y luego lo lleva a la playa o al parque en busca de otros críos con los que jugar. En el parque, un par de veces, alguna mamá divorciada se le insinúa, pero Danny no se da por enterado.

Eso se lo enseñó Marty: cuando estés huyendo, nada de líos de faldas. Y, si no te lo crees, que se lo pregunten a Dillinger o a cualquiera. Danny se lo cree, pero además tampoco ha superado lo de Terri, ni mucho menos, y le parece mal meterse en la cama con otra mujer, aunque sea solo un rollo pasajero.

Y de todos modos está muy liado haciendo el papel de padre.

Dios santo, ¿quién lo iba a imaginar?

¡El trabajo que da un niño pequeño!

Y lo constante que es, además: preparar la comida, engatusar a Ian para que se la coma, mantenerlo entretenido, jugar con él, bañarlo... Y, encima, los pañales. Danny se alegra de que Ian esté en la fase de aprender a usar el orinal y use Huggies y «calzoncillos de niño grande». No tenía ni puta idea de cómo hacerlo, así que un día se fue a la biblioteca a buscar libros sobre el tema. Y casi se vuelve loco, porque todos daban consejos contradictorios. Haz esto o le joderás la vida a tu hijo para siempre. No, haz lo otro o le joderás la vida a tu hijo para siempre.

Marty no fue de mucha ayuda porque, por un lado, fue un padre pésimo y, por otro, casi ni se acuerda de lo que hizo la semana pasada, cuanto más de lo que hizo hace treinta años.

Menos mal que las mujeres del parque se apiadaron del papá viudo y le dijeron lo que tenía que hacer.

También le dijeron que se relajara.

—Claro que vas a joderle la vida a tu hijo —le dijo una—. ¿No te la jodieron tus padres a ti?

Que si me la jodieron, pensó Danny.

—Los niños son muy duros —añadió la mujer—. Tú solo tienes que quererle, nada más.

Danny confía en que con eso baste.

Y espera tener la oportunidad de hacerlo.

Porque todavía cabe la posibilidad de que lo acusen de delitos federales por tráfico de drogas. Sabe Dios cuántos grandes jurados hay por ahí. Y luego están las posibles imputaciones en Rhode Island por robo, posesión ilegal de armas y homicidio, un paquete de acusaciones por el que podría ir a la cárcel de por vida.

Esta mañana llamó a su abogado, Dennehy, a Providence.

—De momento no se sabe nada y eso es buena noticia —le dijo Dennehy—. No te han imputado ningún delito de tráfico de drogas.

—¿Y qué hay de lo otro?

Jardine.

—¿Alguna vez has tenido tratos con una tal Regina Moneta, una federal que antes trabajaba en Boston y ahora está en Washington?

—No. ¿Por qué?

—Porque por lo visto quiere encasquetarte el homicidio de Jardine. La fiscalía de Rhode Island se está resistiendo, dicen que no tienen nada que te vincule con el caso, pero ella está empeñada en aplicarte el dieciocho.

—¿Qué es eso?

—El título dieciocho del Código Penal, sección uno catorce. Asesinato de un agente federal. Conlleva la pena de muerte.

—Cuánto me alegro de haberte llamado.

—No tiene ninguna prueba. No ha conseguido que los fiscales federales se interesen por el caso.

—¿Y por qué anda detrás de mí?

—Dicen que se acostaba con Jardine —le dijo Dennehy—. De todas formas, lo mejor es que sigas sin dar señales de vida un tiempo.

Cuando colgó, Danny no se sentía mucho mejor que antes.

Ahora coge el autobús con Ian, al que ya le pesan los ojos. Espera que se eche una siesta, porque, cuando el niño duerme, él aprovecha para dormir y darse una ducha.

Ian se queda dormido antes de que pare el autobús y Danny lo coge en brazos, lo lleva al piso y lo acuesta en la cama. Él también duerme quince minutos, luego se ducha y mete la ropa sucia en una funda de almohada.

Le ha dicho a la niñera que viniera temprano para que le dé tiempo a ir a la lavandería, porque están a punto de quedarse sin ropa limpia.

—Hay macarrones con queso en la nevera —le dice a Chauncey cuando llega.

Es una chica del barrio que va a la universidad local, y a Ian le gusta.

—Genial.

—Déjale ver unos dibujos animados y el vídeo ese del granjero que le gusta.

—Vale.

—Volveré para traer la ropa limpia y darle un beso antes de irme a trabajar.

Danny va a la lavandería y mete unos billetes de dólar en la máquina de cambio para que le devuelva monedas. Separa lo oscuro de lo blanco —menos mal, otra vez, que las mujeres del parque le echaron un cable— y encuentra dos máquinas libres.

Jimmy Mac entra media hora después y se sienta a su lado.

Vive en un apartamento, encima del garaje de una señora mayor. La dueña agradece que le pague el alquiler en efectivo y no hace preguntas, y Jimmy ha encontrado trabajo bajo cuerda en un taller de chapa y pintura.

Danny y él quedan a veces, no muy a menudo, y nunca en casa.

Jimmy va directo al grano.

—Estoy pensando en traer a Angie y a los niños.

—Es demasiado pronto.

—Tengo que hacer algo. Por Dios, Angie trabaja llenando bolsas en un supermercado. No sé, quizá debería volver.

—Tampoco puedes hacer eso.

—No hay ningún cargo contra mí.

—Eso díselo a Peter Moretti —responde Danny—. Seguro que le convences.

—No puedo abandonar a mi familia para siempre, Danny.

Danny capta el reproche tácito. Tú tienes a tu hijo contigo y esto es responsabilidad tuya: tiraste al mar la droga con la que podríamos haber empezado una nueva vida.

Las lavadoras se paran. Danny se levanta y mete la ropa en las secadoras. Jimmy se acerca a ayudarlo.

—Necesito ganar dinero. Dinero de verdad.

—Lo sé.

—¿Y?

—Hay que esperar un poco más, Jimmy.

Danny cierra la puerta de la secadora.

—¿Hasta cuándo? ¿Qué tiene que pasar para que cambien las cosas?

Danny no lo sabe.

¿Que la tal Moneta se dé por vencida?

¿Que se muera Peter?

No es probable que ocurra ninguna de las dos cosas.

—¿Qué tienes en mente? —pregunta Danny.

Jimmy baja la voz.

—Coches. Podría robar coches aquí, llevarlos a México y venderlos a buen precio.

—¿Y si te pillan?

—Yo jamás te delataría, Danny.

—Eso ya lo sé. Pero los federales, los Moretti… Espera un poco más, Jimmy.

Él no va a hacer ningún trabajito y tampoco va a dejar que lo haga Jimmy. Solo hace falta que detengan a uno de los dos para que acaben en un furgón policial, extraditados de vuelta a Rhode Island. ¿Y qué sería entonces de Ian, con su madre muerta y su padre en la cárcel? Y aunque dieran algún golpe y no los atraparan, siempre se corre la voz.

Y las noticias llegan donde no deben.

Es como una ley.

Jimmy, de todas formas, hará lo que le dice, igual que siempre. Porque es leal.

A Danny le preocupan más los Monaguillos.

No sabe gran cosa de South y Coombs, pero de vez en cuando dan señales de vida. Cada dos semanas llaman a Bernie Hughes y le dicen dónde están: primero en la zona de la bahía, una temporada, y luego en Anaheim, yendo todos los días a Disneylandia.

Bernie sigue refugiado en New Hampshire, demasiado cerca de Providence para el gusto de Danny, claro que él no corre verdadero peligro porque nunca se ha manchado las manos de sangre.

Aun así, Jimmy tiene razón, piensa. Cuando me marché de Providence, me marché sin más. No tenía ningún plan concreto y sigo sin tenerlo. Y las cosas no pueden seguir así mucho más tiempo.

Cuando vuelve a casa con la ropa lavada, Ian está levantado, jugando con unos bloques grandes de Lego en el suelo, con Chauncey.

—¡Papi!

Danny lo levanta y le da un beso en la mejilla.

—Te quiero.

—Te quiero.

Lo deja en el suelo.

—Estaré en casa cuando te levantes.

—Vale. —Ian está ansioso por ponerse a jugar otra vez.

Danny se va andando al bar.

Lo está pasando mal.

Llorar la muerte de Terri, cuidar de Ian, lidiar con su viejo, ganar un sueldo de mierda, andar siempre preocupado por posibles imputaciones, por que lo reconozcan, por qué coño va a hacer con su vida y cómo va a mantener a Ian cuando el niño se vaya haciendo mayor, siempre agobiado por cómo va a mantenerlo ahora con un salario que casi no le alcanza para pagar el alquiler, la leche, los cereales…

Y además está siempre en vilo, siempre paranoico. ¿Ese tipo que lo ha mirado un segundo más de la cuenta será un enviado de los Moretti? ¿Ese cliente nuevo que entró en el bar era quizá un federal?

Eso le va minando.

No le gusta su vida, pero es la que tiene y, de todos modos, ¿quién ha dicho que tuviera que gustarle? No está en una celda ni en el hoyo, no está matando a nadie ni lo están matando, y quizá no se le pueda pedir más a la vida.

Si tienes eso, quizá lo mejor que puedes hacer sea mantener la cabeza gacha y la boca cerrada, mostrar un poco de gratitud, un poco de humildad.

Está criando a su hijo, eso es lo que hace.

Ser padre.

5

Hay mucha gente descontenta con Peter Moretti.

Nadie ha cobrado, los inversores perdieron lo que habían invertido.

Él intenta capear el temporal. «Oye, tú sabías que era un riesgo. Se presentó la pasma, ¿qué quieres que te diga?». Sí, y él es el jefe, así que nadie le va a pedir cuentas, pero es lo bastante listo como para saber la verdad: que un jefe sigue siéndolo mientras hace ganar dinero a los demás. Cuando empieza a costarle dinero a la gente, se buscan a otro jefe.

Peter ha oído sonar los tambores. Suenan sofocados, pero están ahí. Ahora está sentado en la oficina con su nuevo *consigliere*, Vinnie Calfo.

—¿Alguna noticia de Ryan?

—Ese chupapollas sigue sin dar señales de vida —contesta Vinnie.

Vinnie acaba de salir de prisión, donde ha pasado tres años levantando pesas. Le gusta llevar camisetas ajustadas para lucir la pistola y los tríceps, y es un italiano muy guapo, pero no es ningún tontaina. Es listo de cojones el tío y tiene una cadena de clubes de *striptease*, túneles de lavado de coches y una empresa de asfaltado. A Peter no le cae muy bien, pero no tenía mucho donde elegir.

Sal Antonucci ha muerto.

Tony Romano, también.

Chris se ha esfumado.

Y con su hermano Paulie no puede contar. Se ha ido a Florida con su mujer, esa *buccia* de Pam. No quiere saber nada de este marrón, no mueve ni un dedo y menos aún va a echarle una mano.

La guerra la ganaron los Moretti, pero los dejó muy mermados y Peter le encargó a Vinnie que buscase a gente nueva a la que tener a sueldo. De Vinnie puede decirse lo que se quiera, pero es un tío que sabe ganar dinero, y eso a Peter le hace mucha falta ahora que ha perdido lo que invirtió en las drogas. Como no tiene suficiente gente en la calle, no ingresa mucha pasta.

Así que ahora trabaja como un cabrón montando estafas que hace un año no habría querido ni tocar. Cosas de poca monta como robar asfalto de propiedad municipal y vendérselo a contratistas, o quitarles piezas a coches en talleres de reparación, cambiarlas por otras de peor calidad y vender las auténticas a los distribuidores. Chanchullos de esos de mala muerte, que no dan pasta suficiente ni de lejos.

—Puede que fueran Chris y Ryan —dice Vinnie—. Puede que estuvieran… ¿Cómo se dice? Confabulados.

Peter se lo queda mirando.

—¿Confabulados?

Vinnie se encoge de hombros.

—¿Y qué hay de Jimmy MacNeese? —pregunta Peter—. Todavía tiene a la familia aquí, ¿no?

—Sí.

—Pues ve a hablar con su mujer. Seguro que sabe dónde está.

Vinnie pone mala cara.

—¿Qué? —pregunta Peter.

—Nosotros no hacemos esas cosas, ¿no? Quiero decir que tenemos reglas. A las familias no se las toca.

—¿O sea que no vas a hacerlo?

—Lo que digo es que es mala idea —responde Vinnie—. A los chicos no les gustará.

—Pues, entonces, que «los chicos» traigan la pasta —replica Peter, y enseguida se da cuenta de que no debería haber dicho eso. Los chicos, incluido Vinnie, ya han aportado dinero.

—¿Y la mujer de Chris? —pregunta Vinnie, ya puestos a hablar de mujeres.

—¿Cathy? ¿Qué pasa con ella?

—Puede que sepa dónde está su marido.

—Hablaré con ella.

Pero Peter no cree de verdad que Chris tenga la droga.

Fue el puto Danny Ryan. Si ese capullo irlandés está por ahí dándose la gran vida con mi dinero, se dice, le haré pasarlas putas antes de matarlo.

Vinnie llama al timbre de los MacNeese.

Angie MacNeese sale a abrir. Está hecha una mierda: la cara pálida, los ojos hinchados como si hubiera estado llorando.

—¿Sí?

—Perdona que te moleste —dice Vinnie—. Soy un viejo amigo de Jimmy.

—No, de eso nada —responde Angie—. Conozco a todos los amigos de Jimmy. ¿Eres policía o te manda Peter? ¿O las dos cosas?

—No soy policía. ¿Puedo entrar?

—No.

Vinnie sonríe.

—¿Me vas a dejar aquí plantado, con este frío?

—¿Qué quieres?

—¿Dónde está Jimmy?

—No lo sé. Y, si lo supiera, no te lo diría.

—¿No te ha llamado ni nada?

Ella no responde. Intenta cerrar la puerta, pero Vinnie mete el pie para impedírselo.

—Angie… Te llamas Angie, ¿verdad? Sería mucho mejor para ti… y para tus hijos que me dijeras dónde está Jimmy.

Se siente como un mierda al decirlo. No está bien y, como le comentó a Peter, a los chicos no va a gustarles ni pizca porque pensarán que, si Peter se mete con la familia de MacNeese, podría hacer lo mismo con la de cualquiera de ellos.

A Angie se le saltan las lágrimas.

—No sé dónde está mi marido.

Vinnie aparta el pie.

Ella cierra la puerta.

Peter está sentado en la cocina de Chris Palumbo.

Ha estado allí mil veces, pero siempre con Chris, nunca sentado a la barra del desayuno a solas con su mujer. Conoce a

Cathy Palumbo de toda la vida, desde el instituto. Fue el padrino de Chris en la boda.

—Quieres saber dónde está Chris —dice ella, yendo al grano.

Es un bombón, Cathy Palumbo, piensa Peter. Siempre lo ha sido: pelo largo y rubio, ojos azules. Pocas tetas, eso sí, pero no se puede tener todo. Chris solía decir en broma: «Si quiero ver tetas, tengo un club de *striptease*».

—Esto no es propio de él, irse sin más —dice Peter—. Estoy preocupado por él.

Cathy sonríe.

—Estás preocupado por ti mismo, Peter.

—Eso también.

—No sé dónde está Chris. Puede que con su amiguita.

—No sabía que tenía una amiguita.

—Mentira.

—Vale, es mentira. —Ya ha hablado con la amante de Chris, que no sabe dónde está—. Necesito encontrarlo, Cath, de verdad.

—¿Crees que voy a ayudarte a matar a mi marido?

—Solo quiero hablar con él.

—Que te jodan, Peter.

—Sería mejor para ti que…

—¿Me estás amenazando? ¿Qué es esto? Antes había reglas para estas cosas. Yo las aceptaba. Mi marido tenía amiguitas, pues muy bien, tenía amiguitas, yo lo aceptaba. No me hablaba de sus negocios, pues muy bien, yo aceptaba que no me hablara de sus negocios, igual que aceptaba que alguna noche no volviera a casa a dormir. Pero ¿que te presentes aquí y me amenaces? Por ahí no paso.

—Dime dónde está y…

—Sal de mi casa, Peter.

Él se levanta y se va.

Peter se ha tomado dos putas copas antes de salir de la ciudad (dos putos vodkas…, bueno, tres), ahora está dentro del coche, parado en la Ruta 4, esperando a que el guardia de tráfico se acerque.

Cuando llega, Peter baja la ventanilla.

—Permiso de conducir y documentación del vehículo.

Peter le entrega las dos cosas sabiendo que con eso bastará. En cuanto los policías ven su nombre, le dicen: «Disculpe, señor Moretti. Pero, hombre, tenga un poco más de cuidado la próxima vez». Así que se lleva una sorpresa cuando el agente le dice:

—Salga del coche, por favor.

—¿Qué?

—Salga del coche, por favor.

—¿Por qué?

—Porque se lo he pedido.

Peter mira la placa de identificación del policía: O'Leary.

Lo que faltaba.

—¿Sabe quién soy? —pregunta.

—Haga el favor de salir del coche —contesta O'Leary—. No voy a repetírselo.

Peter sale.

Los coches siguen pasando a su lado. Es humillante.

—¿Sabe por qué le he parado?

—Por exceso de velocidad —responde Peter.

—¿Ha consumido alcohol, caballero? —pregunta O'Leary.

—No.

—Le huele el aliento a alcohol.

—Es colutorio.

—No creo.

—Puede que haya tomado una copa.

—¿Una solo?

Peter no responde. ¡A la mierda! Mamón, tú también te tomarías una o dos copas si hubieras perdido millones, si tus hombres te miraran raro y al llegar casa te esperara tu mujer para darte más dolores de cabeza.

O'Leary le hace un test de alcoholemia.

Peter da 1,1.

—El límite según la legislación de Rhode Island es cero coma ocho, señor —le informa O'Leary—. Voy a detenerlo por conducir bajo los efectos del alcohol. Dese la vuelta y ponga las manos a la espalda, por favor.

—¿Lleva mucho tiempo en el cuerpo? Porque en cuanto llame a su jefe se va a quedar en la calle.

—Dese la vuelta, por favor.

O'Leary le da un respiro, aun así, y no llama a la grúa para que se lleve el coche. Que venga Paulie a recogerlo.

Peter sale bajo fianza en cuestión de una hora.

Vinnie va a recogerlo y lo lleva a la casona que su esposa se empeñó en comprar en la costa de Narragansett, la «Riviera italiana». Para debajo del arco de piedra que da acceso a la casa.

Una puta mansión es lo que es, piensa Peter al salir del coche, pero Celia la quería a toda costa.

—Ahora eres el jefe de Nueva Inglaterra —le dijo—. No puedes vivir como un palurdo, da mala imagen.

Tenían una casa estupenda en Cranston: moderna, con cuatro habitaciones, dos baños y un aseo. Pero Celia no se conformaba con eso.

No, necesitaba una casa con vistas al mar, un arco de piedra en el camino de entrada, cinco dormitorios, tres baños completos, una casita de invitados, pista de tenis y piscina. Una piscina justo al lado del Atlántico, hay que joderse. Que cualquiera pensaría que el océano ya tiene agua suficiente, pues no, Celia quería más. Además, ninguno de los dos juega al tenis, aunque ella ha empezado a recibir clases.

¡El pastón que les costó la casa! Eso por no hablar del mantenimiento. Peter debe millones y ella sigue montando fiestas que ni las de esa película, ¿cómo se titulaba?, esa con Robert Redford y no sé quién más.

Respira hondo antes de entrar porque sabe que, en cuanto entre por la puerta, Celia le va a venir con más problemas.

Puede que sea la caldera, que tarda en calentar el agua, o que el decorador no entiende su «visión», o que el vodka barato que ha comprado no es apto para sus invitados. Aunque últimamente el problema suele ser Gina.

Los Moretti tienen tres hijos: un chico y dos chicas.

A Peter le apetecía tener más, pero Celia no quería ser una de esas madres italianas de antes y parir *bambini* como una coneja. Quería que Peter se hiciera la vasectomía, pero él se negó en redondo.

—O te haces el cortecito, o a mí no me vuelves a tocar —le dijo Celia.

—Tómate la píldora.

—Tiene efectos secundarios.

—¿Y hacerme un corte en los huevos no los tiene?

—De todas formas, ¿qué más te da? Siempre puedes follarte a tu amiguita.

Eso era verdad, piensa Peter. Pero, aun así, uno tiene derecho a acostarse con su mujer; sobre todo, si le sale tan cara como Celia, con sus fiestas y sus maquillajes y sus armarios llenos de ropa.

Al final empezó a tomarse la píldora, pero solo follan de vez en cuando, casi siempre cuando ella se ha tomado unas copas en una fiesta y está de buenas al marcharse los invitados. Cuando le apetece, le apetece de verdad, y es una tigresa en la cama. Y está buenísima, además, eso no se lo quita nadie. Aunque se gaste un dineral en mantenerse guapa, vale la pena.

El caso es que tuvieron a Heather, luego a Peter Junior y después a Gina, y ahí pararon.

Heather tiene veinte años, Peter Junior dieciocho y Gina dieciséis: perfectamente espaciados, con dos años de diferencia entre cada uno.

Heather está fuera, estudiando Dirección de Empresas en la Universidad de Rhode Island, es una chica muy lista. Peter y ella se llevan muy bien, son uña y carne y él la echa de menos porque viene poco los fines de semana, le gusta salir de fiesta, pero, qué coño, es lo que hacen los universitarios, ¿no?

Peter Junior es todo cuanto puede desear un padre. Guapo, deportista —un as del béisbol y el baloncesto—, respetuoso, bueno con las chicas y un líder entre los chicos. Peter lo adora.

Y ya han tenido «la charla».

No la de sexo, sino la de la mafia.

Peter Junior no es tonto, sabe qué hace su padre para ganarse el pan, y, cuando tenía dieciséis años, Peter le hizo sentarse y le dijo:

—Eso es cosa mía, no tuya. Tú puedes dedicarte a algo mejor, ser médico o abogado…

Solo que Peter Junior tampoco quería eso.

Por lo menos, todavía.

Primero quería entrar en el Ejército.

En los marines.

—¿Por qué? —le preguntó su padre—. ¿Por qué no vas a la universidad?

—Es mi deber —contestó Peter Junior—. Primero, el Ejército. Ya iré luego a la universidad. Además, así me la pagarán.

—Tú no tienes problemas de dinero —le dijo Peter.

Lo que era cierto, en aquel momento.

Peter cuestionó la decisión de su hijo y Celia estaba totalmente en contra, como casi cualquier madre, pero en el fondo él estaba orgulloso del chaval. Al final, Peter Junior se alistó en el Cuerpo de Marines.

El problema no es él.

El problema es Gina.

Peter nunca podrá entenderlo.

La chica es tan guapa como su madre, puede que incluso más, pero nunca parece estar contenta.

Gina está deprimida.

Primero fue anoréxica y luego bulímica. Llora constantemente, cuando no le da una rabieta y se pone a gritarle a Celia o a él, o se tumba en la cama con la mirada fija en el techo.

Era una alumna «superdotada» que no sacaba buenas notas, una animadora que abandonó el equipo, una gimnasta que dejó el deporte. A pesar de los reparos de Peter, Celia la llevó a un psiquiatra y luego, como eso no funcionó, la llevó a otro y después a otro que le recetó un cóctel de medicamentos que solo pareció empeorar las cosas.

Ahora, cuando Peter entra por la puerta, Celia lo está esperando con un martini en la mano, uno que no es para él, sino para sí misma.

A él le tiene reservada más *agita*.

—Está en su habitación —le informa.

—Cómo no.

—Se ha estado haciendo cortes.

—¿Qué cojones quieres decir?

—Que se hace cortes —responde Celia—. Coge un cuchillito y se hace cortes en las piernas. No muy profundos, lo justo para que sangren. Supongo que está de moda.

—¿De moda?

—Rosa vio la sangre al cambiar las sábanas. ¡Qué vergüenza! He estado hablando con Gina.

—¿Y?

—Lo ha admitido.

—¿Te ha dicho por qué lo hace? —pregunta Peter.

—Dice que hace que se sienta viva.

—¿Cortarse?

—Eso dice.

Peter se acerca al bar y se sirve un vodka. Dios, su hija se corta con un cuchillo…

—He llamado al doctor Schneider —le dice Celia.

—¿Y qué ha dicho ese matasanos?

—Hay un sitio en Vermont.

—Un «sitio».

—Para chicas como Gina.

—¿Qué coño quiere decir eso? —Peter empieza a enfadarse—. ¿«Chicas como Gina»?

—Chicas que se autolesionan.

—No voy a mandar a mi hija a un manicomio.

—No es un manicomio. Es más bien como un internado o un balneario, pero con médicos.

—A mí sí que me gustaría irme a un balneario. ¿Puedo?

—El doctor Schneider dice que conviene ingresarla.

—¿Qué te apuestas a que es socio de ese tugurio? ¿Tú sabes cuánto cuestan esos sitios? —Seguramente no, piensa Peter, porque Celia no es de las que se fijan en la etiqueta del precio—. ¿Y cuánto tiempo estaría allí?

—No lo sabrán hasta que vean cómo va el tratamiento.

—No, claro. Ya te lo digo yo: estará allí mientras paguemos las facturas. En cuanto dejemos de pagarlas, estará curada. ¡Milagro!

—Se trata de nuestra hija —dice Celia—. Lo que cueste da igual.

—No tenemos dinero.

—¿Qué quieres decir?

—¿Que qué quiero decir? —Peter le da otro trago al vodka—. ¿Qué es lo que no has entendido? No… tenemos… dinero. *Non abbiamo la scarola. Capisci?* —dice frotando el pulgar y el índice.

—¿Desde cuándo?

—Los negocios no van bien ahora mismo.

Ella lo mira fijamente. Es Celia en estado puro, con su blusa de seda dorada desabrochada lo justo para dejar entrever un poco de canalillo y los pantalones bien ceñidos para lucir el culo que sufraga él con la suscripción al gimnasio y el entrenador personal. Enarca una ceja bien perfilada y lo mira con desdén.

—Seguro que para que tu amiguita lleve diamantes en el cuello sí que tienes dinero.

Él deja el vaso de golpe sobre la barra.

—Si quieres mandarla a ese colegio, psiquiátrico, balneario o lo que coño sea, podemos vender esta casa y así tendremos dinero. Vende ese pedrusco que llevas en el dedo y tendremos dinero. Qué cojones, sube arriba y vacía tu armario de los zapatos. Seguro que con eso habrá suficiente para pagarlo.

—Peter, vamos a hacerlo.

—No, Celia, no vamos a hacerlo. Gina solo quiere llamar la atención.

—Porque tú nunca le haces caso. Siempre estás muy ocupado trabajando.

Sí, estoy muy ocupado proporcionándole ropa, techo y comida que ella vomita, contesta Peter para sus adentros.

—Esa niña tiene que endurecerse. Se autolesiona y tú quieres recompensarla mandándola de vacaciones. Basta. Se acabó.

Celia lo mira con furia. *Malocchio* puro.

—Te odio.

—No eres la única.

Peter se acaba su copa y sube al dormitorio, con sus amplias vistas del océano. Se desnuda, se mete en la ducha y se queda un buen rato bajo el chorro. Sale, se pone un albornoz y llama a su abogado por lo de la detención.

—Lo mejor que puedo conseguirte son mil dólares de multa —le dice el abogado—. Eso sí, sin pena de cárcel.

—¿Qué coño le pasa a este estado? —pregunta Peter.

—Y tienes que ir a las reuniones.

—¿A ese rollo de los doce pasos, dices? Ni hablar. Yo no soy un alcohólico.

—¿Quieres que te retiren el carné, Peter? No es para tanto, te sientas a escuchar unas cuantas historias lacrimógenas, te firman el papeleo y punto.

Peter cuelga.

Tengo que ir a las putas reuniones, piensa.

Mi hija es una chiflada.

Mi mujer me odia.

Estoy en la puta ruina.

Mis hombres están a punto de amotinarse.

Si esto es ganar una guerra, cómo será perderla.

Tengo que encontrar a Danny Ryan.

6

Ir a ver a su padre es una de las cosas más arriesgadas que hace Danny.

Marty y Ned están escondidos en un apartotel cochambroso, en el sórdido distrito de Gaslamp. Usan nombres falsos, pero todos los que andan buscando a Danny saben que al marcharse se llevó a su hijo y a su padre, de modo que las visitas son un peligro en potencia.

Por lo menos Marty no llama la atención en el Golden Lion, que está lleno de viejos alcoholizados con un pie en la tumba.

Danny le lleva la compra, como de costumbre, pero esta vez el tipo de recepción le para.

—Necesito hablar con usted.

—¿Qué pasa?

—Es por su tío. No puede seguir aquí.

—¿Y eso por qué?

—No puede valerse solo —contesta el tipo—. La mitad de las veces no sabe ni dónde está.

Danny echa una ojeada al vestíbulo, donde hay media docena de ancianos con la mirada perdida y un par más que van de acá para allá tambaleándose y conversando con fantasmas.

—¿Y esos qué? ¿Son unos linces?

—Se caga en la cama y la gente se queja. Por el olor.

Danny sabía que Marty había empeorado, pero no sabía que estuviera tan mal. Y Ned nunca se chivaría de algo así. Danny ha visto el tembleque de piernas de su padre, que va de mal en peor, y sabe que le falla la memoria; un par de veces le ha preguntado cómo está Terri, pero ¿cagarse en la cama?

—El dueño dice que tiene que irse. Puedo darles una semana.

—De acuerdo. Gracias.

¿Y ahora qué?, se pregunta Danny.

Convence a Marty de que le acompañe a una clínica para que le hagan un chequeo. Marty le llama de todo, pero va.

El médico sale de la sala de exploración para hablar con Danny. Es joven pero pragmático.

—Mire, podría mandarle una batería de pruebas, pero es evidente que su tío sufre demencia, agravada por un alcoholismo crónico en fase avanzada. Tiene el hígado destrozado, está perdiendo el control de sus funciones corporales y sus capacidades cognitivas se están deteriorando muy rápidamente. De vez en cuando volverá a ser el de siempre, por momentos, pero va a necesitar asistencia a tiempo completo.

Danny pensaba que su padre se resistiría más a ir a una residencia, pero no.

—¿Tendré una habitación para mí solo? —pregunta Marty.

—Una habitación para ti solito.

—¿Y las enfermeras me harán pajas?

—Eso tendrás que hablarlo con ellas —responde Danny.

—Pues claro que lo voy a hablar.

El dinero es un problema. Danny no sabe cómo va a pagarlo, pero Marty le dice:

—Tengo un seguro. De cuidado a largo plazo.

—¿Ah, sí?

—Me hizo contratarlo tu mujer —dice Marty.

A Danny no le extraña nada. Terri siempre fue la precavida, la que pensaba en lo que podía pasar en un futuro.

Pero es arriesgado, porque Marty tendrá que identificarse con su nombre real para acceder a la póliza. No hay imputaciones ni orden de arresto contra él, pero aun así podrían vincularlo con su hijo.

Tendré que arriesgarme, piensa Danny.

No tengo elección.

Encuentra un sitio en North Park donde hay una plaza libre.

A Marty se le empañan un poco los ojos cuando llega la hora de despedirse. Puede que sea la primera vez que Danny le ve mostrar un sentimiento humano.

Ned no se inmuta, como siempre, pero Danny sabe que es un mal trago para él. Le dice que puede coger el autobús e ir a ver a diario a Marty, si quiere.

—Y yo vendré un par de veces por semana.

—Muy bien, John —contesta Marty.

—Papá, soy Danny.

—Me estoy quedando contigo, imbécil. Ten cuidado, ¿eh? No quiero que te pase nada. ¿Quién me traería mi carne en lata?

* * *

Esa noche Danny tiene un sueño.

Un sueño raro de cojones.

Va andando por el cementerio de Swan Point; busca la tumba de Terri, pero no consigue encontrarla. Entonces ve a Sheila Murphy de pie junto a la lápida de Pat. Tiene en la mano una botella de cerveza Narragansett y la está vaciando sobre la tumba de su marido.

Sheila lo ve.

—¿Danny? —dice—. ¿Eres tú?

—Sheila, ¿qué…?

—Vengo todos los días. —Lo mira fijamente, como si le costara creer que es él de verdad—. Creía que estabas muerto.

—No.

—¿Y Ian? ¿Está vivo?

—Sí. Está bien.

—Pero Terri no —dice Sheila—. Está aquí, con Patrick.

—No la encuentro —contesta Danny.

—Me he vuelto a casar.

—¿Sí?

—Con el hermano de Patrick.

Danny se queda pasmado.

—¿Con Liam?

—No. Liam está muerto. Está aquí. Con su otro hermano, con Tommy.

Danny está confuso. Los Murphy solo tenían dos hijos varones: Patrick y Liam. Pero entonces se acerca un hombre que se parece mucho a Patrick, solo que es más viejo y gordo, orondo y satisfecho.

—Me alegro de verte, Danny —dice Tommy—, pero este no es tu sitio. Tú crees que sí, pero no.

—¿Cuál es mi sitio, entonces?

—No lo sé. —Tommy le pasa el brazo por el hombro a Sheila. Tiene las manos muy grandes—. Pero me lo dijo Pasco.

—¿Cuándo has visto a Pasco?

—Lo veo constantemente.

Sheila está tejiendo. Le entrega a Danny un jersey verde.

—Para Ian. Para que se acuerde de dónde viene.

Danny se despierta en ese instante. Tarda un minuto en recordar dónde está y aun así sigue un poco agitado. No cree mucho en los sueños, en que signifiquen algo, pero este era muy raro. Pat nunca ha tenido otro hermano y Sheila nunca se volvería a casar.

¿Y qué quería decir con que ese no era mi sitio? ¿Y qué pintaba Pasco? ¿Y por qué no encontraba la tumba de Terri?

Puede que porque sabes que nunca podrás ir allí a visitarla.

Oye balbucear a Ian y entra a levantarlo y a prepararle el desayuno.

Gachas de avena, quizá, o un huevo revuelto, si consigue que se lo coma.

7

Chris Palumbo tenía un problema grave.

Llegó a un acuerdo con la gente de Abbarca para vender cuarenta kilos de jaco, hizo que Peter Moretti y la mitad de los mafiosos de Nueva Inglaterra metieran dinero en el asunto y luego se las arregló para que Danny Ryan y sus irlandeses birlaran la droga.

Típico de él: encontrar la manera de putear a todo el mundo.

Iba a putear a Ryan haciendo que la policía pillara a los irlandeses con la droga. Luego, él y Jardine, el federal, putearían también a Peter quedándose con la droga y dejando que cargara con las culpas por haber perdido el dinero de los demás.

De ese modo desbancaría a Peter y se sentaría él en el trono.

Porque estaba harto de tener que arreglar los errores de Peter, harto de bailarle el agua, harto de resolverle los marrones al idiota de su hermano Paulie.

Pero se jodió todo.

Se suponía que Chris iba a quedarse con los diez kilos que había escondido Danny Ryan, pero no se sabe cómo Danny le echó un par de pelotas y se enfrentó a él, amenazó con cargarse a toda su familia. Vale, podían haber perdido los diez kilos —no era lo ideal, pero tampoco era lo peor que podía pasar—, pero entonces Jardine se dejó matar.

El muy capullo desconsiderado.

El caso era que la heroína que iba a recibir no llegó, su acuerdo de inmunidad por sus faltas del pasado estaba tan muerto como Jardine, y seguro que Peter Moretti sospechaba que se había quedado con la droga. Tan seguro como que había puesto precio a su cabeza.

De modo que Chris Palumbo, al que le encantaban las maquinaciones complicadas, optó por la solución más sencilla.

Huyó.

Que Peter haya dictado sentencia de muerte contra mí, se dijo, no significa que yo vaya a presentarme a la ejecución. Que la celebren sin mí.

Había perdido su oportunidad de convertirse en el mandamás, pero en realidad no le molestaba mucho irse. Estaba cansado de la mafia, harto del ambiente endogámico y agobiante de Rhode Island, donde todo el mundo sabía la vida de los demás. Las cenas familiares de los domingos, las bodas, los bautizos, todos esos compromisos inexcusables que empezaban a asfixiarlo.

Tenía familia, claro, pero sus hijos ya eran mayores y su mujer… En fin, Cathy siempre ha sido capaz de valerse sola.

Le enviaría algo de dinero cuando lo tuviera.

Además, tenía intención de volver, de verdad, en cuanto se calmasen las cosas. Quizá cuando la gente se cansara por fin de las meteduras de pata de Peter y decidiera hacer algo al respecto.

Mientras tanto, estaba seguro de que su mujer y sus hijos preferían que hubiera desaparecido a que hubiera muerto. Por eso cogió los cien mil dólares que tenía guardados por si acaso en el sótano de su amiguita, le dio un beso en la mejilla y se largó.

Pensó en irse a Florida y luego reculó. Todos los capos del noreste van a Miami o a Boca a pasar los fines de semana o las vacaciones. Su segunda opción era Las Vegas, pero pasaba lo mismo.

Aun así, quería irse a un sitio cálido, donde viera un poco el puto sol, y ahora está sentado en Scottsdale, Arizona, tomándose una cerveza mientras mira a Frankie Vecchio, al otro lado de la mesa.

El puto Frankie V, el de las orejas grandes y la boca aún más grande, el que lo oye todo y cuenta todo lo que oye y más.

Chris lo manipuló para que convenciera a Ryan y a los irlandeses de que robasen la heroína, y Frankie prometió testificar contra ellos a cambio de inmunidad y de una nueva vida dentro del Programa de Protección de Testigos.

El tío es tan imbécil que entregó sus cinco kilos de heroína al entrar en el Programa y se quedó sin blanca, y encima luego el muy gilipollas se aburrió de vender revestimientos de aluminio o lo que coño hiciese y dejó el Programa.

Así que él también está huyendo.

Si para algo sirve Frankie es para que lo utilicen, se dice Chris.

En eso nunca falla.

Odia Arizona, o al menos eso le dice a Chris.

—*Marone,* el calor que hace… Siento que me va a explotar la cabeza.

Chris no es de la misma opinión. Una cosa que le ha sorprendido es lo mucho que le gusta el desierto. El sol, el calor, el no tener que pensar nunca en ponerse abrigo, botas, guantes… Se pasa la vida en polo y bermudas. Y en sandalias. Si no te gusta el calor, para eso está el aire acondicionado. Sales, juegas un partido de golf temprano por la mañana, y a lo mejor otro cuando cae el sol.

Ojalá se hubiera instalado en Scottsdale hace años.

A Cathy quizá le gustaría esto, si pudiera soportar estar lejos de sus hermanas, con las que no para de pelearse.

La composición étnica tampoco es del agrado de Frankie.

—Aquí hay muchos mexicanos. ¿Te has fijado?

—Esto antes era México.

—Y lo sigue siendo, por lo que veo.

A Chris eso no le molesta lo más mínimo. Se ha aficionado a la comida mexicana, aunque podría prescindir de las bandas de mariachis.

No, a él le gusta Arizona.

Se ha buscado una mujer, la gestora de la inmobiliaria que le encontró su bonito piso de una habitación. No le hizo un montón de preguntas incómodas al rellenar los papeles y luego lo ayudó a probar la cama.

Chris ha intentado sentir nostalgia —por mala conciencia, más que nada—, ha intentado echar de menos a Cathy y a los chicos, pero la verdad es que no los echa de menos. Por lo menos todavía. Le gusta la vida que lleva, esa vida tan dulce, y está a gusto aquí.

El único problema es el dinero, que se va como agua.

Cien mil dólares parecen mucha pasta, y de momento no le falta de nada, pero no va a durarle siempre. Va a necesitar dinero. Lo que de verdad le gustaría sería abrir un concesionario de coches, pero no puede montar ningún negocio legal ni exponerse demasiado. Es lo que tiene esta vida nuestra, piensa: que, si cruzas cierto puente, ya nunca puedes volver al otro lado.

—Entonces, ¿qué quieres hacer? —pregunta Frankie, que no ha tenido una sola idea original en toda su vida.

—Estoy pensando en volver a contactar con la gente de Abbarca.

—¿Por lo bien que funcionó la última vez?

—Oye, que los mexicanos recibieron su dinero —contesta Chris—. Contra nosotros no tienen nada. Pero estoy pensando en cocaína, más que en caballo. La clientela tiene más clase.

—¿Quién? ¿Las putas que fuman *crack*?

—No, los blancos ricos. Médicos, abogados, jefazos... Esos hijos de puta del campo de golf se mueren por una rayita.

—¿Y tienes pasta para eso?

—Puedo conseguir que me la presten.

—¿Tú crees?

Pues sí, lo creo, piensa Chris. Por eso lo he dicho.

Al día siguiente, Frankie y él se suben a su Caddy y van hasta Ruidoso, en Nuevo México, donde uno de los lugartenientes de Popeye Abbarca tiene un rancho de caballos.

Vinnie sí que sabe follar.

Es incansable, el tío.

Celia se levanta de la cama y empieza a vestirse. Duda si ducharse en el motel o esperar a llegar a casa y por fin se decide por esto último, porque de todos modos Peter no estará allí y cuanto menos tiempo esté su coche en el Holiday Inn, mejor, aunque lo aparque en la parte de atrás.

Vinnie está tumbado, con esa expresión tan ufana en la cara.

Sí, ya sé que has hecho que me corra, piensa Celia, pero yo también he hecho que te corras tú. Dios mío, era como una boca de riego reventada, vertiéndoseme dentro.

—Entonces, ¿el miércoles? —pregunta Vinnie.

—¿Aquí?

—Deberíamos ir cambiando de sitios.

Cuando uno se folla a la mujer del jefe, toda precaución es poca.

Peter va a las reuniones. Son aburridas de cojones, pero las historias que cuentan los borrachos a veces tienen su gracia, y hay café y galletas. Después de asistir a unas cuantas, casi empiezan a gustarle. Su tranquilidad, su calma, su sentimiento tienen un no sé qué.

La sexta vez que va, ve a una chica pelirroja con el pelo largo y cara de tristeza.

Hacía años que no la veía.

Cassie Murphy.

Ella lo reconoce enseguida.

En otra vida fueron incluso amigos, hasta cierto punto. Se veían en la playa, iban juntos a las barbacoas de Pasco Ferri. En aquel entonces ella no se drogaba y estaba sobria, y le iba bastante bien sin el alcohol y la heroína.

Luego se fue todo a la mierda y los Murphy y los Moretti entraron en guerra. A sus hermanos los mataron, a su padre lo metieron en la cárcel y ella empezó a pincharse otra vez. Ahora está intentando desintoxicarse y ha vuelto a los sótanos de las iglesias, pero no le va muy bien.

Se encuentran de frente en las escaleras, a la entrada de la parroquia.

—Cassie.

—Peter.

No saben qué decir. ¿Qué pueden decir? Él destruyó a su familia, le arruinó la vida. No, eso no es del todo cierto, piensa Cassie. Todo lo que hicimos, nos lo hicimos a nosotros mismos. Ella le rogó a su buen amigo Danny Ryan que no se metiera en el asunto de la heroína con Liam, pero no le hizo caso.

Peter Moretti no tuvo nada que ver en eso.

—No esperaba verte aquí —le dice Cassie.

—Me detuvieron por conducir bebido. ¿Y tú?

—Ya sabes, lo mío viene de lejos.

—Sí, me acuerdo.

Un largo silencio, pero ninguno de los dos se marcha. Ya solo están ellos dos en las escaleras. Todos los demás se han ido.

Peter dice:

—Sé que te va a sonar a raro, pero ¿te apetece ir a tomar un café o algo?

Sí que es raro, piensa Cassie. Muy raro. Pero está todavía un poco colocada de su último chute y sabe que, si no hace otra cosa, va a ir a drogarse otra vez, así que le dice que sí.

Se toman un café, nada más.

Hablan de las reuniones.

Peter se descubre hablándole de Gina. Le cuenta que ahora intenta prestarle más atención, porque ni de coña va a mandarla a un hotelito de cinco estrellas en Vermont.

Pero prestarle atención a Gina no es fácil porque está casi siempre encerrada en su habitación. Y él no para mucho en casa porque está por ahí intentando ganar dinero.

Cassie lo escucha con atención. Le sorprende que Peter Moretti, un mafioso de la cabeza a los pies, se abra así con ella.

—Deberías hablar de eso en la reunión —le aconseja.

—Y una mierda —contesta Peter.

Chris tiene que explicarle a Frankie V que un *cuarterón* no es un cuarto de caballo.

—Es una raza —le dice en el coche mientras van por la carretera hacia el rancho de Neto Valdez—. Los usan para arrear el ganado.

—Entonces, ¿por qué se llaman cuarterones? —pregunta Frankie.

—¿Y yo qué coño sé?

¿Y qué coño me importa? Aunque la verdad es que debe de ganarse mucho dinero con los caballos, porque el puto rancho es toda una preciosidad. Chris se queda impresionado mientras avanzan junto a las largas vallas blancas que bordean los hermosos pastos verdes. Los aspersores sisean rítmicamente.

Neto sale a su encuentro frente a la casa.

Sombrero de *cowboy* blanco, camisa vaquera con corchetes de nácar, botas Lucchese marrones.

Es guapo, el hijoputa.

—Chris, cuánto tiempo —dice cordialmente.

Sí, no se han visto desde que Chris organizó lo del cargamento de heroína.

—Neto, te presento a Frankie, un amigo nuestro.

—*Bienvenido.*[3]

Les enseña los establos. Resulta que sus cuarterones se venden por ciento cincuenta mil dólares o más.

—Pero lo que de verdad da dinero son las tarifas de los sementales.

Les explica cómo congelan el semen y se lo mandan a los clientes.

—¿O sea que se gana pasta con las corridas de los caballos? —le susurra Frankie a Chris.

—Eso parece.

—Quién lo iba a pensar —comenta Frankie.

Chris comprende entonces que ningún hipódromo de los Estados Unidos volverá a estar salvo, porque Frankie ya se ha puesto a maquinar cómo ir por ahí haciéndoles pajas a los caballos.

Después de la visita, Neto los lleva a un patio para almorzar. Un almuerzo estupendo, con comida deliciosa: carne asada, gambas, fruta fresca, cerveza bien fría.

Por fin van al grano. Chris le dice que quiere comprar cocaína.

—¿Cuánta quieres? —pregunta Neto.

—Estaba pensando en diez kilos.

—Te puedo dar esa cantidad a diecisiete mil el kilo.

---

[3] En español en el original. *(N. de la T.)*

—Ese es el precio para los gringos —contesta Chris—. ¿Cuánto les cobras a los mexicanos?

—Tú no eres mexicano —replica Neto, pero sonríe.

—Pero te considero un hermano.

—Me caes bien, Chris. Si subes un poco la cantidad, podría bajarte el precio a quince mil.

—¿Quince kilos a quince mil? —pregunta Chris.

—Hecho.

—Tengo cincuenta mil en efectivo —dice Chris—. Te los adelanto y te pago el resto cuando venda la mercancía.

—Uy, Chris…

—Venga, sabes que puedo doblar ese dinero en Mineápolis o en Omaha, o en cualquier ciudad del Medio Oeste en un santiamén.

—No puedo fiarte ciento setenta y cinco —contesta Neto—. Me caes bien, Chris, y no quiero que te metas en líos. ¿Sabes qué? Te vendo cinco a ese precio y te reservo el resto. Vendes los cinco kilos, vuelves y los pagas, y empezamos otra vez.

—Trato hecho —dice Chris.

—Pero voy a necesitar un aval —dice Neto.

—De eso ando un poco corto —contesta Chris.

—Estás huyendo, ya me he enterado. Pero tienes que darme alguna garantía, Chris.

Chris se la da.

Le deja a Frankie V.

Es como una casa de empeño. Si Chris vuelve con el dinero, redime a Frankie.

Si no…

Qué putada para Frankie.

Peter llega a casa y entra por la puerta justo a tiempo de escuchar los gritos. Son de Celia y vienen del piso de arriba. Sube los peldaños de tres en tres y ve que la puerta de Gina está abierta.

Celia está allí parada.

Sus gritos son alaridos, la cosa más horrible que ha oído nunca.

Peter la aparta y ve a Gina en la cama.

La colcha está roja y Gina tiene la cabeza echada hacia atrás sobre el borde del colchón. Sus ojos abiertos miran fijamente el techo, tiene la boca desencajada y la lengua le cuelga a un lado.

En el suelo, junto a su mano izquierda, hay un cuchillo.

Peter la agarra y la levanta. Su cuerpo está inerte. Ve los cortes largos y profundos en las muñecas.

La abofetea.

—¡Gina! ¡Gina! ¡Despierta!

No responde.

Peter se vuelve hacia Celia.

—¡Llama a emergencias!

Celia sigue allí parada, chillando.

—¡Que llames a emergencias, joder!

Ella lo mira con desprecio.

—Es demasiado tarde —dice—. Está muerta.

—No, no, no…

—Está muerta y la has matado tú.

* * *

El funeral de Gina Moretti es patético.

Muy concurrido, claro. En la iglesia y el cementerio se agolpan los mafiosos y sus allegados, la mayoría de los políticos, unos cuantos policías, y amigos y vecinos con sus respectivas esposas.

Peter Junior ha vuelto a casa con un permiso especial para enterrar a su hermana.

Es tan triste...

Los padres, rotos de dolor, están juntos, pero no se hablan. Celia está trágicamente hermosa con su vestido de luto, pero hasta con el velo puesto se nota que ha tomado tranquilizantes y seguramente también alcohol.

Peter está callado, como si fuera de piedra.

Los susurros, las preguntas... *¿Cómo es posible que una chica tan guapa, una chica que lo tenía todo...? ¿Qué estaba pasando en esa casa? Nunca se sabe lo que pasa a puerta cerrada...*

Peter porta el féretro, lleva a su hija a un hoyo abierto en la tierra, junto a Peter Junior, Paulie, Vinnie y otros dos hombres de su banda.

Celia se derrumba junto a la tumba. Arroja un puñado de tierra sobre el ataúd de Gina y entonces le fallan las rodillas. Peter intenta sostenerla, pero ella lo aparta. Paulie y Pam la agarran antes de que se caiga y la acompañan de vuelta a la limusina, sosteniéndola entre los dos.

Peter alcanza a oír sus sollozos y alaridos desde la tumba.

Paulie Moretti mira a través de la puerta abierta del baño de la habitación del motel y observa cómo su mujer sale de la ducha y se envuelve en una gran toalla blanca.

Que quizá haya comprado en una puta tienda de tallas grandes, piensa Paulie, porque Pam ha engordado unos kilitos. Más que unos kilitos, en realidad. Le gustaba más cuando se metía coca y estaba flaca. Ahora, si alguna vez tiene polvillo blanco en la nariz, seguramente es del azúcar de un dónut.

No siempre ha sido así. Hace no tanto tiempo —un puñado de años—, Pam era la mujer más hermosa que había visto nunca. Qué coño, la mujer más hermosa que había visto cualquiera.

Por eso se armó todo el follón: porque Liam Murphy, que estaba celoso de que Paulie estuviera con una mujer así, se emborrachó y le metió mano después de una fiesta en la playa, y él, Peter y Sal, que en paz descanse, le dieron una paliza. Luego, Pam fue a ver a ese cabrón del irlandés al hospital y acabó yéndose con él.

Ahí empezó todo y ya no paró.

¿Cuántos cadáveres? ¿Cuántos entierros?

Y entonces a Chris se le ocurrió la idea genial —genial por los cojones— de tenderle una trampa al irlandés con la heroína, y aquí estamos. Los irlandeses están acabados, Nueva Inglaterra es nuestra y yo recuperé a Pam, pero ¿de verdad ha valido la pena?

Pam está empezando a parecerse a la foto del «antes» de un anuncio de Weight Watchers.

—Qué pena más grande —dice al entrar en el dormitorio.

—¿Lo de Gina? Sí.

La chavala estuvo siempre como una puta regadera, piensa Paulie.

Pam se quita la toalla, la deja caer al suelo y se mete en la cama. Genial, piensa Paulie: una toalla mojada en la alfombra.

La muy cerda.

—¿Quieres sexo? —pregunta Pam.

—No, la verdad.

Ella se vuelve y le da la espalda.

Paulie sube el volumen de la tele.

Para Pam es un alivio que Paulie no quiera sexo. Cuando volvió con él, no quería otra cosa y siempre estaba a vueltas con lo mismo: *¿Soy mejor que Liam? ¿Te hacía esto, te hacía lo otro? ¿Te corrías con él? ¿Te corrías con él como conmigo?*

Ella sabía lo que tenía que responder: *Eres el mejor. Liam nunca me hacía esto ni aquello. Con él nunca me corría. Tú eres el único que hace que me corra.*

Dejar la coca no había sido difícil —se ponía sobre todo para seguirle el ritmo a Liam y porque eran muy infelices juntos—, pero sabe que ha sustituido la farlopa por la comida, igual que sabe que, hasta cierto punto, quizá quiera engordar para que Paulie la deje.

A ella le da miedo abandonarlo. Teme, con razón, que la busque y la mate. Ya estuvo a punto de hacerlo y ella lo sedujo para que, en vez de matarla, se la follara. Es un asunto que todavía colea, las veces —cada vez menos frecuentes— en que él quiere sexo. Saca el arma y le dice: *Chupa esto primero, zorra. ¿Y si aprieto el gatillo? ¿Eh?* A veces le deja metido el cañón en la boca mientras se la folla. Cree que a ella también la excita porque finge que así es, ¿qué va a hacer, si no?

Ahora sabe lo que no debería haber hecho.

No debería haberle dado la droga a Paulie.

Los diez kilos de heroína que Liam, puesto de coca hasta las cejas —el bello y arrogante Liam, el que siempre se pasaba de listo—, se dejó en sus prisas por huir del piso donde se escondía. Había metido tres paquetes en una maleta y otros diez debajo de la cama y allí los dejó.

Escaparon y siguieron huyendo hasta que ella lo delató.

Se presentó Jardine, el federal, y lo atrapó y ella ya no volvió a verlo. A Paulie, en cambio, sí que lo vio; lo vio entrar en su habitación de motel, apuntarle a la cara con una pistola y decirle:

—Hola, zorra.

Pensó que iba a dispararle.

—No, por favor —le rogó Pam—. Follo contigo si quieres, te la chupo.

—¿Crees que quiero las sobras de Liam Murphy? —Paulie amartilló la pistola.

—Te dejo que me la metas por el culo.

—¿También le dejabas a Murphy?

—Por favor —sollozó ella.

—No tienes nada que me interese.

Pero resultó que sí lo tenía. Sabía dónde estaban los diez kilos de heroína, si Jardine no llegaba primero. Si me dejas vivir, te enseño dónde están, le dijo. Podemos marcharnos, irnos a algún sitio juntos, empezar de cero.

—Te quiero —le dijo—. Siempre te he querido. Deja que te lo demuestre.

Lo llevó al piso franco y por suerte la heroína seguía allí. Paulie la escondió, y unas semanas más tarde se fueron a Florida y allí se han quedado hasta ahora, que han vuelto para el entierro de la pobre Gina.

El dinero de la droga les dio para comprarse una buena casa en Fort Lauderdale y para vivir sin tener que trabajar. A

Paulie ni siquiera se le ocurrió ayudar a Peter a salir de apuros dándole parte del dinero.

—Que se joda. —Fue lo que dijo.

Ahora se queda dormido.

Pam coge con cuidado el mando a distancia y apaga el televisor.

Por fin, ¡por fin!, los familiares, los allegados y los curiosos que solo han venido por morbo se marchan, y Peter Junior y Heather se quedan solos en el salón.

Celia está arriba, en el dormitorio principal, amodorrada por los tranquilizantes. Peter está fuera, en el jardín, fumándose un puro.

—Creía que no se iban nunca —dice Peter Junior.

—Les encantan estas mierdas —responde Heather—. El drama, la tragedia.

—Es trágico.

—Estrictamente hablando, no —contesta su hermana—. Solo es triste.

—¿Crees que mamá va a estar bien?

—¿Es que ha estado bien alguna vez? Es papá quien me preocupa. Él se lo guarda todo. Y las cosas se enquistan. Lo reconcomen por dentro.

Se quedan callados un rato y luego Peter Junior dice:

—Pobre Gina. Siento que, no sé, que podríamos haber hecho algo más.

—No hagas eso.

—¿El qué?

—Sentirte culpable —dice Heather—. Gina siempre fue

una egoísta y este ha sido su último acto de egoísmo, el mayor de todos.

—Qué dura eres.

Heather quiere mucho a su hermano, pero es tan ingenuo... Y cómo va a ser de otro modo, siendo el único chico en una familia italiana, el Elegido. Su padre iba a todos sus partidos, no faltaba a ninguno. En cambio, los de Gina le pillaban a trasmano; casi siempre, en vez de aparecer, se disculpaba. Claro que cuando Gina era pequeña estaba más ocupado, y Heather sabe por qué: lee el periódico.

Para ser justos con su padre, Gina también empezó a faltar a sus propios eventos escolares.

—Ella le culpa, ¿sabes? —dice Heather.

—¿Quién culpa a quién y de qué?

Heather pone cara de fastidio.

—Mamá culpa a papá de que Gina se haya suicidado.

—¿Porque no quiso mandarla a ese sitio de New Hampshire?

—De Vermont. Pero sí.

—A lo mejor habría ayudado.

—Lo dudo.

—No hagas lo que estás pensando hacer —dice Peter Junior.

Heather sonríe.

—¿Y qué estoy pensando hacer?

—Dejar la universidad para volver aquí y cuidar de papá. Seguro que lo va a superar.

—Lo dice el que se escapó a los marines —responde Heather—. No lo hagas tú tampoco.

—Bueno, no creo que el Cuerpo de Marines me lo permita.

—Ya sabes lo que quiero decir.

Sabe lo que quiere decir, en efecto: dejar el Ejército, volver y entrar en el negocio familiar, convertirse en el heredero y tomar el relevo de su padre algún día. Es lo último que quiere Peter Junior, y lo último que quiere su padre.

—No te preocupes, que no voy a hacerlo.

—Lo digo porque esta puta mierda tiene que terminar —dice Heather.

En algún momento.

8

Reggie Moneta pone un radiocasete sobre el escritorio de Brent Harris.

—Tenemos información de que el señor Ryan podría estar aquí, en San Diego. Uno de mis brillantes subordinados ha reparado por fin en esto, en una grabación de vigilancia de los Murphy de hace tiempo.

Pulsa el *play* y Harris escucha:

—*¿Y qué más da que los Moretti nos relacionen con el atraco? ¿Qué van a hacer? ¿Matarnos? Eso ya lo intentan.*

—Ese es Liam Murphy —explica Moneta—. Y este es Ryan…

—*Tratarán de recuperar la droga.*

—*Por eso hay que empezar a moverla cuanto antes. ¿No te quieres ir a California?*

—*¿Cómo que a California?*

—Ese es John Murphy —dice Moneta—. Fíjate en lo que dice Ryan a continuación.

—*Quería decírtelo, pero no encontraba el momento. Pues sí, voy a usar este dinero para que nos mudemos a la Costa Oeste. A San Diego, quizá.*

Moneta apaga el radiocasete.

¿Esa es la información?, piensa Harris. ¿«A San Diego, quizá»? Moneta se está agarrando a un clavo ardiendo. Harris no quiere saber nada de este asunto. Bastante liado está ya con la violencia del narcotráfico que se extiende desde Tijuana ahora que el cártel de los Abbarca intenta tomar el control de las bandas de San Diego. Tiene cero interés en la obsesión de Moneta con Danny Ryan.

Y además sabe que la gente de Moneta opina lo mismo. En el FBI nadie quiere que Ryan testifique sobre Phil Jardine. Por eso ha venido a hablar conmigo, piensa Harris.

Genial.

—Sabemos que Ryan tiene vínculos con la organización de los Abbarca —dice Moneta—. He pensado que quizá alguna de tus fuentes pueda darnos información sobre él.

—En realidad, no sabemos que existan esos vínculos —responde Harris—. Lo que sí sabemos es que Chris Palumbo tenía tratos con Abbarca. Me interesa más encontrarlo a él, la verdad.

—Ven a dar un paseo conmigo.

—Claro —dice Harris.

No puede decirle que no porque la ofendería y además le interesa saber qué es lo que la jefa de Crimen Organizado no quiere discutir en la oficina. Así que da un paseíto con ella por Broadway, hasta el puerto. Se dirigen hacia el norte y observan las pequeñas embarcaciones de recreo que se mecen acunadas por la marea entrante.

—Supongo que habrás oído los rumores sobre lo mío con Phil Jardine —dice Moneta.

Harris se encoge de hombros, avergonzado. El día va de mal en peor.

—Son ciertos —añade ella.

—Vale.

Me da igual, piensa. Me da exactamente igual. Para, por favor.

—Seguramente te habrás preguntado si yo también soy una policía corrupta, suponiendo que Phil lo fuera.

—No me he preguntado nada en absoluto.

—Phil no era perfecto. Tenía sus demonios. ¿Era un policía corrupto? Sinceramente, no lo sé. Pero yo no lo soy.

—No hace falta que...

—Solo quiero asegurarme de que no hay malentendidos.

No los hay, piensa Harris. La entiende perfectamente. Y aunque no es su jefa, Moneta tiene cierto poder en Washington. Para joderle la carrera, solo tiene que quejarse de que un compañero de la fuerza conjunta se niega a cooperar con ella.

Así que Harris hará lo justo para cubrir el expediente. Sacudirá un poco el árbol, a ver si cae Ryan.

Entonces Moneta dice algo que le aclara por qué han salido a dar un paseo con el frío y la humedad que hace, en vez de estar sentados en el despacho o acodados en la barra de un hotel acogedor, y por qué ha venido Moneta hasta aquí en avión para hablar con él en persona.

* * *

—Danny Ryan es un hombre muy peligroso —dice—. Si opone alguna resistencia… En fin, tu seguridad y la de tus efectivos es lo primero. ¿Entiendes lo que quiero decir?

Harris lo entiende, en efecto.

Moneta quiere que le entreguen a Ryan como el pollo en el KFC.

En una bolsa o en una caja.

Bueno, se dice Harris, eso resolvería el problema: no podría testificar.

Un animal perseguido desarrolla un nuevo instinto.

Cuando algo anda mal, lo percibe.

Puede que sea un sonido o su ausencia. Puede que vea por el rabillo del ojo algo que antes no estaba ahí. Quizá sea una expresión facial, una mirada, una palabra, una pregunta.

Danny tiene esa sensación cuando el tipo entra en el bar.

No es un cliente habitual, uno de esos tristes veteranos de un ejército perdedor. Su ropa desentona solo un poco: su camisa floreada parece demasiado nueva, sus mocasines brillan. Tiene la piel clara pero quemada por el sol, como si acabara de llegar a California.

Y se le agrandan los ojos ligeramente cuando ve a Danny detrás de la barra.

Danny le susurra a Carl, el otro camarero, que va a tomarse su descanso. Baja las escaleras del almacén y sale por la puerta de reparto, al callejón.

* * *

—Viste a Danny Ryan —dice Vinnie.

Mira al jugador empedernido que está sentado enfrente de él y de Peter, en la oficina de American Vending.

—Creo que sí —dice Benjy Grosso—. Estoy casi seguro de que era él.

—¿Qué hacías tú en San Diego? —pregunta Peter.

—Estaba de vacaciones.

—¿De vacaciones? —dice Vinnie—. ¿No tienes dinero para pagarnos y te vas de vacaciones?

Benjy parece avergonzado.

—¿Y te metes en un bar irlandés? —añade Vinnie—. ¿A qué?

—A tomar una copa.

—Si nos estás mintiendo, Benjy —dice Peter—. Si es una trola...

Benjy levanta la mano como si estuviera en un tribunal.

—De verdad que no.

—¿Conocías a Ryan? —pregunta Vinnie.

—Lo justo.

—¿Qué erais? ¿Amigos?

—No, claro que no. Solo lo veía por ahí, ya sabes.

—Vale, puedes irte —dice Vinnie—. Estamos en contacto.

Benjy se levanta.

—Si es él, ¿me beneficiará en algo? ¿Con lo de mi deuda?

—Si es él —contesta Vinnie—, tu deuda está saldada. Ahora largo de aquí, que los hombres tenemos que hablar.

Cuando Benjy sale por la puerta, Peter pregunta:

—¿Qué piensas?

Pienso que me estoy follando a tu mujer del derecho y del revés, por arriba, por abajo y de lado, responde Vinnie para sus adentros.

—No sé. El tío debe dinero, está desesperado y nos viene con esta historia.

—Pero si es cierto, podemos pescar a Danny.

—¿Qué va a decir Pasco?

—Pasco está retirado —dice Peter—. Y, además, ojos que no ven…

—¿No crees que deberíamos consultárselo primero? —pregunta Vinnie.

No, Peter no lo cree. Si se lo consulta a Pasco, el viejo dirá que no y él tendrá que joderse. Si le obedece y no va a por Ryan, perderá la oportunidad de recuperar la pasta. Y si va a por él, desobedecerá a Pasco y estará acabado.

Que viene a ser lo que espera Vinnie.

Ian está jugando, tan contento, con su camión en la arena.

Sentado en un banco, en el parque, Danny lo observa mientras habla con Jimmy Mac.

—¿Estás seguro de que este tipo te reconoció? —pregunta Jimmy.

—No. Solo fue una sensación.

—¿No ha vuelto por el bar?

—No.

—Pues ya está —dice Jimmy—. Seguramente no fue nada.

—No sé.

Siguen sentados, viendo jugar a Ian. Pasado un rato Danny dice:

—Echas de menos a tus chicos.

—Claro.

—Iba a decirte que trajeras a la familia, pero ahora…

—Ya lo sé.

—Vamos a ver qué pasa.

Solo por seguridad.

Como si eso existiera, piensa Danny.

Ha conocido muchas cosas, buenas y malas, pero seguridad… Eso no lo ha conocido nunca.

No puede exponer a su hijo a ese peligro, además, esta no es vida para el crío.

Necesita un hogar estable que él no puede darle.

Así que Danny hace lo que nunca pensó que haría.

El hijo abandonado lleva a su hijo con la madre que lo abandonó. Imagina que eso es lo que las monjas trataban de enseñarle en las clases de lengua del instituto cuando le hablaban de lo que era una paradoja.

Ahora lo entiendo, se dice Danny.

Las Vegas es una alucinación.

Nada es real: ni las pirámides ni los palacios ni los barcos piratas. Y luego está el Circus Circus, como si no bastara con uno solo, piensa Danny. Qué cojones, la ciudad entera es un circo.

Recorre en coche el Strip y llega a casa de Madeleine. ¿Casa? Esto es un palacio, piensa al llegar.

Y Madeleine es real, desde luego, erguida delante de la enorme puerta con un vestido blanco y vaporoso, como la diosa que se cree que es. El pelo rojo brillante, el bronceado resplandeciente, los dientes blancos y perfectos cuando sonríe.

Se acerca al coche, abre la puerta de atrás y coge a Ian en brazos.

—Mi bebé, mi precioso nietecito.

Ian se caga de miedo y empieza a llorar.

—No, cariño, no, soy la abuela —le dice Madeleine—. La abuela te quiere mucho.

Danny sale del coche.

—Déjame a mí.

Madeleine deja a Ian en el suelo y Danny lo coge de la mano.

—Esta es tu abuela. ¿No quieres decirle hola?

—Hola. —Ian deja de llorar.

—Hola, cariño.

Madeleine tiene los ojos húmedos y Danny se pregunta cuándo se han vuelto sus padres tan sentimentales. Hace poco, en todo caso.

Las palabras le saben a tierra en la boca.

—Necesito tu ayuda.

Nadie sabe a ciencia cierta por qué las personas heridas se encuentran unas a otras, pero así es.

Hay cierta atracción, de dolor a dolor, un magnetismo del sufrimiento, un reconocimiento mutuo que genera un remanso de comprensión. Con esa persona no tienes que explicar por qué estás deprimido, no tienes que oír «pues espabila», no tienes que fingir que eres feliz.

El otro lo entiende sin más.

Cassandra Murphy es lo bastante lúcida como para darse cuenta de ello en parte, pero le costaría mucho explicar por qué se fue con Peter Moretti y por qué sigue volviendo.

Era el peor enemigo de su familia, el que prácticamente acabó con los Murphy, un hombre al que debía odiar.

Quizá por eso me atrae, piensa mientras va andando hacia el pequeño apartamento que alquiló Peter para sus citas secretas. Puede que hacer algo tan terrible, traicionar así a mi familia, confirme todo lo malo que pienso de mí misma, y que eso sea lo que de verdad quiero.

Un pretexto para colocarme.

Y para seguir colocada.

Porque, si creo que soy una puta mierda que no sirve para nada, puedo tratarme a mí misma como lo que soy: una puta mierda que no sirve para nada.

Pero no se trata solo de eso.

Hay algo de tierno, de conmovedor en Peter, algo que ha aflorado en tiempos recientes debido al suicidio de su hija. Cassie sabe lo que es la pena: ha perdido a dos hermanos y a una hermana. Pero ¿perder a una hija? ¿Que tu hija se suicide?

Ese dolor es inimaginable.

Cassie lo siente en el cuerpo de Peter cuando se abrazan después de acostarse. Resuena a través de su piel como una elegía, y ella lo abraza con más fuerza. Su espalda se tensa como un cable y luego se afloja.

Se acuestan —Cassie no lo llamaría «hacer el amor»—, pero ese no es el foco de su relación. Sobre todo, hablan mientras toman café instantáneo o algo de comer salido de una lata o una caja. Hablan de lo que se cuenta en las reuniones —de lo que dicen otros, porque ellos nunca toman la palabra—, de lo que supone, de si pueden aplicarlo a su vida o no. Hablan de los pasos, de lo mucho que les gustan las reuniones y de cuánto las odian.

A veces Cassie se presenta sobria; otras, llega drogada y él no la reprende, no la critica ni la avergüenza. Las personas heridas comprenden el fracaso, saben lo que es perder. Y, si necesita dinero para comprar droga, él se lo da.

Esta noche Cassie no se ha drogado.

Está dolorida, tiene el mono, está aguantando como puede.

Peter ha colgado la chaqueta en el respaldo de la silla de la cocina y está en mangas de camisa, de pie junto a la placa, calentando unos *fettuccine* Alfredo precocinados.

—¿Qué tal va todo? —pregunta.

—Tirando —contesta ella—. He ido a la de las siete en San Pablo.

—¿Y ha estado bien?

—Estoy limpia. —Cassie se sienta a la mesa—. Ya van tres días.

—Qué maravilla.

Ella se encoge de hombros. A ver si dura.

Comen y luego se quedan sentados hablando mientras se toman el café. Después van al dormitorio. Cassie siempre apaga la luz, le da vergüenza desnudarse por su delgadez de yonqui y las marcas de pinchazos que tiene en los brazos. Nunca llega al orgasmo —eso es culpa de la droga, porque nada puede igualar esa primera descarga de placer de un chute—, pero le gusta que la abrace, le gusta tenerlo dentro de sí porque de esa manera se siente viva, es un vínculo con el mundo de fuera de su adicción, de fuera de su anhelo y de su yo atormentado.

A veces, después del sexo, mientras Peter duerme, la inundan los recuerdos, la arrastran en su resaca hacia la corriente profunda del pasado, la llevan mar adentro. Tenía catorce años cuando Pasco Ferri se metió en su habitación y le dijo «No se lo digas a nadie, no te creerán», y ella no se lo contó a nadie, pero juró no dejar que otro hombre la penetrara y así fue.

Aunque todos pensaban que era una puta, ninguno volvió a tocarla hasta la noche en que, después de llevar años sin drogarse, volvió a las andadas y estaba tumbada en un colchón sucio de un picadero, atontada por el colocón, cuando un hombre la sujetó y la violó, y estaba tan drogada que no sabía si aquello era una pesadilla o estaba pasando de verdad. O sea que Peter es el tercero, pero el único al que ha elegido, porque las personas heridas se encuentran entre sí, acaban siendo arrastradas a la misma triste orilla.

9

Un pinchazo le hace la puñeta a Chris.

Tal y como esperaba, duplicó el dinero sin problemas vendiendo la coca en las Ciudades Gemelas y luego en Omaha. Era, como había predicho, un mercado relativamente virgen y él era un buen empresario, nadie podía decir lo contrario de Chris Palumbo.

Así que ahora va conduciendo de vuelta a Ruidoso por una vía de dos carriles, porque leyó *Carreteras azules* y le entraron ganas de ver la América real, y en la carretera 34, al este de Malcolm, Nebraska, esa América se vuelve tan real que le clava un clavo de siete centímetros y medio en la rueda trasera derecha.

Está en el arcén buscando la rueda de repuesto cuando un Volkswagen escarabajo de color amarillo brillante se para y de él se baja una mujer.

Alta, rellenita, de unos cuarenta años, con el pelo rubio y alborotado sobresaliéndole por debajo de un sombrero tejano con una pluma de halcón prendida en la cinta, viste completamente de tela vaquera: chaqueta vaquera, camisa vaquera, pantalones vaqueros y botas de vaquero.

—¿Puedo ayudarte?

Pues sí, piensa Chris, porque resulta que no tiene rueda de repuesto.

—No sé. ¿Llevas encima una 205/70R15?

Se ríe.

—Sé dónde puedes conseguir una. Vamos, te llevo al pueblo.

Chris se sube al escarabajo con ella.

—Soy Joe.

—Laura. ¿Qué te trae por aquí?

—Voy en busca de América —contesta Chris.

—Pues avísame si la encuentras.

Lo lleva al único taller que hay en Malcolm, un pueblo que, por lo que alcanza a ver Chris, se compone de un par de calles, una cafetería y un depósito de agua. El tío del taller le dice que no tiene el neumático en el almacén y que tardarán un día, más o menos, en traérselo de Lincoln, pero que mientras tanto remolcará el coche y lo guardará en el garaje.

—Supongo que tendré que buscarme un motel —dice Chris.

Laura vuelve a reírse.

—Pues no será en Malcolm.

—¿Podrías llevarme a Lincoln? Te lo pagaré.

—Prefiero llevarte a mi casa.

—¿Es que tienes una pensión de esas de cama y desayuno?

—Bueno, tengo una cama —contesta Laura— y supongo que puedo hacerte el desayuno.

Vuelven al coche, Chris recoge su equipaje —incluida una bolsa de deporte llena de dinero—, luego se adentran muy lejos en el campo (que es lo único que hay por allí, piensa Chris), cruzan una zona de cerros de poca altura y bajan a un vallecito estrecho, hasta llegar a la granja de Laura.

La casa es blanca, de dos plantas, con un tejado muy empinado y un porche delantero espacioso.

Hay un granero a un lado y una línea de árboles entre el patio y un campo de labor sembrado con algo que Chris no reconoce.

—Treinta y dos hectáreas —dice Laura—. Las heredé de mi tía.

—¿Eres agricultora?

—Las tierras se las tengo arrendadas a mi vecino Dicky, que planta mijo. Yo soy profesora de yoga. Y sanadora.

Chris no ve vecinos en los alrededores.

—¿Hay mucha demanda de yoga por aquí?

—No mucha.

—¿Y de sanación?

—Todo el mundo necesita sanar, Joe.

Se lo demuestra. Lo lleva arriba, a su dormitorio, a su blanda cama, y lo cura. Lo que Laura no sepa de sexo —descubre Chris— es que aún no se ha inventado. Ignora si ha encontrado la verdadera América, pero Laura le ha abierto un nuevo mundo, de eso no hay duda.

Y encima le prepara el desayuno.

Huevos con beicon, aunque ella toma yogur con fruta, porque, cómo no, es vegetariana. Chris no le pregunta por qué tiene el beicon.

Esa tarde llega el neumático.

Laura lo lleva a recoger su coche, pero Chris no vuelve a ponerse en marcha hacia Nuevo México. La sigue de vuelta a su blanca granja y a su gran cama.

Y se queda.

Esa noche, ella le cuenta que es una *wiccan*.

—¿Qué es eso? —pregunta Chris.

Una bruja, contesta ella.

Harris tiene un golpe de suerte.

Da la casualidad de que un guatemalteco sin papeles al que van a meter un paquete por tráfico de cocaína tiene una cuñada que se dedica a vaciar orinales en una residencia de ancianos de San Diego. Y resulta que parte de la mierda que limpia es la de un anciano moribundo llamado Martin Ryan. A la mujer el viejo le caía bien y le habló de él a su marido. El marido se lo contó a su hermano. El hermano, que se entera de que Harris estaba haciendo averiguaciones sobre un tal Ryan, se pone a dar brincos en su celda y a gritarle a su abogado de oficio «¡Sé algo que tú no sabes! ¡Sé algo que tú no sabes!», hasta que el abogado se harta y hace una llamada.

Harris saca una foto de archivo y se la enseña a la cuñada. Martin ha envejecido mucho y está muy enfermo, pero la mujer confirma que es él.

La cuñada consigue otro trabajo, al hermano de su marido le regalan una reducción de condena por Navidad y Brent Harris va a visitar a un anciano.

* * *

—Se ha ido —dice Benetto, el tipo de San Diego.

Peter se puso en contacto con la familia de allí para pedir que localizaran a Danny Ryan, y le encargaron la tarea a Benetto porque al parecer trabajaba bien y sabía manejar esos asuntos.

—¿Cómo que se ha ido? ¿Qué quieres decir? —Peter pone el manos libres para que Vinnie y Paulie también le escuchen.

—¿Cómo que qué quiero decir? —responde Benetto—. Que fuimos al bar donde trabaja, no se presentó a su hora y hace semanas que no va por allí. Se ha ido. Ha volado.

—Mierda. —Peter cuelga y mira a Vinnie—. Alguien le ha dado el soplo a Ryan.

—¿Y por qué coño me miras a mí? —pregunta Vinnie.

—No te estoy mirando.

—Sí que me estás mirando. Me estás mirando ahora mismo.

—Porque estoy hablando contigo, joder.

Peter está cada vez más raro desde que murió su hija. Está perdiendo la chaveta, piensa Vinnie. Va derecho al precipicio y no hará falta más que un empujoncito para que caiga al vacío.

Hay mucha gente descontenta con él.

Primero perdió el dinero.

Y ahora está yendo a esas reuniones de AA en las que la gente se desahoga y lo suelta todo. Va obligado, por orden judicial, claro, pero no da buena imagen: un capo sentado en un sótano con un montón de pobres diablos, comiendo galletitas.

Y luego está lo otro, que es simplemente inaceptable.

Que se deje ver con Cassandra Murphy.

La hija del viejo Murphy.

La hermana del tipo que dejó hecho pedazos a Tony Romano y del otro, del que se cargó a Sal Antonucci.

Y amiga de Danny Ryan.

Eso sí que da mala imagen.

¿Cómo coño se le ocurre?

Y ahora, además, la posibilidad de recuperar parte del dinero se ha esfumado junto con Danny Ryan.

Harris entra en la habitación de Martin Ryan y cierra la puerta.

—¿Danny? —dice el anciano.

Harris observa su cara y se da cuenta de que tiene la mirada perdida. No ve nada. Marty Ryan está marchito y encogido. De su cuerpo sobresalen agujas, tubos conectados a bolsas que cuelgan de perchas de acero inoxidable. Una de ellas debe de estar llena de droga, porque Ryan parece ido. Su respiración es ronca, entrecortada.

Los viejos huelen mal, piensa Harris. Y los viejos moribundos apestan.

—¿Eres tú, Danny? —vuelve a preguntar Marty. Levanta la cabeza de la almohada. Con mucho esfuerzo, por lo que parece.

—Me envía Danny, señor Ryan.

—¿Va a venir?

—¿Le ha llamado, señor Ryan? ¿Le ha dicho que iba a venir?

—No me acuerdo.

—Tenía que encontrarme con él —le dice Harris—. Recogerlo y traerlo aquí. Pero no sé dónde está.

—Estoy cansado.

—Si pudiera decirme…

El anciano vuelve a apoyar la cabeza en la almohada como si el esfuerzo de mantenerla erguida le hubiera dejado exhausto. Al poco se le cierran los ojos.

Harris baja a recepción y pregunta a la enfermera:

—¿Recibe otras visitas el señor Ryan?

—Había un hombre que solía acercarse todos los días, pero hace un par de semanas que no viene.

Harris le muestra una foto de Danny.

—¿Es este?

—No. El que digo es mucho mayor.

Cuando se lo describe, Harris comprende que es Ned Egan.

—El hombre de la foto suele venir los jueves —añade la enfermera—. Pero no ha venido esta semana ni la anterior.

Mierda, piensa Harris. ¿Se habrán olido algo Ryan y su gente y han volado? ¿Se han largado dejando al viejo aquí?

—¿Tiene un número de contacto de emergencia por si le pasa algo al señor Ryan?

—Eso es confidencial.

Harris le enseña su identificación.

Ella saca el número de teléfono de un tal David Dennehy.

Un número de Rhode Island.

Harris le deja su tarjeta.

—Si viene alguna visita, llámenme enseguida, por favor.

Dennehy resulta ser un abogado penalista. Harris se plantea llamarlo y aconsejarle que entregue a su cliente, pero luego se lo piensa mejor. Lo más probable es que se limite a alertar a Ryan de que los federales le están pisando los talones y que Ryan se escabulla.

De modo que Harris pone la residencia bajo vigilancia, avisa a Reggie Moneta de que tiene una pista y espera a que aparezca el bueno de Danny.

Entonces recibe una llamada de Washington.

La enfermera hace lo que el hijo del señor Ryan le pidió que hiciera a cambio de quinientos dólares en efectivo: llama al número de emergencia.

Danny recibe la llamada en Las Vegas.

—Los federales han encontrado a Marty —le informa Dennehy.

—¿Lo han molestado?

—Danny, no puedes ir a verlo.

—Es mi padre, Dave.

—No puedes acercarte a él. Quédate en Las Vegas un tiempo. Vete a ver a los tigres o algo así.

Harris entra con el coche en Key Bridge.

El puente está atascado, como de costumbre, así que tiene tiempo de disfrutar de la vista del Potomac, en la medida en que puede disfrutar de algo ahora mismo, estando lo de Danny Ryan a punto de estallar.

Cruza el puente, entra en Georgetown y sube por la empinada colina, hacia la universidad. Es agradable volver a ver los viejos edificios de piedra y las praderas, que a esas alturas del año, al final de la primavera, empiezan a verdear. Echa de menos la vida universitaria. Se doctoró aquí, dirigido por el profesor al que está a punto de visitar y que ahora, tras su paso por la Agencia, ocupa una cátedra financiada con donaciones privadas.

Tarda quince minutos largos en encontrar un hueco en el aparcamiento de visitantes y luego vuelve a subir a pie por la colina hasta la facultad situada frente a la explanada principal. Siempre que hace este recorrido, no puede evitar oír las campanas tubulares de la banda sonora de *El exorcista,* que se rodó aquí.

Entra en su antigua facultad, se sitúa al fondo del aula abarrotada y observa a Penner representando su papel estelar. La sala está repleta de estudiantes que han conseguido plaza en sus clases mediante un sorteo: no todos los días —ni todos los semestres— se tiene la oportunidad de estudiar relaciones internacionales con un exdirector de la CIA, cuyo mandato fue breve pero movido.

Y Penner es una estrella, piensa Harris con admiración tras ver a su antiguo profesor hablar durante veinte minutos sin notas, sin trabarse ni una sola vez ni perder el ritmo. Es un tipo brillante. El país salió perdiendo cuando dimitió, aunque Georgetown saliera ganando, y Harris se siente dividido entre su lealtad a su amado país y a su *alma mater,* igual de amada.

Penner lo ve al fondo de la sala y lo saluda con un gesto casi imperceptible. Harris le sonríe. Fue Penner quien lo convenció para que se metiera en la DEA y para que ejerciera de enlace oficioso con la Compañía.

—¿Prefieres quedarte en el banquillo o meterte en el partido? —le preguntó el profesor—. ¿Comentar la jugada desde la grada u ocupar tu lugar en el terreno de juego?

Harris eligió el terreno de juego. Y ahí sigue.

Después de la clase, cuando se despeja el enjambre de admiradores que se ha reunido a su alrededor, Penner cruza el aula y le estrecha la mano.

—Me alegro de verte —dice.

Tiene un aspecto muy juvenil. Pero a fin de cuentas es joven, piensa Harris mientras salen a la explanada. De hecho, fue el director más joven de la historia de la Agencia. Iba a ser el soplo de aire fresco que quitaría el polvo y las telarañas a la vieja institución. Y, en gran medida, lo consiguió. Fue una pena y una tragedia que sus reformas llegaran un poco tarde.

Van a su despacho, donde Penner se pone un chándal y unas deportivas, y luego bajan a la senda y empiezan a correr. Penner corre diez kilómetros diarios. Harris intenta salir a correr todos los días, pero su frenética agenda suele impedírselo. Le cuesta seguirle el ritmo a Penner y, pasado un rato, nota que el profesor afloja el paso para facilitarle las cosas.

Se para en Key Bridge y apoya un pie en la baranda para atarse el cordón de la zapatilla.

—Tengo entendido que estás a punto de localizar a un tal Danny Ryan.

—Reggie Moneta, del FBI, me está presionando para que lo encuentre —contesta Harris—. Tengo la impresión de que es una especie de *vendetta*.

—Y la mantienes informada de tus hallazgos.

—Pues sí.

—Ryan no está en San Diego —le dice Penner—. Está en casa de su madre en Las Vegas.

—¿Cómo lo sabe, señor?

Penner no responde y Harris se siente como un idiota por habérselo preguntado.

—Imagino que Moneta te ha dado a entender que quiere que Ryan muera en el momento de su detención —dice Penner.

—No con esas mismas palabras.

—El señor Ryan pude sernos más útil vivo. —Mira hacia el Monumento a Washington, suspira y añade—: El ciudadano americano lo quiere todo: energía, seguridad y que se cumpla la ley. Quiere poder calentarse en invierno y estar a salvo de atentados terroristas, y además quiere mantener esa imagen que tiene de sí mismo, la de la ciudad impoluta en lo alto de la colina. El pueblo estadounidense quiere la tortilla entera, pero prefiere no saber cómo se cascan los huevos. —Aparta el pie de la barandilla, se agacha para estirarse un poco y dice—: Pero hay que cascarlos.

Echa a correr otra vez.

Harris trata de seguirlo.

Heather Moretti se queda sin monedas.

Está en su residencia de estudiantes, a punto de hacer la colada, y se da cuenta de que no tiene monedas suficientes para lavar y secar la ropa. Entonces piensa: «A la mierda». La casa de sus padres está solo a quince minutos en coche. Puede ahorrarse un dinerillo y además anotarse el tanto de ir a verlos. También asaltar la nevera, de paso.

Así que va a casa y ve el coche en la entrada, el Lincoln de Vinnie Calfo, lo que no tendría nada de raro si no fuera porque el coche de su padre no está y Vinnie siempre viene a hablar con su padre.

Saca la bolsa de la ropa sucia de su pequeño Toyota, entra en la casa y oye los ruidos.

Ruidos inconfundibles cuando vives en una residencia de estudiantes.

Vuelve a salir.

Su madre se está follando a Vinnie Calfo.

—Le odio —dice Celia.

Vinnie se limita a escucharla.

—Podría haber salvado a Gina y no lo hizo —añade ella.

Vinnie se levanta y recoge sus calzoncillos del suelo. Ya está un poco cansado de este disco, los Grandes Éxitos de Gina. Es un incordio, pero está loco por ella y follársela en la cama de Peter le da tal subidón que no puede privarse de ello.

Recoge su camiseta y se la pone.

Celia cambia de tema.

—¿Y encima se está follando a Cassie Murphy? ¿A una puta yonqui irlandesa? Ni siquiera es guapa, se viste como una cerda…

—Celia, para ya.

—¿Qué?

Vinnie se pone los pantalones.

—Tengo que hablarte de una cosa.

Ella se sienta en la cama.

—¿De qué?

—Hay mucha gente descontenta con Peter. Quieren un cambio.

—¿Y?

—Quieren que yo ocupe su lugar.

—¿Y?

—Que no es que vaya a haber una votación, ¿me entiendes? No es que Peter vaya a coger una caja y a vaciar su escritorio. No vamos a regalarle un reloj de oro y a hacerle una fiesta de despedida.

Celia no contesta.

Vinnie se sienta en una silla y se pone los zapatos. Mira a Celia, al otro lado de la habitación, y dice:

—Si tú no quieres, no lo haré. Es tu marido, el padre de tus hijos. Si dices que no, no hay más que hablar. Buscaré la manera de calmar los ánimos.

Celia no dice nada.

Harris llega a casa de Madeleine McKay, a las afueras de Las Vegas, y se detiene en la glorieta de gravilla, junto a una puta fuente con una diosa griega en el centro.

Los setos están bien recortados. Detrás ve la pista de tenis, lo que parece ser un *green* y, más allá, un prado con vallas blancas en el que pastan varios caballos.

Sale del coche, se acerca a la puerta y llama al timbre.

Un minuto después, un mayordomo abre la puerta.

—Brent Harris.

—La señora McKay lo está esperando. —El mayordomo le hace pasar—. Bajará enseguida.

Madeleine se lo ha montado bien, piensa Harris. Conoce su historia por su expediente. Comenzó su andadura entre la miseria de un parque de caravanas de Barstow y más tarde sus largas piernas la llevaron por la Interestatal 15 hasta Las Vegas, donde se hizo *showgirl*, se casó y se divorció del industrial

Manny Maniscalco, tuvo un hijo fuera del matrimonio y, tras renunciar a él, comenzó una exitosa carrera como cortesana y, acostándose con actores de Hollywood, políticos de Washington y financieros de Nueva York, amasó dinero e influencia.

Sus examantes son banqueros, directivos de empresas de corretaje y ministros, de muchos de los cuales sigue siendo amiga y socia comercial. Madeleine tiene vídeos de jueces federales chupando pollas, de fiscales siendo sodomizados, de funcionarios del Departamento de Justicia comiéndoles el coño a chicas menores de edad, y pruebas que implican a miembros del Gobierno en delitos de tráfico de información privilegiada.

Es poderosa.

Al morir, Manny le dejó la mansión y el rancho con todas sus tierras, porque nunca dejó de quererla ni dejaron de ser amigos.

Madeleine dedica a Harris una sonrisa deslumbrante al entrar en la habitación. Conserva ese físico escultural de *showgirl* de Las Vegas. Lo conduce al cuarto de estar y le hace sentarse en un sofá que seguramente cuesta más de la mitad de lo que él gana en un año.

Una criada les lleva una jarra de té helado y unos vasos, pero Madeleine pregunta:

—¿O prefiere algo más fuerte?

—Esto está bien, gracias —contesta Harris—. Evan Penner me pidió que la saludara de su parte.

—Qué amable. Aunque espero que me traiga de parte de Evan algo más sustancioso que un saludo cortés.

—Eso debería hablarlo con su hijo.

—Danny y yo tenemos una relación complicada. Nuestro drama edípico no le concierne, pero la cuestión es que Danny se resiste casi automáticamente a mis intentos de ayudarle. Así que es preferible que reste usted importancia a mi intervención en este asunto.

—Lo hemos localizado porque siempre nos informamos sobre los familiares inmediatos —dice Harris—. Evan quiere asegurarse de que entiende usted los riesgos que entraña este asunto.

—Entiendo que el FBI está buscando acabar judicialmente con mi hijo y que la mafia lo busca para asesinarlo. Considero que son ustedes el único puerto de abrigo, aunque no sea del todo seguro, en el que puede recalar Danny.

Harris ve algo debajo de la silla de Madeleine. Un juguete de niño: un trenecito, Thomas la Locomotora o algo así.

—¿Puedo verlo, entonces?

Ella se levanta.

Danny se sienta en la silla blanca de hierro forjado, bajo una sombrilla, y mira al agente Brent Harris, al otro lado de la mesa.

Hace calor fuera.

Detrás de Harris, la piscina invita a zambullirse en ella.

—Está usted en la Lista de Especies en Peligro de Extinción —le dice Harris—. La familia Moretti lo quiere muerto y algunas facciones poderosas del FBI desean ponerle una inyección en el brazo por el asesinato del agente Jardine. Sabemos que Jardine se acostaba con los Moretti en sentido figurado. Ignoramos, en cambio, si Moneta se acostaba con Jardine únicamente en sentido literal.

—¿Y qué me dice de usted? —pregunta Danny.

—A mí Phil Jardine no me interesa —responde Harris—. Y los hermanos Moretti me interesan aún menos. Con la mafia no puedo ayudarlo, eso es problema suyo, pero con el FBI sí.

—¿Cómo?

Harris se lo explica.

La heroína que robó Danny procedía del cártel de Baja California, que dirige un tal Domingo Abbarca, alias Popeye. Los hombres de Popeye en los Estados Unidos recaudan el dinero de la droga y lo guardan en casas aisladas, en el desierto, al este de San Diego. Luego, periódicamente, lo cargan en camiones y lo llevan al otro lado de la frontera mexicana.

—Tienen tanto que no pueden ni contarlo. Lo pesan.

—¿Y eso qué tiene que ver conmigo? —pregunta Danny.

—Hemos localizado uno de esos escondites.

—Pues asáltenlo.

—Es complicado.

—La vida es complicada —responde Danny—. Pruebe a explicármelo, a ver si lo entiendo.

—Aunque consigamos una orden judicial, y conseguirla no es tan sencillo, no podemos vincular la casa con Abbarca, que está afincado al otro lado de la frontera, a salvo y protegido por su Gobierno.

—Pero le harán daño, si le incautan el dinero.

—El dinero puede ser más provechoso en otra parte —responde Harris.

Ahí está, piensa Danny. Otro federal corrupto.

—En un plan de jubilación, por ejemplo.

—Yo no soy Phil Jardine —responde Harris—. Ciertas agencias del Gobierno han llevado a cabo operaciones en el extranjero contra terroristas respaldados por narcotraficantes como Abbarca. El Congreso ha recortado la financiación de esas operaciones. Necesitamos dinero para continuar con ellas y no dejar en la estacada a nuestros aliados. Es lo único que necesita saber al respecto.

Harris empieza a hablar de una «relación simbiótica», lo que en la jerga de la Ivy League viene a significar que una mano lava a la otra. Tú haces algo por nosotros y nosotros hacemos algo por ti.

—Si asalta esa casa, puede quedarse con la mitad de lo que obtenga —dice Harris—. Le protegeremos contra cualquier imputación federal. Se irá limpio y cargado de dinero. Y estamos hablando de decenas de millones de dólares. Comparado con eso, lo de Providence es una minucia.

—No quiero meterme en más asuntos de drogas —responde Danny.

—Eso es lo mejor de todo. Que no hay droga. Solo dinero. Y estará perjudicando a un traficante de heroína. Le hará un favor a su país.

—Estoy tratando de enmendarme.

—Un último golpe y tendrá la vida resuelta.

—¿Sabe quién fue la última persona que me dijo eso? —pregunta Danny—. Liam Murphy. No, no cuente conmigo.

—No se trata solo de usted. Moneta encerrará también a su amigo Jimmy, a Sean South, a Kevin Coombs, a Bernie Hughes, a Ned Egan… Los encerrará a todos. Incluso se asegurará de que su padre muera en la cárcel, en una prisión federal de máxima seguridad, Pelican Bay, la peor que encuentre.

—Y si me niego, usted la ayudará a salirse con la suya.

—En una palabra, sí.

Danny se queda pensando un segundo. Luego dice:

—Prefiero arriesgarme.

—No, nada de eso —responde Harris—. Me he informado sobre usted. Le gusta jugar a ser Jesucristo, «crucificadme» y todo ese rollo, pero no consentirá que crucifiquemos también a su familia y a sus amigos junto con usted.

Tiene razón, piensa Danny.

—Si lo hago —dice—, quiero protección para mí, para mi banda y para mi familia.

—Le doy mi palabra.

—¿Y sirve de algo? ¿Tiene esa agencia de la que me habla capacidad suficiente para enfrentarse al FBI?

—La gente de la que le hablo está mucho más arriba en la jerarquía. En los peldaños más altos de la escala. Danny, no tiene muchas alternativas. Sabe bien que su situación es insostenible. Se le ha acabado la cuerda. Si yo he podido encontrarlo...

No hace falta que termine la frase.

Danny sabe que es verdad. No puede mantener a la banda unida mucho más tiempo. Se irán a hacer otras cosas, y el resultado podría ser catastrófico para todos.

Además, es tentador.

La idea de dejarle algo sólido a Ian, verdadera riqueza que pase de una generación a otra.

Y luego está el simple hecho de que no quiere pasar el resto de su vida en prisión. Ni él, ni los demás.

Harris le está ofreciendo la salvación.

Puede que sea tu última oportunidad. Además, reconócelo, es verdad que vas de víctima inocente, «pobrecito Danny Ryan», «todo lo malo que he hecho es porque me obligaron a hacerlo». Madura de una vez. Eres un matón, un ladrón y un asesino.

Esas decisiones las tomaste tú.

Ahora, toma esta.

10

El desierto de Nevada no se acaba nunca, o eso le parece a Danny.

Hay mucho espacio vacío donde entrenar para el asalto a la casa de Abbarca.

Se han ido a un cañón, no muy lejos de Las Vegas, donde Harris ha construido una réplica de la casa. Han estudiado a fondo mapas, diagramas y fotos de vigilancia aérea. El recinto incluye una serie de casitas bajas y encaladas, de una sola planta, con tejados de chapa ondulada. Lo rodea una valla rematada por rollos de alambre de espino disimulados por altos setos de casuarina.

Un camino de tierra de casi treinta kilómetros lleva hacia el sur desde la carretera de dos carriles que atraviesa el desierto de este a oeste. Es la única ruta para entrar o salir del recinto.

Mala cosa, piensa Danny.

Le gusta tener opciones.

Ha secuestrado muchos camiones —a menudo con la complicidad del conductor, que se llevaba una parte—, ha robado en naves industriales y asaltado un par de casas donde se guardaban alijos en los alrededores de Providence, y ha dado algunos palos en partidas de cartas, pero esto es completamente distinto.

Es casi una operación militar.

Hay mucho más en juego: millones, en vez de unos pocos miles de dólares. Y las víctimas no se quedarán de brazos cruzados, eso fijo. Por esa cantidad de pasta, no se van a rendir, van a luchar.

El elemento sorpresa es esencial, piensa Danny. Por eso es tan problemático que haya una sola vía de entrada.

Harris no está de acuerdo.

—No habrá guardias vigilando la carretera. Toda su seguridad consiste en pasar desapercibidos, en no llamar la atención. De ahí los setos de casuarina.

Hay otra cosa que quizá sea más preocupante, añade: el principal método de defensa de la organización de Abbarca es el terror puro y duro. En el negocio de la droga, nadie se atrevería a montar un *tumbe*, un robo contra Abbarca, porque todos tienen parientes en México y las represalias serían brutales.

—Abbarca mataría a toda la familia —dice Harris.

Genial, piensa Danny. Qué reconfortante. Se vuelve hacia Jimmy.

—¿Qué opinas?

—Vehículos con tracción a las cuatro ruedas —contesta Jimmy—. Con los faros apagados. Podemos acercarnos.

Pero no entrar, piensa Danny. Hay una verja con un guardia. Tendremos que entrar a tiros en el recinto.

Hay sesenta metros desde la verja hasta la casa donde se guarda el dinero. Sesenta metros de desierto llano y despejado, sin sitio donde ponerse a cubierto. Nos acribillarán desde dentro de la casa, aunque sea de noche. Eso, si conseguimos reventar la verja.

No, no vamos a hacer eso.

Hay que conseguir que nos abran.

Llevar a los Monaguillos a Las Vegas es como dejar a un niño de diez años en Disneylandia con una tarjeta platino.

Danny los mete en un motel de las afueras y les da orden estricta de no acercarse al Strip, porque en los grandes casinos no puedes dar ni un paso sin tropezarte con un agente federal, un policía o un mafioso, pero eso no detiene a Kevin y Sean, porque ¿cómo no vas a echar una partida o a irte de putas en Las Vegas, si las hay por todas partes? Hasta un perro guía encontraría alguna.

Danny hace la vista gorda y deja que se desahoguen porque sabe que no durará mucho. Tres días después, regresan hechos un guiñapo, resacosos, agotados y sin blanca.

—Se acabó la fiesta —dice Danny—. Si te presentas al trabajo borracho, drogado o con resaca, te despiden. Y vosotros habéis venido aquí a trabajar.

Les aprieta las tuercas. Primero, al fresco del amanecer, en la réplica de la casa. Luego de noche, cuando darán de verdad el golpe. Su plan requiere una sincronización minuciosa; que cada hombre conozca su cometido y lo cumpla, o acabarán todos muertos. Los Monaguillos, hay que reconocerlo, se toman en serio el entrenamiento. Saben que van a dar el golpe de su vida y que, si la cagan, no habrá vida que valga.

Jimmy Mac se porta con la profesionalidad de siempre. Danny ha decidido no contar con Ned porque alguien tiene que cuidar de Marty. Además, este trabajo requiere rapidez y armamento moderno, y Ned está ya un poco mayor y demasiado apegado a su vieja pistola del 38.

Las armas que les proporciona Harris son una parte importante del entrenamiento. El federal les ha conseguido varios fusiles AR-15, una ametralladora MAC-10 y hasta un lanzagranadas M203, todo ello incautado a los narcos. Danny ha usado una MAC-10 en algunos trabajos anteriores, aunque nunca ha tenido que dispararla, y ni él ni nadie de su banda ha manejado nunca un lanzagranadas.

Ni granadas aturdidoras.

Harris les sirve de instructor, lo que hace que Danny se pregunte quién es de verdad y cuáles son sus antecedentes. Intenta sonsacarle.

—¿Seguro que eres de la DEA? —le pregunta una noche mientras observa a los Monaguillos practicar con el M203.

—Segurísimo —contesta Harris.

—Porque estaba pensando que a lo mejor las siglas no son esas.

—A veces, las siglas de las agencias federales se remueven y se mezclan como en una sopa de letras —dice Harris, y se aleja para supervisar el entrenamiento de los Monaguillos.

Entrenan dos semanas, todos los días, la noche entera hasta que sale el sol. Luego vuelven a sus habitaciones y pasan casi todo el día durmiendo.

Danny va a casa de su madre a descansar y a pasar tiempo con Ian.

Al crío le encanta estar allí.

¿Y cómo no va a encantarle?, piensa Danny. Su abuela se

baña con él en la piscina, lo desliza por el agua, lo monta en un poni, le prepara buenas comidas y le da helados y galletas. Le lee, ve películas con él, salen a pasear cogidos de la mano.

Danny los acompaña a menudo.

La reconciliación con su madre no es dramática en absoluto. No hay un momento emotivo, una declaración mutua de afecto y perdón o un fuerte abrazo.

No sería propio de ninguno de los dos.

Sucede poco a poco, conscientemente pero de manera tácita, como un hecho asumido. Él le está agradecido porque cuide tan bien de Ian, y ella le agradece que le deje cuidar de su nieto. A partir de ahí, la charla cortés da paso a la conversación y, al cabo de un tiempo, a esas pequeñas bromas que comparten quienes habitan el mismo espacio.

Madeleine es demasiado inteligente para forzar un momento catártico. Nota cómo se va ablandando Danny poco a poco, y con eso le basta. Se siente en la gloria teniendo consigo a su hijo y a su nieto, y no quiere que se acabe.

Un día que están sentados junto a la piscina, mientras Ian duerme la siesta, Danny le dice:

—Esto lo organizaste tú, ¿verdad?

—¿A qué te refieres?

—A que recurriste a tus amigos de Washington.

—¿Te molesta?

—Debería. Antes me habría molestado, pero ahora… No sé por qué, pero no.

—Me alegro. Pero también estoy preocupada. ¿Estás seguro de que quieres hacer… lo que sea que te hayan pedido?

—No es solo por mí. También es por los demás. Tengo que hacerlo.

—¿Puedo ayudar en algo? —pregunta Madeleine.

—Ya ayudas ocupándote de Ian. Oye, estoy casi seguro de que no va a hacer falta, pero, si me pasa algo, ¿seguirás cuidando de él?

—Por supuesto. Voy a dejártelo todo, por si te sirve de algo saberlo.

—No tienes por qué hacerlo.

—Ya lo sé.

Madeleine sabe que su hijo es orgulloso, que no quiere vivir de su riqueza y que le cuesta aceptar su hospitalidad, así que decide no insistir.

A eso se reduce su reconciliación.

Y con eso basta.

Reggie Moneta está enfadada.

La orden llega de arriba: un aluvión de mierda fluyendo cuesta abajo. Surge, al parecer, de Pennsylvania Avenue, llega hasta el director y luego hasta ella. Y el mensaje que lleva canta a la legua: «Olvídate de Ryan».

Desencadena una de esas escaramuzas fronterizas entre las fuerzas de seguridad y los servicios de inteligencia. Esta vez, a cuchillada limpia. Moneta no se corta ni un pelo. Que se joda Harris, dice; que se joda Penner y que se joda el presidente, si hace falta.

El director la mira como si estuviera completamente loca.

—Recibí una llamada suya. Me dio un mensaje muy claro y sucinto que voy a repetirte por última vez. Insisto, por última vez. Ryan es terreno prohibido. No sigas por ahí. Si tienes algún agente en esa Área Cincuenta y Uno, ya lo estás sacando de ahí. ¿Entendido?

Sí, Moneta lo entiende perfectamente. El problema no es que no lo entienda, es que le cuesta aceptar que Danny Ryan haya conseguido cubrirse de un manto de invisibilidad con patrocinio oficial.

Seguro que ha sido la zorra de su madre.

Claro que, si el Gobierno no está dispuesto a hacer nada respecto a Ryan, ella conoce a gente que sí lo hará.

Peter está a punto de salir de la oficina cuando suena el teléfono.

—¿Sí?

Es una voz de mujer.

—La persona que busca va a ir a…

Le da la dirección de una residencia de ancianos y cuelga.

Peter llama al tal Benetto a San Diego.

—Quiero que lo cojáis, no que lo matéis. Tiene que decirnos dónde está la droga o dónde tiene guardado el dinero.

Conseguid que os lo diga, pero primero hacedle sufrir.

Y luego matadlo.

Danny Ryan contempla el cielo nocturno.

Tumbado en una zanja junto al camino de tierra, esperando a que llegue la furgoneta del dinero, casi siente que puede tocar las estrellas.

La noche del desierto es suave, el aire inmóvil, el silencio sobrecogedor.

De pronto oye un motor.

No está tan cerca como parece. En el desierto, el sonido llega desde muy lejos.

Entonces ve los faros acercarse por la carretera.

Los neumáticos hacen crujir las piedras y la grava.

Danny cree que su banda está lista.

Han practicado cientos de veces, pero nunca se sabe lo que va a pasar.

Puede pasar cualquier cosa.

Se lo ha advertido a los Monaguillos.

—Matar es la última opción, no la primera.

—Entendido, jefe.

Eso espera. Si esto sale bien, no hay razón para que nadie pierda la vida. Ha habido ya demasiadas muertes.

Ve el vehículo del dinero.

Como dijo Harris, es una furgoneta Volkswagen Westfalia vieja, como la que usa mucha gente para ir a acampar al desierto. Arriba, en la baca, lleva tiendas de campaña plegadas, sacos de dormir y bidones de agua.

Pasa traqueteando junto a Danny.

Él se tapa la cara con el pasamontañas negro. Toda la banda lleva uno igual.

La furgoneta pasa entonces por encima de la banda de clavos y un segundo después revienta la rueda delantera izquierda. El conductor abre la puerta y echa un vistazo al neumático.

Luego se baja.

Kevin sale de la zanja y se echa sobre él. Le apunta a la cabeza. Sean actúa con la misma rapidez por el lado del copiloto, con el AR-15 apoyado en el hombro, listo para disparar.

Empuñando la MAC-10, Danny se acerca a la trasera de la furgoneta, se coloca a un lado y abre la puerta.

Si se va a liar, se liará ahora.

Pero el hombre sentado en la trasera tiene ya las manos en alto. Danny le hace un gesto con la MAC-10.

—Fuera.

El hombre sale y se arrodilla en el suelo sin bajar las manos.

El equipo se mueve con eficacia. En un par de minutos, atan al copiloto y al hombre de atrás, los amordazan y los arrastran a la cuneta.

Jimmy llega con otra furgoneta Volkswagen vieja, preparada para parecerse a la Westfalia. Sean y él suben a la parte de atrás mientras Kevin sienta al conductor al volante. Danny se agacha detrás de él y clava el cañón del arma en el respaldo del asiento.

—Una palabra de más y te vuelo la columna vertebral.

—Entendido.

Sean saca las bolsas de dinero de la Westfalia y sube a la trasera de la otra furgoneta con Kevin.

—Arranca —dice Danny.

Recorren los ochocientos metros que hay hasta el complejo.

—Estamos llegando a la puerta —dice Kevin desde el asiento del copiloto.

—¿Tienes hijos? —le pregunta Danny al conductor.

—Hijas. De dos y cuatro años.

—Pues no las dejes sin padre. Si eres listo, saldrás vivo de esta.

Kevin se sube la capucha de la sudadera cuando se aproximan a la puerta.

Un guardia se acerca.

El conductor baja la ventanilla.

Danny clava el cañón con más fuerza en el asiento mientras escucha al guardia y al conductor hablar en español. No sabe qué dicen. El conductor puede estar siguiéndoles el juego o alertando al guardia.

Si es esto último, podemos darnos por muertos.

Entonces oye que la puerta de acceso se abre y siente avanzar la furgoneta.

—Perfecto —dice Kevin.

La puerta se cierra detrás de ellos.

—Ahora —ordena Danny.

Kevin baja la ventanilla, apoya el lanzagranadas en el filo y apunta al garaje. Aprieta el gatillo.

La explosión es ensordecedora, se alza una bola roja de fuego y un instante después se oyen más explosiones al incendiarse los depósitos de gasoil.

Danny levanta la cabeza y ve que tres hombres salen corriendo de la casa, hacia el garaje.

—¡Vamos! —grita.

Abre la puerta y sale, seguido por los demás.

El conductor se baja de un salto y echa a correr.

Se encienden unos focos que inundan el suelo de luz.

Danny dispara una ráfaga al aire y grita:

—¡Al suelo! ¡Tiraos al suelo y abrid los brazos, joder!

Dos de ellos obedecen.

El tercero echa mano del arma.

Sean lo abate.

Mierda, piensa Danny. No quería que pasara esto. No quería que muriera nadie en este golpe.

Kevin dirige el lanzagranadas hacia la casa y apunta a la puerta principal. Da en el blanco y la puerta cae.

Vuelve a cargar y dispara una granada aturdidora al interior de la casa.

Danny es el primero en entrar.

Sentado en el suelo, con una Glock en el regazo, hay un hombre desorientado, con conmoción cerebral. Danny le quita el arma de una patada.

Jimmy, que entra justo detrás de él, tira al tipo al suelo y le ata las manos a la espalda con una brida. Sean está fuera, haciendo lo mismo con los otros dos.

Otro hombre sale del cuarto de baño.

Mira la MAC de Danny, que le apunta a la cara, levanta las manos y sonríe.

—Estás cometiendo un grave error, amigo. ¿Sabes de quién es esto? De Domingo Abbarca. De Popeye. No vas a vivir para disfrutar del dinero.

—Al suelo.

El hombre se tumba bocabajo. Mientras Jimmy le sujeta las manos con una brida, dice:

—Ustedes y sus familias. *Muerte*[4]. Y despacito, además.

—Cállate.

Danny oye disparos fuera.

Tienen que ser Sean y el guardia de la puerta.

—Eso no pinta bien —dice el hombre—. No pinta nada bien.

—Vamos —dice Danny.

Recorren la casa. Es alucinante, hay dinero por todas partes, apilado en pulcros fajos envueltos en plástico, en el suelo, detrás del friso de contrachapado y de los paneles del techo. Lo van metiendo en bolsas de plástico y siguen avanzando.

---

[4] En español en el original. *(N. de la T.)*

Fuera cesan los disparos.

Danny oye gritar a Sean:

—¡Despejado!

Kevin entra en uno de los dormitorios y Danny le oye gritar:

—¡La madre que me parió! ¡Jefe! ¡Ven aquí!

Al entrar en la habitación, Danny ve a un tipo sentado en la cama.

Danny parpadea.

No puede creer lo que ven sus ojos.

Es Frankie Vecchio.

El baño se ha convertido en un ritual.

El agua caliente alivia los dolores de espalda de Peter, y Cassie se sienta detrás de él y le pone una toalla humeante en el cuello. Relajado, habla de irse los dos juntos donde nadie los conozca.

Dice que va a recuperar su dinero.

Que así podrán empezar de cero.

Solo está esperando que le llamen de San Diego para decirle que el asunto está zanjado.

Cassie lo escucha, aunque sabe que es todo una quimera. Peter nunca se marchará de Rhode Island ni dejará a sus hijos. Duda incluso de que sea capaz de dejar a Celia, por más que despotrique contra ella y diga que le hace muy infeliz.

Cassie es realista, sabe que no van a salir vivos de aquí; ninguno de los dos podrá escapar de sus adicciones. Pero no se lo dice. De todas formas, no la creería y sería una crueldad desilusionarlo.

Así que se queda callada, escucha y le masajea el cuello.

La puerta del baño se abre.

Se enciende la luz.

Cassie ve al hombre de pie en la puerta.

Peter lo mira y dice:

—¡Vinnie! ¿Qué coño...? ¿No estabas en Flori...?

El arma aparece en un abrir y cerrar de ojos.

Dos disparos amortiguados.

A la frente de Peter.

Cassie grita por dentro, aunque de su boca no sale ningún sonido. Siente que se ahoga, sabe que va a morir.

Tiene un último pensamiento, una idea absurda: «Genial, justo cuando me había desintoxicado».

Vinnie dice:

—Lo siento.

Y dispara dos veces más.

—Danny, gracias a Dios que eres tú —dice Frankie.

—¿Qué cojones haces tú aquí?

Frankie se echa a llorar y le cuenta casi balbuceando que Chris y él hicieron un trato con los mexicanos de Abbarca para comprar cocaína y que Chris lo dejó allí como rehén.

—Santo Dios, Danny, no te imaginas las cosas que pasan aquí. Son unos putos animales. Las cosas que he visto. Cuecen a la gente, la meten en cubas y la funden, y se ríen. Me decían que yo sería el siguiente si Chris no volvía. Me dejó aquí, Danny. El muy hijo de puta me dejó aquí.

Kevin se vuelve hacia Danny.

—¿Quieres que me lo cargue?

Danny debería matarlos a todos.

A los mexicanos y al italiano también.

Pero él no es así.

Ese ha sido siempre su problema: que tiene el corazón blando y cree en Dios. En el cielo y el infierno y todas esas milongas. Se ha cargado a varios tipos, pero siempre era cuestión de vida o muerte, no esto. No tenían las manos atadas con bridas, tirados en el suelo o en la tierra, ni estaban sus chicos allí deseando meterles un balazo en la nuca.

Estilo ejecución, como suele decirse.

Así que vacila.

—Es lo que harían ellos —dice Kevin.

—No, Danny, por favor —implora Vecchio—. Llévame contigo. Te lo suplico. Pensarán que yo también estaba metido en esto. No te imaginas lo que me harán.

—Que se joda —dice Kevin.

Jimmy se acerca, agarra a Danny del codo y lo lleva a un lado.

—Tienes que hacerlo, Danny. Puede identificarnos.

—No, si nos lo llevamos.

—¿Estás de coña? ¡Ese tío nos tendió una trampa!

—La trampa nos la tendió Chris —contesta Danny—. Frankie solo era un mandado.

—¿Y qué? Mata a ese cabrón. Si tú no te atreves, lo mato yo.

—Metedlo en la furgoneta —ordena Danny.

—Él te mataría sin pensárselo dos veces, si estuviera en tu lugar.

—Pero yo no soy él.

—Danny…

—¿Has oído lo que te he dicho?

Jimmy lo mira con rabia.

—Sí, lo he oído.

Sacudiendo la cabeza, Kevin levanta a Vecchio y lo lleva fuera.

—¿Tenemos ya todo el dinero? —pregunta Danny.

—Creo que sí —contesta Jimmy.

No hay tiempo para contarlo, pero Danny calcula que son veinte o treinta millones; puede que cuarenta, incluso.

Dinero imposible de rastrear, y nadie va a acudir a la policía.

El golpe de toda una vida.

Literalmente, porque es el último.

—Andando, entonces.

Mientras atraviesan el salón, el tipo tumbado en el suelo dice:

—Te hará suplicarle que te mate. Te hará ver chillar a tus hijos.

Danny no responde.

Salen, cargan el dinero en la furgoneta y se adentran en la suave noche desértica.

Jimmy conduce como si hubiera robado la furgoneta.

Y así es.

Vuelven por el largo camino de tierra, pasan junto a la furgoneta original y los tipos que dejaron atados en la cuneta. Salen a la carretera de dos carriles, dejan atrás el desierto, cruzan una zona de cerros y bajan luego por una carretera sinuosa hacia las llanuras, camino de San Diego.

Al borde de la ciudad, Danny manda parar a Jimmy y ordena a Frankie Vecchio que se baje.

—¿Y dónde voy a ir? —pregunta el italiano.

—Eso no es problema mío.

—Irá corriendo a contarle a la gente de Abbarca que hemos sido nosotros —dice Kevin.

—Les tiene demasiado miedo.

—Gracias, Danny —dice Vecchio—. Te juro que nunca lo olvidaré.

—No, mejor olvídalo —responde Danny.

Vecchio se aleja.

—Es un error. —Jimmy arranca y entra en la ciudad—. Deberíamos haberlo matado.

Danny cuenta veinte mil dólares para cada uno de los Monaguillos.

—Cuando lleguemos a San Diego, separaos, buscaos un sitio donde pasar una temporada. Manteneos alejados y procurad no llamar la atención. Que nadie se fije en vosotros.

O sea, nada de movidas. Nada de fiestas ni de peleas, nada de andar derrochando el dinero a manos llenas y, sobre todo, nada de trabajitos.

Kevin sacude la cabeza como diciendo «esto también es un error».

—¿Algún problema? —pregunta Danny.

—No, ninguno. —Kevin se guarda el dinero.

—Unos meses nada más —añade Danny—, cuatro o cinco. Seis como mucho. El dinero vuelve limpio y nos lo repartimos. Y luego cada cual sigue con su vida. El pasado está muerto y enterrado.

—¿Qué quieres decir, Danny? —pregunta Sean.

—Me han dado garantías de que los cargos que hay contra nosotros en el este van a quedar congelados permanentemente.

—¿Has hecho un trato? —pregunta Kevin—. Joder, Danny, ¿qué les has dado a cambio?

—Nada. —Danny empieza a cabrearse—. Hemos hecho un trabajo para ellos, eso formaba parte del trato. No hace falta que me des las gracias por conseguirte la inmunidad, Kev, pero a partir de ahora eres un ciudadano como otro cualquiera. Coges tu parte, te compras un bar, un club o un lavadero de coches, me da igual lo que sea, pero dejas de meterte en líos. Y a mi casa no traigas marrones. *Capisci?*

—Sí, entendido.

Sí, lo entiende, claro, pero ¿lo entiende de verdad?, se pregunta Danny. ¿Comprende lo raro que es tener la oportunidad de empezar una nueva vida?

Claro que en realidad no es una nueva vida. Puedes empezar de cero, tener una segunda oportunidad, pero tu vida de antes la llevas contigo. Los asesinatos, las muertes, la pena, la culpa, los amores, los recuerdos —buenos y malos—, todo eso te acompaña.

Danny luchó en una guerra larga, una guerra perdida, y luego huyó, pero se llevó consigo a los supervivientes. Viudo y con un hijo pequeño, tiene además un padre anciano y debe cuidar de ambos.

Pero con este dinero puede hacerlo legalmente.

Y lo mismo sus hombres.

Pueden coger su parte y montar algo bueno.

Danny se lo debe. A fin de cuentas, tiró al mar su último recurso.

Dos inspectores de homicidios de Providence, O'Neill y Viola, se presentan en el apartamento respondiendo a una llamada anónima.

—Madre de Dios —dice Viola—. Es Peter.

—¿Y la mujer? —O'Neill mira de cerca el cadáver de Cassandra—. ¿Sabes quién es? La hija de John Murphy.

Viola sacude la cabeza.

—No me lo podía creer. Había oído cosas, pero… Ya sabes lo que hay que hacer.

O'Neill lo sabe, en efecto.

Peter Moretti los ha tratado bien durante años: un sobre cada mes y otro más gordo por Navidad. Tienen que hacer lo correcto, se lo deben a él y a su viuda. Así que envuelven el cadáver de Cassie en una manta, lo meten en el coche y lo tiran cerca de una galería de tiro, en South Providence.

Después, avisan del asesinato de Peter Moretti.

Benetto espera en un coche frente a la residencia de ancianos.

Moretti, el tipo de Providence, le dijo que Ryan iría por allí tarde o temprano, y Benetto espera que sea pronto porque lleva varios días turnándose con otros dos tipos y ya están aburridos.

Moretti les paga bien, pero, joder, si quisiera hacer guardias me habría metido a policía.

—¿De qué te ríes? —pregunta uno de sus chicos.

—De una tontería que se me ha ocurrido —dice Benetto.

—¿Cuándo va a aparecer ese cabrón?

Benetto se encoge de hombros.

Cree que Ryan acabará presentándose. Su viejo está allí, ¿y qué clase de hijo no va a ver a su padre?

Llaman al timbre, muy de mañana, y Celia va a abrir.

Dos policías de Providence —O'Neill y Viola, los conoce de unas cuantas fiestas navideñas— están en la puerta.

—Señora Moretti —dice Viola—, lamentamos informarle de que su marido, Peter, ha fallecido. Ha sido asesinado.

Más tarde caerán en la cuenta de que se tomó la noticia con mucha calma.

De hecho, sonrió.

En su residencia de estudiantes, Heather Moretti suelta el teléfono y grita y grita y grita.

Se reúnen con Harris en un aparcamiento en la playa, al norte de Camp Pendleton. A las tres de la mañana, está vacío. El agente de la DEA está esperando en su coche cuando llegan Danny y Jimmy.

—¿Cómo ha ido? —pregunta.

—Estamos aquí —contesta Danny.

Harris sube a la furgoneta y cuenta el dinero.

Cuarenta y tres millones de dólares en efectivo.

—Más de lo que pensaba.

—Recuerda nuestro trato —le dice Danny—. Ya tengo que preocuparme por Abbarca, no quiero tener que preocuparme también por los federales.

—Tienes mi palabra. Procurad no llamar la atención, eso es todo.

—Descuida.

Se reparten el dinero y luego Harris se va.

—¿Podemos confiar en él? —pregunta Jimmy.

—¿Podemos confiar en alguien?

Vuelven a San Diego, a un barrio residencial de las afueras

llamado Rancho Bernardo donde Bernie se aloja en un Residence Inn. Cuando llegan a su habitación, el viejo está tomándose un té.

—Estaba preocupado.

—Estamos todos bien —le dice Danny—. Veintiún millones y medio.

Bernie silba por lo bajo.

—Va a llevar un tiempo blanquearlo todo. Tendré que ir a un montón de bancos, hacer pequeñas inversiones, visitar casinos…

—Haz lo que tengas que hacer —dice Danny—. Va a venir Ned, tendrá una habitación aquí para vigilar el dinero y protegerte.

Danny coge cincuenta mil para sí mismo y le da otros tantos a Jimmy.

—No traigas a la familia por ahora. Puedes mandarles dinero, pero…

—Oí lo que dijo ese tipo.

Suena el teléfono de Bernie. Contesta y se lo pasa a Danny.

—Menos mal que te encuentro —le dice Dennehy—. No sé cómo decirte esto. Han llamado de la residencia. Tu padre se está muriendo. Dicen que es cuestión de horas.

Danny no sabe cómo se siente mientras conduce hacia San Diego en un Camry que ha robado Jimmy.

Marty nunca ha sido un buen padre.

Era un borracho negligente y violento.

Y su calidad de vida era ya casi nula, así que seguramente es mejor que se muera. Aun así…

Es su padre.

Danny se dirige a la residencia.

* * *

Benetto está medio dormido cuando oye…

—Eh, viene alguien.

Ve que un Camry se para y aparca junto a la acera.

—¿Es él?

—Es él.

Ya era hora, piensa Benetto.

Danny ve acercarse el coche por la calle, un todoterreno que va más despacio de lo normal, y sabe lo que va a pasar. Se bajará un tipo, le pondrá una pistola en la espalda y lo meterá en el coche.

Ahí acabará todo, porque en cuanto te tienen en el coche ya no hay escapatoria. Es lo primero que aprendes en este negocio: a no meterte nunca en el coche. Defiéndete en la calle, pálmala en el aparcamiento, pero nunca te subas al coche.

Tengo dos cosas a mi favor, se dice mientras camina, obligándose a no apretar el paso, a mantener el mismo ritmo. Una, que no pueden dispararme, tienen que cogerme vivo. Y dos, que aún no saben que los he descubierto.

No es mucho, pero es lo que tengo.

Todavía es temprano, la calle está tranquila y con eso cuentan. Con meterme en el coche y salir pitando sin que nadie los vea. Me llevarán a un sótano o a un almacén y me aplicarán el soplete y el gancho de carnicero o las dos cosas.

Se saca la Glock de debajo de la camisa y sigue caminando hacia el coche. Apunta a la derecha, entre los faros, y dispara dos veces. Para que el hijoputa tenga algo en lo que pensar, aparte de su encargo.

Un tipo se baja de un salto por el lado del copiloto.

Vacila solo una fracción de segundo, pensando que tiene orden de cogerlo vivo.

Pero el que duda la caga.

Danny se acerca y le pega dos tiros en la cara.

El arma del tipo cae en la acera haciendo ruido.

El todoterreno se estrella contra una farola. El conductor se ha desplomado sobre el volante, pero otro tipo se asoma. Apoya una Glock en la ventanilla abierta y le apunta, pero su frente estalla con un chorro de sangre.

Ned Egan se acerca al todoterreno, abre la puerta trasera y apunta dentro con su 38.

Danny ve los destellos.

Corre a su coche y arranca.

SEGUNDA PARTE

Imágenes inanimadas

**California
Noviembre de 1989**

*«Créeme que esta fama nuestra nos brindará algún amparo»,
dice Eneas, apacentando su espíritu con vanas imágenes
inanimadas.*

Virgilio,
Eneida, Libro I

11

La del Pacífico es una costa crepuscular.

El sol no sale sobre este océano, pero aun así Danny Ryan se levanta al amanecer para ver cómo cambian el cielo y el agua a medida que las nubes cobran forma, se hace visible el mar y aparece el horizonte.

Es su hora favorita del día.

Las madrugadas son casi un ritual. Se levanta, enciende la tetera eléctrica y se lava los dientes mientras el agua se calienta. Luego vuelve a la cocinita, se prepara una taza de café instantáneo y se la bebe mientras se pone unos vaqueros y una sudadera con capucha. Mete la pistola en el bolsillo de la sudadera, sale de la caravana y cruza la carretera de la costa del Pacífico hasta la playa de Capistrano, donde se queda contemplando el amanecer.

Las mañanas de invierno son frías, pero él, que no está dispuesto a hacer demasiadas concesiones a la estación, sigue llevando sandalias. Es un hombre veraniego, siempre lo ha sido, le encantan el sol y el calor, e incluso ahora, trasplantado a California desde la fría Nueva Inglaterra, sigue sin superar el miedo a las nevadas y al viento cortante.

Este era su sueño, esta costa cálida y crepuscular, donde hasta los amaneceres, con sus tonos pastel de rosa y bermellón, son suaves. Se queda en la playa desierta hasta que el cielo se vuelve de ese azul diáfano del invierno californiano y el horizonte es como una raya dibujada en una hoja de papel.

Nota en la mano izquierda el frío de la pistola. No le gusta sentirlo ni llevarla, y desearía no tener que hacerlo, pero todavía hay por ahí gente que no olvida y que querría verlo muerto.

Vuelve a la caravana, a la «casa móvil».

Menudo concepto, piensa. Casa móvil.

Esta vida errante tiene que acabar.

No es vida ni es nada, pero esa ha sido su realidad desde que dejó Rhode Island. Siempre en marcha, procurando pasar desapercibido y que no lo alcancen. Lleva ya meses en esta «casa», un poco de estabilidad que le ha permitido establecer esa rutina que se ha convertido en un ritual.

Pone dos lonchas de beicon en la sartencita de hierro fundido y enciende el fuego. Mientras se hace el beicon, pone papel de cocina en un plato y saca un tenedor y una espátula del escurreplatos. Cuando el beicon está crujiente, coloca las lonchas sobre el papel y echa dos huevos a la sartén.

Le gustan duros por arriba, no soporta la yema líquida. Terri, que lo sabía, siempre se los dejaba «como goma», decía, con la puntilla bien tostada. Mientras se fríen los huevos, mete dos rebanadas de pan blanco en la tostadora y las vigila. Las tostadas le gustan poco doradas, no como los huevos y el beicon.

Terri solía llamarlo plasta por eso.

Supongo que tenía razón, piensa Danny. Debo de serlo.

Ella seguía siendo un agujero en su corazón.

Saca las tostadas antes de que se doren demasiado, voltea los huevos y rompe la yema con la espátula. Deja la pistola sobre la mesa y se quita la sudadera mientras el sol que entra por las ventanas caldea la «zona de la cocina».

Al mirar por la ventana, ve a la señora Mossbach paseando a su *yorkie* y la saluda con la mano. La ve todas las mañanas, con la correa en una mano y una bolsa de plástico para recoger la caca en la otra.

Ella le devuelve el saludo.

Danny ha aprendido que es preferible ser amable con los vecinos, pero no intimar con ellos. Si te pasas de simpático, acaban sabiendo demasiadas cosas de ti y, si te pasas de distante, te conviertes en el raro, en el tipo misterioso del parque de caravanas, y eso tampoco le conviene.

No quiere que la gente piense que tiene algo que ocultar.

Quita el papel de cocina de debajo del beicon y lo tira a la basura, debajo del fregadero, luego saca los huevos de la sartén, los pone en el plato y se sienta. Come deprisa —demasiado deprisa, decía siempre Terri—, después se levanta y friega los platos enseguida. Se ha convertido en una disciplina: mantenerlo todo limpio y ordenado en los espacios reducidos en los que vive. Espera a que la sartén se enfríe un poco, luego le pasa una bayeta húmeda por dentro y vuelve a ponerla al fuego. Vierte un poco de aceite y la calienta a fuego lento (eso se lo enseñó la señora Mossbach, para que no se estropee el hierro fundido).

La casa móvil venía completamente amueblada y equipada —lista para entrar a vivir—, y quiere dejarla en el mismo estado cuando se marche.

Que, con suerte, será pronto.

Echa mucho de menos a Ian y está deseando volver a Las Vegas para reunirse con su hijo y empezar de cero juntos, pero Popeye Abbarca está buscando a los que le robaron el dinero. Sus sicarios peinan la zona de San Diego y Tijuana y van dejando cadáveres amontonados. Así que, aunque no saben de la existencia de Danny Ryan y no tienen forma de dar con él, Danny no piensa acercarse a su familia hasta que las cosas se calmen un poco.

No fue Abbarca, sino Peter Moretti quien intentó liquidarlo frente a la residencia de ancianos y, aunque Peter haya muerto, es posible que alguna gente de Providence todavía esté buscándolo para matarlo.

Por eso se escondió en el parque de caravanas.

Quería ir al menos una vez a Las Vegas para ver a Ian, pero Harris se lo desaconsejó. Y lo mismo las llamadas telefónicas: tenía que procurar que fueran «cortas y concisas» y hacerlas desde cabinas telefónicas, lejos del parque de caravanas.

Le partía el alma oír la voz de su hijo diciendo «¿Papá?».

Con el paso del tiempo, notaba que a Ian cada vez le apetecía menos hablar con él. Los niños pequeños tienen poca memoria. Danny sabía que el recuerdo que su hijo tenía de él se estaba difuminando y que el mundo del niño giraba cada vez más en torno a la «buela».

Danny no se lo reprochaba.

Conocía el sentimiento de abandono porque lo había vivido en su infancia y daba gracias por que el crío tuviera a Madeleine, lo que no dejaba de ser irónico.

Harris no le había dejado ejercer de padre. Y tampoco de hijo.

—¿No voy a poder ni enterrar a mi padre? —le preguntó Danny.

—Ya nos hemos encargado de eso —dijo Harris—. Era veterano de guerra, ¿verdad? Lo hemos enterrado en Rosecrans. Es un sitio bonito.

—Quiero ir a ver la tumba.

No sé, llevarle flores o algo así. Verter un poco de *whisky* sobre la lápida.

—Podría haber gente vigilándola —contestó Harris.

—¿Qué gente?

—¿Tus amigos italianos?

—Peter Moretti ha muerto.

—Pero Vinnie Calfo no.

El nuevo jefe, pensó Danny. Lo lógico habría sido que Paulie heredara el mando, pero Peter estaba tan apestado cuando murió que sus miasmas impregnaron también a su hermano. Y al fin y al cabo fue Vinnie quien se encargó de liquidar a Peter, así que la corona se la quedó él.

Danny lo confirmó cuando hizo una llamada arriesgada pero necesaria a Pasco Ferri, el antiguo capo de Nueva Inglaterra.

—Bueno, ya no hay que preocuparse por Peter Moretti, ¿no? —dijo Pasco.

—Yo no tuve nada que ver con eso.

—No me digas.

O sea que Pasco le dio luz verde a Peter, pensó Danny, o incluso le dio la orden. Eso es buena noticia.

—¿Quién se va a hacer cargo ahora?

—Eso ya no es de mi incumbencia —contestó Pasco—. Pero, si tuviera que apostar, yo diría que Vinnie Calfo. ¿Te acuerdas de él?

Más o menos, pensó Danny. Hace años, antes de ir a la cárcel, Calfo dirigía una banda de poca monta en East Providence y Fall River.

—Fue el *consigliere* de Peter después de Chris —explicó Pasco—. Y además se acostaba con su mujer.

Pasco, tan cotilla como siempre. No podía resistirse a chismorrear.

—¿Lo mató Calfo?

—No sé quién lo mató —contestó Pasco—. ¿Cómo voy a saberlo?

O sea, pensó Danny, que sabe con total seguridad que fue Calfo.

—¿Dónde estás ahora? —le preguntó Pasco.

Danny no respondió.

—Me duele que no confíes en mí —dijo Pasco—. ¿Por qué me llamas, entonces? ¿Por qué estamos hablando?

—Solo quiero asegurarme de que seguimos en paz.

—En lo que a mí respecta, sí.

—¿Y en lo que respecta a Calfo?

Se hizo un largo silencio mientras Pasco se lo pensaba. Y luego:

—Si Vinnie recuperase el dinero que perdió, estoy seguro de que estaría dispuesto a olvidar el asunto. ¿Sería eso posible, Danny?

—¿De cuánto estamos hablando?

—Unos doscientos mil.

Qué bonito, pensó Danny. Los mismos tejemanejes de siempre. Si le doy a Vinnie doscientos mil dólares, hace las paces conmigo y que se jodan los demás en Providence. Y Pasco se llevará una tajada en concepto de comisión, como intermediario.

—Necesitaría un par de meses.

—Creo que eso es factible.

—Pero quiero borrón y cuenta nueva —insistió Danny—. No quiero que Paulie ni ninguno de los otros venga a por mí.

—Creo que Paulie ya captó el mensaje. Estoy seguro de que todo el mundo lo entiende.

Lo que entienden, pensó Danny, es que el asesinato de Peter llevaba la firma de todos: la de Pasco, la de gran parte de la mafia de Nueva Inglaterra, sin duda la de Boston y probablemente también la de Nueva York. Matar a un capo requiere muchas iniciales.

—Y lo mismo con mis chicos —dijo Danny.

—Todos queremos que esto se acabe —respondió Pasco—. Es malo para el negocio.

—Estoy de acuerdo.

—Es una pena lo de esa chica, Cassie. Era una criatura tan triste... Siempre tuvo problemas con el alcohol y las drogas. Lo he dicho siempre: las drogas son el demonio.

—Volveré a llamar —dijo Danny.

Doscientos mil era un precio barato por conseguir la paz.

Después de aquello, Danny se acomodó a su rutina y esperó.

Esperó a que Bernie blanqueara el dinero y a que Harris le dijera que estaba todo despejado.

Caminaba por la playa, conducía por la costa, paseaba por el puerto de Dana Point mirando los barcos, deambulaba sin rumbo por Encinitas, Laguna Beach y Corona del Mar. Se echaba la siesta, veía la tele, iba a la compra, cocinaba, todas esas cosas prosaicas de la vida corriente. A veces salía, comía en algún sitio e iba al cine.

Pensaba mucho: en lo que tenía por delante, en lo que iba a hacer, en dónde iba a vivir, en la vida que iba a construir para Ian.

Sabía que quería estar aquí, en California, pero, aparte de eso, no tenía ninguna certeza.

Ahora se sienta y se come sus huevos fritos, como todas las mañanas.

Como todas las puñeteras mañanas.

Y entonces suena el teléfono.

Se reúne con Harris en el aparcamiento de un supermercado de Laguna Beach.

El Mercedes negro del agente ya está allí cuando llega y aparca a su lado, de modo que sus ventanillas queden en paralelo.

Harris sonríe.

—¿Qué? —pregunta Danny.

—Hoy es un día estupendo. Dios está en el cielo y reina la paz en el mundo.

—¿De qué estás hablando?

—Hoy el mundo es un lugar mejor porque Popeye Abbarca no está en él.

Los federales mexicanos le tendieron una emboscada a Popeye en Rosarito, le cuenta Harris. Mataron a cinco de sus sicarios y lo acribillaron a balazos. Dicen que una bala le sacó el ojo que le quedaba.

En las oficinas de la DEA, por todo el país, corchos de champán se estrellan contra el techo.

—¿Quieres saber lo más raro? —pregunta Harris—. Los hombres de Popeye asaltaron la morgue y robaron el cadáver. Lo llevaron a las montañas para hacer no sé qué historia religiosa de la Santa Muerte. El caso, Danny Ryan, es que eres libre. Vive tu vida.

Vivir mi vida, piensa Danny.

Muy bien.

Danny queda con Jimmy en un puesto de tacos de la playa de San Clemente, cerca de la estación de tren. Hace un hermoso día californiano: cielo azul, mar azul.

Se sientan fuera.

Jimmy lee la carta en la pizarra y dice que quiere una hamburguesa con queso.

—Esto es un mexicano —dice Danny—. Seguramente las hamburguesas serán malísimas.

—Sí, pero yo quiero una hamburguesa. Daría el huevo izquierdo por un par de White Castles y una Del's.

La limonada Del's, piensa Danny, el granizado que se vendía en furgonetas en Rhode Island. Sabe que Jimmy echa de menos su hogar, que volvería allí en un abrir y cerrar de ojos si pudiera.

Danny pide dos tacos de pescado. Jimmy, una hamburguesa con patatas fritas. Cuando les llevan la comida, pide vinagre. El tipo que está detrás del mostrador lo mira desconcertado, y, después de insistir un par de veces, Jimmy se da por vencido y se conforma con dos sobrecitos de kétchup.

—Patatas fritas sin vinagre —rezonga al sentarse frente a Danny, en la mesa de la terraza—. Qué barbaridad.

Son los únicos clientes que hay por allí.

—¿Y bien? —pregunta Jimmy.

—Se acabó. —Danny le habla de la muerte de Popeye y de la propuesta de paz con Calfo—. Vamos a decirle a Bernie que le envíe los doscientos mil y se acabó.

Porque el dinero por fin está blanqueado, «limpio como una patena», según Bernie.

—Menos mal. —Jimmy da un mordisco a su hamburguesa, luego dice—: Bernie sigue escondido en el Residence Inn. Le gustan los desayunos gratis.

—Qué tacaño es ese viejo cabrón.

—Conviene que un contable lo sea.

—Claro. —Danny prueba su taco y le pone más salsa—. Haz correr la voz. Y trae a los chicos para que pueda pagarles.

Está preocupado. No tiene noticias de Ned, tampoco de Sean y Kevin. Lo de Ned Egan no le inquieta, porque sabe que podrían meterlo en aislamiento en el ala de máxima seguridad de una cárcel y que Ned no se inmutaría. Sean es de fiar, pero nunca se sabe. Y Kevin es duro como el acero, pero su alcoholismo lo vuelve impredecible.

—Tenías razón —dice Jimmy—. Esta hamburguesa está malísima.

—En serio, tienes que acostumbrarte a la comida local.

—Los tacos no deberían ser de pescado. El pescado como hay que hacerlo es rebozado, con su guarnición de patatas fritas con vinagre.

—Como en el Dave's Dock —dice Danny.

Jimmy sonríe.

—Eso es.

—Qué buenos tiempos —dice Danny.

—Pues sí.

—Pero se acabaron. No podemos recuperarlos.

Entonces se arrepiente de haberlo dicho, porque casi parece que Jimmy va a echarse a llorar, que va a derrumbarse allí mismo.

Así que añade:

—Mira, eres millonario, joder, no hay orden de detención contra ti, ni ningún cargo. Tráete a la familia, búscate una casa. Esto les va a encantar. Las playas, Disneylandia… Lo hemos conseguido, Jimmy. Hemos salido de Dogtown. Tenemos una nueva vida aquí.

Vuelve a la caravana a hacer las maletas.

Mira por la ventana y saluda a la señora Mossbach con la mano. Ella le devuelve el saludo.

La vida errante se ha terminado.

12

Bernie Hughes se arrodilla y enciende una vela.

Son reconfortantes estas viejas ceremonias, piensa mientras reza por el alma de su difunta esposa. Hace ya diecisiete años que falleció y no hay día que no la eche en falta. Él iba camino de meterse a cura con los franciscanos cuando vio a Bridget Donnelly caminando por Weybosset Street y bastó con eso para que dijera adiós a las órdenes sagradas. La cortejó, se casó con ella y la llevó a Block Island de luna de miel. Nunca olvidaría la dulzura de esa primera noche juntos, la ternura de todas las noches y los días que compartieron. Cuando Bridget llegó llorando a casa y le contó entre sollozos que el médico le había dicho que no podía tener hijos, él la estrechó entre sus brazos y le susurró:

—No pasa nada. Tú eres todo lo que quiero, no necesito más.

Era cierto y, además, para ser sincero, odiaba los dichosos condones. El cura, claro, le dijo que ahora Bridget y él debían vivir como hermanos, pero ¿qué sabía un cura de amar a una mujer? ¿De la mirada de Bridget y del tacto de su piel, del gozo de tenerla entre sus brazos?

Cada dos meses, desde su muerte, Bernie se iba de putas y hacía sus cosas. Luego se confesaba, rezaba unas oraciones de penitencia, encendía una vela y le pedía perdón a Bridget. Un hombre tiene necesidades y la carne es débil. Aquello no significaba nada.

Además, soy un viejo, pensó Bernie. ¿Cuánto tiempo más puede sobrevivir la lujuria en este cascarón? Sin duda es una llama a punto de extinguirse.

Ahora reza por el alma de Martin Ryan.

Una vela por dos almas, claro que él siempre ha sido ahorrativo. Sabe de dónde viene y adónde va cada centavo. Porque grano a grano se hace un montón.

Martin no era así.

Tú siempre fuiste un manirroto, Martin, piensa. Era parte de tu encanto, pero te quedaste sin nada, viejo amigo. Sin nada para cuando llegaran las vacas flacas, aparte de esa casa destartalada y del dinero justo para comprar la bebida que acabó contigo. Mi pobre y viejo amigo.

Fue esa mujer la que te hundió.

Es la historia más antigua del mundo: Eva volviendo de tener una charla con el mismísimo diablo, con la manzana en la mano, ofreciendo esa delicia irresistible.

Madre de Dios, pero qué tetas tenía, y qué piernas…

Qué vergüenza, Bernard Hughes, se dice. En la iglesia, y en el altar.

Qué vergüenza.

Vuelve a rezar por el alma del difunto Martin y le pide al Señor que lo deje entrar en el cielo. Aunque quizá eso sea apuntar muy alto, piensa. El purgatorio es una meta más realista, y el infierno, por desgracia, una clara posibilidad. Si Martin recibió la extremaunción, quizá se haya colado de rondón. Acéptale, Señor, hizo lo que tenía que hacer para vivir en el mundo que Tú creaste. Sin ánimo de ofender, entiéndeme.

Bernie se levanta. Le crujen las rodillas, por eso, aunque va a la iglesia todos los días, nunca se queda a misa, con todo lo que hay que sentarse, arrodillarse y ponerse de pie. En eso los protestantes nos llevan ventaja, se dice: sus misas no parecen clases de gimnasia. La primera —y una de las últimas— pelea que tuvo Bernie fue una vez que un protestante de Eddy Street, un cabrón sin dos dedos de frente, le dijo que estaba siempre arrodillado y él le contestó:

—Ven que te enseñe dónde se arrodilla tu hermana.

Después, con el labio partido y un ojo morado, llegó a la conclusión de que tenía más futuro con las matemáticas que con su destreza con los puños.

Las matemáticas, piensa mientras avanza por el pasillo de la iglesia. La única lengua que nunca miente. Los números son lo que son, ni más ni menos. Una precisión encantadora. Equilibrio y belleza en un mundo por lo demás caótico y feo.

Cuando sale de la iglesia, el brillo del sol le hace parpadear. Pero el sol les sienta bien a sus viejos huesos, y a Bernie no le extraña que esta ciudad comenzara siendo una comunidad de jubilados y que vivan tantos ancianos aquí. Es un sitio bonito y tranquilo: aceras bordeadas por parterres de flores; supermercados grandes y limpios a los que se puede ir andando; restaurantes, cines, librerías... Aún no ha encontrado un puticlub, pero alguno tiene que haber en el centro de San Diego, a veinte minutos en autobús.

Busca un sitio para comer. Antes de ir a la iglesia, tomó el desayuno gratis del Residence Inn: tortitas, huevos revueltos, salchichas y té. Desayunó en el comedor, mientras veía las noticias en el televisor de pantalla grande.

También puede cenar en el motel cuatro noches por semana. Los tentempiés gratuitos que sirven durante la hora feliz —pasta con atún, perritos calientes, platitos de estofado de ternera— bastan para saciar el apetito de un anciano. Y los miércoles por la noche hay barbacoa y el personal asa hamburguesas y perritos calientes en una parrilla junto a la piscina.

En cambio, la comida de mediodía tiene que buscársela por su cuenta. Ahora debe decidir entre TGI Friday's, Applebee's, California Pizza Kitchen, New York Bagel y China Fun. No ha vuelto a disfrutar de la comida china desde que cerró el Wong's de Dogtown. Bridget y él tenían esa costumbre los viernes por la noche, ir a comer *chop suey* al Wong's. Se sentaban en aquel local pequeño y sofocante y oían a Wong y a su mujer gritarse en la cocina. Wong siempre les hacía un precio especial porque los Murphy los protegían de los gamberros del barrio que, si no, se metían con «los chinos».

Hoy, Bernie se decide por Applebee's porque hay una oferta especial, el menú de mediodía a 5,95. Sopa de tomate y medio sándwich, a elegir entre ternera asada o ensalada de pollo, pavo o atún. Elige la ensalada de pollo y, para beber, una cosa llamada Arnold Palmer, que no le suena de nada: mitad té con hielo, mitad limonada.

Este es un buen sitio para retirarse, piensa Bernie. Termina de comer y vuelve a su habitación para echarse la siesta. La limpiadora sigue allí, terminando la cocina.

Tiene unas piernas bonitas.

* * *

Ned Egan se mudó a Los Ángeles.

Quería vivir en una puta ciudad.

Encontró un hotel económico, de los pocos que quedan ya entre los florecientes edificios de pisos remodelados de la zona de Nickel. La habitación tiene el tamaño de una celda, como a él le gusta. Después de haber pasado ocho años en el Instituto Correccional para Adultos de Cranston, Rhode Island, se siente más a gusto en espacios pequeños y de techo bajo. Y le gusta vivir en el centro, porque se puede ir a los sitios sin coche. Hay un sitio a media manzana del hotel que todavía sirve desayunos de verdad: huevos fritos con beicon y patatas, tostadas y barra libre de café. Tampoco es mal sitio para comer: puedes pedir sopa y un bocadillo.

Ned se compró un hornillo eléctrico que metió a escondidas en la habitación, contraviniendo las normas. Así que por las noches escucha la radio —aunque no puede sintonizar la emisora de los Sox— y se calienta una lata de estofado de ternera o una sopa Campbell de pollo con fideos, y come directamente de la lata. Con eso y un trozo de pan, cena bastante bien. Antes de acostarse, esconde el hornillo debajo de la cama porque sabe que ahí no limpian. Su vecino de la habitación de al lado olió a comida una noche, llamó a la puerta y amenazó con chivarse al encargado si Ned no compartía la cena con él.

—Si viene el encargado por el hornillo —le dijo Ned—, te mato a golpes.

El vecino le creyó, lo que fue muy prudente por su parte, porque Ned no lo decía en broma. Quizá echara un vistazo a sus antebrazos de Popeye, a sus nudillos aplastados y rotos y a su

168

torso, ancho como un tonel. Ned ha matado a alguno de una paliza, pero el tiempo que pasó en prisión fue por intento de asesinato, porque un tocapelotas le metió la mano por debajo del vestido a la camarera de un *pub* y no quiso disculparse. Ned le pegó hasta romperse los huesos de las manos, luego siguió pegándole un poco más mientras Danny y otra media docena de personas trataban de apartarlo. Perdió la oportunidad de que le dieran la condicional después de cumplir cuatro años de condena porque le dijo a la junta evaluadora que volvería a hacerlo, si se daban las circunstancias. Pero de todos modos no quería la condicional.

—Cuando salga —dijo—, pienso relacionarme con delincuentes y nadie va a decirme que no puedo.

Ned Egan compra el periódico cada mañana y lo lee mientras desayuna. La rutina rige su vida, como la de la mayoría de los que han pasado mucho tiempo en prisión. Por eso, antes de salir de la habitación, se asegura de que lleva dos monedas de veinticinco centavos en el bolsillo izquierdo, para poder sacar un periódico de la máquina de la acera. Esta mañana se sienta a desayunar, mira las páginas de deportes, se salta todo el rollo sobre los Dodgers y lee las noticias sobre los Sox.

Luego echa una ojeada a los clasificados deslizando su grueso dedo por las columnas. Hace ya dos semanas que su búsqueda, cada dos días, no da resultado. Hoy, en cambio, encuentra lo que buscaba: el anuncio de venta de un Trans Am de 1989, amarillo brillante.

Es la señal de Jimmy.

Ned termina el desayuno y sale a llamar.

13

Madeleine ha elegido a alguien como ella.

Bueno, no exactamente como ella, se dice Danny mientras observa a la joven levantar la escopeta y apuntar con elegancia al disco que atraviesa el aire. Pero tiene el mismo cuerpo escultural, las mismas piernas largas y el mismo pelo rojo.

Es mucho más joven, claro —tendrá cerca de treinta años—, pero por lo demás es casi una copia de Madeleine.

Con la misma gélida eficacia, la mujer (Sharon, cree Danny que se llama) aprieta el gatillo y el disco se hace añicos. Baja el arma, se gira y le sonríe.

—¿Seguro que no quieres probar? —le pregunta.

—Sí, seguro.

—¿No te gustan las armas?

—Me ponen nervioso.

Su sonrisa se intensifica.

—¿De verdad? No pareces un tipo nervioso.

Danny sabe que le está dando pie para que pregunte «¿Y

qué parezco?», pero por la razón que sea no quiere entrar en ese juego. Quizá porque las reglas las ha inventado Madeleine. Así que le dice:

—Prefiero mirarte.

Eso parece satisfacerla. Sharon se da la vuelta y grita:

—¡Plato! —Y hace estallar por los aires a otro indefenso pichón de arcilla.

Típico de Madeleine, piensa Danny, tener su propio campo de tiro. Y un establo con caballos y una piscina y una sala de proyección y un gimnasio.

Comparado con Las Vegas, piensa Danny, Los Ángeles parece un pueblo *amish*.

Lleva aquí un mes, unos veintinueve días más de lo que pretendía estar, pero la inercia se ha impuesto y, además, separar a Ian de su abuela está resultando más difícil de lo que pensaba.

Para los dos.

Ian se ha encariñado mucho con ella, y Madeleine...

Bueno, es su nieto.

Así que Danny se ha quedado en la finca de su madre a las afueras de la ciudad y se ha dejado arrastrar por el letargo del calor y del lujo. La verdad es que no sabe qué va a hacer a continuación. Sabe que quiere volver a California, pero no exactamente a dónde ni para qué.

No necesita trabajar. Ahora es millonario y tiene sus millones bien invertidos, de modo que el dinero trabaja por él. Pero no concibe la vida sin trabajar, así que tiene que encontrar algo que hacer.

Como aún no sabe a qué se va a dedicar, poco a poco ha ido derivando hacia la tumbona junto a la piscina, con una cerveza bien fría en la mano, o hacia la sala de cine, donde ve dibujos animados con Ian, e incluso sale a dar paseos con su madre al relativo frescor de la mañana.

Fue durante uno de esos paseos cuando Madeleine sacó el tema de las mujeres.

O sea, de su necesidad de una.

Y de la de Ian.

—Ian necesita una madre —dijo.

—Te tiene a ti.

—Y me encanta, pero yo soy su abuela y eso es distinto. Además, ¿tú no tienes… necesidades?

—Si crees que voy a hablar de eso contigo…

—¿Has estado con alguien desde lo de Terri?

—Santo Dios.

—Pero si es lo natural —dijo Madeleine.

Ha empezado a traer a mujeres jóvenes que, según dice, van a visitarla, pero siempre encuentra una excusa para escabullirse y dejarlas con Danny, lo que resulta penosamente evidente tanto para él como para la mujer en cuestión.

Son todas guapas, inteligentes, divertidas y por lo visto están disponibles, pero Danny, por decirlo de algún modo, no se atreve a apretar el gatillo. No es que no tenga… necesidades, es que se resiste a ceder a los intentos de su madre de dirigirle la vida. Sabe que es por rencor: si no quisiste ser mi madre entonces, no empieces ahora.

Y además le da un poco de grima. Es como un incesto.

—¿Eres consciente —le dijo en uno de sus paseos— de que esas mujeres con las que intentas emparejarme son como versiones de ti misma más joven?

—Pero ¿qué dices?

—Venga ya. Todas se parecen a ti.

—Pues mejor para ti —contestó.

—Te tienes en muy alta estima, Madeleine.

No le sale llamarla «mamá» o «madre», solo Madeleine. Ella lo acepta, agradecida de que al menos la llame de alguna manera. No hace mucho, ni siquiera le dirigía la palabra.

Su relación siempre ha sido difícil, conflictiva, cargada de lastres del pasado y de incertidumbres futuras, pero al menos existe. Los une, claro, su amor por Ian, pero con el tiempo la cosa ha ido más allá y Danny tiene que reconocer que ella es inteligente y divertida, amable e incluso cariñosa, y que tienen en común una visión pragmática e irónica de la vida.

Pero, por Dios, piensa Danny mientras ve a Sharon abrir la escopeta y sentarse frente a él, ¿podría dejar de encasquetarme a estas mujeres?

Sharon saca una botella de cerveza fría de la nevera portátil, la levanta hacia él en un brindis y dice:

—Supongo que esto es una cita a ciegas versión Madeleine.

—Es tan sutil como un mazo.

—A mí no me molesta. ¿Y a ti?

—No —contesta Danny—. Es que ahora mismo no quiero tener una relación, Sharon.

—Yo tampoco. Solo confiaba en poder echar un polvo.

Ah, piensa Danny.

Kevin Coombs está jodido.

Le añade un poco de Jack Daniel's a su cerveza del desayuno y, antes de echársela al coleto, reflexiona unos instantes sobre lo jodido que está.

Sienta bien cuando baja —su calor se le extiende por la tripa y el pecho—, pero no es suficiente, no le sienta tan bien como debería, así que echa más *whisky* por la abertura de la lata, derramando un poco por el borde porque le tiembla la mano.

El siguiente trago le quita los temblores y así puede disfrutar del resto de la cerveza. Unos minutos después, busca en la cocina algo que comer y encuentra un dónut de chocolate en una caja de cartón. Menos mal que existe la bollería industrial, piensa mientras sostiene el dónut entre los dientes y vuelve a cruzar el apartamento. Descorre una cortina y parpadea cuando el sol blanco y brillante le da en los ojos.

Sale por la puerta corredera de cristal y se sienta en la silla blanca de plástico del balconcito que da al patio del complejo de apartamentos, con su piscina, sus mesas al aire libre y su «pista de deportes».

Es uno de esos hoteles de estancia prolongada del Valle, justo al lado de la 101, a las afueras de Burbank. Da servicio a hombres de negocios que están de paso, a familias que acaban de trasladarse y buscan casa o están a la espera de que se formalice la compra y a mujeres recién divorciadas con sus hijos.

A Kevin le parece un sitio tristísimo los fines de semana, cuando los papás divorciados vienen de fuera de la ciudad para sus visitas obligatorias y hacen penosos intentos de llevar una vida normal con sus hijos. Los niños suelen pasarse todo el día en la piscina porque los padres no saben qué coño hacer con ellos y porque de todas formas ellos prefieren estar en casa con sus amigos. O los llevan en coche a los Estudios Universal, pero ¿cuántas veces se puede hacer eso? Así que muchas veces los padres divorciados acaban sentados junto a la piscina con las madres divorciadas y entablan nuevas relaciones desesperadas que conducen a otras «familias reconstruidas», a otras separaciones y a más negocio para el hotel de larga estancia.

Otro tipo de gente muy extraña habita el lugar: niños y niñas —acompañados por sus madres— que ansían entrar en el mundo del espectáculo. Divas y divos en miniatura, raros, hiperactivos y con déficit de atención que corretean por los pasillos cantando canciones de musicales de Broadway y a los que las madres emperifollan como víctimas de tráfico de menores para ver a sus chulos, o sea, a sus agentes, en las mesas que hay junto a la piscina. Los agentes —que cobran a los padres por adelantado por «servicios de representación y promoción»— les reservan habitación en el edificio porque está cerca de los estudios y porque de ese modo solo tienen que ir a un sitio a desplumar a sus clientes. Robo a mano desarmada, lo llama Kevin, que se pregunta por qué coño se dedica él a la delincuencia de verdad.

Pobres cabroncetes, piensa. Se creen que van a ser estrellas. Le enseñan su sonrisa falsa y forzada a cualquiera que finja el menor interés y se ven arrastrados a interminables convocatorias de *casting* abierto o a clases de interpretación impartidas por actores adultos en paro que se ganan la vida aprovechándose de ellos.

Por lo menos antes las ilusiones eran gratis. Ahora cuestan una pasta: la tarifa del agente, la factura del fotógrafo, las clases de interpretación, las lecciones de baile (y, por cierto, ¿quién coño baila ya en las películas?), los logopedas, los profesores de canto, los asesores de maquillaje y peluquería… Kevin escucha las conversaciones que mantienen las madres cuando se sientan

175

alrededor de la piscina las raras veces —por la noche, normalmente— en que dejan que los niños sean niños y jueguen a Marco Polo y cosas de esas. Hablan del dinero que gastan y en qué lo gastan, y luego la madre que no estaba pagando por la nueva chaladura del mes vuelve a su habitación y amplía el límite de su Mastercard para pagar un «*coach* de vida» o un «experto en sonrisas», o cualquier mamarrachada que pueda darle ventaja a su hijo para conseguir un anuncio o una frase en una serie de la tele por cable y así costear un mes más sus ilusiones. «Invertir en el futuro» lo llaman cuando telefonean al marido, que está en casa trabajando como un burro para pagar todas estas chorradas.

Sí, invertir en futuros tratamientos psiquiátricos, piensa Kevin. Le extraña que no haya psiquiatras haciendo cola en el vestíbulo para hacer caja con esa abundancia de neuróticos en ciernes. Da gracias por haber tenido una infancia irlandesa alcoholizada pero relativamente normal, con las peleas domésticas de los sábados por la noche y el asado dominical después de misa, acompañado de zanahorias, cebollas, patatas, culpa, vergüenza y arrepentimiento.

El caso es que, entre las familias desplazadas, los padres divorciados y las madres del mundo del espectáculo y sus engendros, el complejo de apartamentos es uno de los lugares más deprimentes que hay sobre la faz de la tierra. Un campo de refugiados con aire acondicionado, piscina, bañera de hidromasaje del tamaño de una placa de Petri y desayuno continental de cortesía servido en el salón comunitario: magdalenas duras, zumo de naranja falso, café flojo y presuntos gofres congelados que calientas en la tostadora y bañas con sobrecitos de plástico de presunto sirope.

El hecho de que no haya más suicidios aquí que en el Golden Gate quiere decir algo, aunque Kevin no sabe qué. Tal vez se deba a la obstinada determinación de sobrevivir, o quizá a la falta de fe en el más allá, en que se pueda esperar algo más que un hogar de mentirijillas, comida falsa, cariño fingido e ilusiones vanas.

Y luego estoy yo, piensa Kevin. Hablando de refugiados.

Otro cachorro perdido de Dogtown.

Bueno, un cachorro con tres millones de pavos.

Que Danny Ryan no me deja gastar.

O no mucho, por lo menos.

Por fin se repartieron el dinero del trabajo de Abbarca —«las espinacas de Popeye», lo llama Kevin—, pero Danny les dijo que procuraran no gastárselo y que dejaran la mayor parte en las cuentas que abrió ese carcamal de Bernie.

—Si vais por ahí comprando deportivos y cocaína —dijo—, llamaréis la atención. Y eso no nos conviene. Así que dejad pasar un tiempo.

—¿Cuánto? —preguntó Kevin.

—Hasta que yo os lo diga.

De momento, no les ha dicho nada.

La lata de cerveza está vacía.

Kevin se levanta para ir a la cocina a por otra y se da de bruces con el cristal de la puerta corredera. El dolor le marea, le tiemblan las rodillas y piensa por un segundo que va a desmayarse. Se toca la frente y la nota húmeda. Se mira la mano y ve que tiene sangre. Ve la mancha en el cristal.

El susto que se van a llevar las de la limpieza, piensa.

Abre la puerta —a buenas horas, piensa— y entra en el baño a mirarse al espejo y ver qué se ha hecho. Espera que no tengan que darle puntos, porque ir a urgencias es un coñazo. El corte no tiene tan mala pinta, aunque le va a salir un buen chichón, y el dolor está empezando a remitir. Se siente, sobre todo, como un idiota: los kamikazes involuntarios suelen ser los pájaros, y hasta ellos suelen distinguir entre el aire vacío y el cristal de una ventana. Sí, ya, piensa, pero los pájaros no van tan borrachos como tú, y eso es una ventaja injusta. Arranca un poco de papel higiénico del rollo, hace una bola y se presiona el corte con él. Luego vuelve a la cocina en busca de otra cerveza.

Suena el teléfono.

Solo hay dos posibilidades: que lo llamen de recepción para preguntar cuánto tiempo piensa quedarse en el apartamento, o que sea Sean.

Es Sean, la única persona que sabe dónde está.

—¿Estás despierto? —pregunta.

Qué pregunta más tonta, piensa Kevin. Claro que estoy despierto: he contestado al puto teléfono.

—Sí.

—Parece que estás pedo. ¿Estás pedo?

Mamá Sean, regañándolo por beber. Si quisiera que me dieran la vara por beber, piensa Kevin, me buscaría una mujer que lo hiciera. Así por lo menos echaría un polvo de vez en cuando. En realidad, le tiene echado el ojo a una de las mamás más guapas. Parece tan estresada que podría acostarse con él por pena, solo para distraerse.

—Me he dado un golpe en la cabeza.

—¿Con qué?

—Con una puerta.

—¿Con una puerta? —repite Sean—. ¿Y cómo te has dado un golpe en la cabeza con una puerta?

—No sé. Me ha pasado y ya está, ¿vale?

Sean parece muy alegre, muy entusiasmado, como si hubiera oído un chiste buenísimo y estuviera deseando contarlo.

—Tronco… —dice.

¿Tronco?, piensa Kevin. ¿El irlandés pelirrojo ahora dice «tronco»?

—Tronco —repite Sean—, no te lo vas a creer.

Estoy en Los Ángeles, piensa Kevin. Puedo creerme cualquier cosa.

Una película.

Están haciendo una puta película.

Kevin está sentado frente a Sean en un reservado del Denny's, a poca distancia a pie del hotel, porque Kevin no es tan tonto como para coger el coche para ir a cualquier sitio y arriesgarse a que lo detengan por conducir bebido. Sean sonríe tanto que parece que las pecas van a salir disparadas de su cara.

—¿En serio? —pregunta Kevin.

—En serio.

—Una película.

—Una película —repite Sean.

—La hostia.

—Sí, ¿verdad?

—Es raro, ¿no?

—Mucho —contesta Sean.

Kevin mira la carta con fotos a todo color de los platos. Pero, como no le apetece nada mirar fotos de comida, vuelve a dejarla.

—Deberías comer algo —le dice Sean.

—¿Sí? ¿Por qué?

—Porque tienes que comer. Las personas tienen que comer.

—¿Cómo se titula la película? —pregunta Kevin.

—*Providence.*

—Eso lo dice todo, supongo.

—Supongo.

Kevin mira por encima del hombro de Sean. Una de las mamás del hotel a las que aspira a tirarse está sentada en otro reservado, con la neurótica de su hija. Eso es el sueño de Hollywood, piensa. Vienes aquí para que la pequeña Ashley o como se llame sea una estrella y acabas comiendo en el Denny's. Le sonríe. Ella lo mira sin devolverle la sonrisa, o al menos no lo parece. No me extraña, piensa Kevin. Debo de estar hecho un asco. Quizá luego pueda afeitarme sin cortarme el cuello y desangrarme.

—¿Quién hace de mí? —pregunta.

—Creo que nadie. Imagino que solo salen los jefazos. Ya sabes, Pat Murphy y esos.

—Vale, ¿y quién hace de Pat?

—Sam Wakefield.

—Una gran estrella.

—Ya te digo.

La mujer mira a Kevin por encima de la carta. Joder, piensa él, están haciendo una película sobre gente que conozco y se ha olido el tufillo de la oportunidad desde ahí. Ni que los productores de cine «quedaran para comer» en el Denny's. Alucinante, verdaderamente alucinante el tinglado que tienen montado aquí.

Prueba a sonreír otra vez, se vuelve hacia Sean y le pregunta:

—¿No es australiano o algo así?

—Le están dando clases para el acento.

—¿Y tú cómo te has enterado? —pregunta Kevin.

A través de su nueva novia, Ana, dice Sean. Cosas que pasan: iba en el tren camino de Los Ángeles, el vagón estaba muy lleno y una chica latina se sentó a su lado. Pelo negro, piel como la miel, labios carnosos…

—Buena boca para hacer mamadas —dijo Kevin cuando Sean se la describió.

—Sí, si eso te interesa.

—¿Y a quién no le interesa? —preguntó Kevin.

Ana es menudita, pero tiene buena delantera y unos ojos oscuros matadores. Sean y ella se pusieron a hablar durante el trayecto. Sobre ballenas. Como a Sean no se le ocurría qué decir, rompió el hielo comentado que le habían dicho que a veces se veían ballenas desde el tren.

—Depende de la época del año —respondió Ana.

—¿Y esta es buena época?

—No mucho.

Normalmente es más bien en abril cuando las ballenas comienzan su migración hacia el norte desde Baja California.

—¿Has visto alguna vez ballenas desde el tren? —le preguntó Sean.

—Sí. Sí, las he visto.

Sean se levantó para ir al vagón cafetería y le preguntó si quería que le trajera algo. Ella dijo que no, al principio.

—¿Nada? —preguntó Sean—. ¿No quieres una copa de vino o una cerveza o un refresco o algo así?

—Una Coca-Cola, quizá.

—¿Y un sándwich no? El viaje es largo.

—A lo mejor un sándwich estaría bien.

Volvió con una Coca-Cola y un sándwich de pavo, una bolsa de patatas fritas y una *cookie* de las grandes.

—Voy a engordar —dijo ella.

—No creo.

Se pasaron todo el camino hablando, hasta Los Ángeles. Resultó que Ana era peluquera y trabajaba en el cine.

—Eso tiene que ser muy interesante —comentó Sean.

—Sí que lo es. Mejor que trabajar en una peluquería, y se gana más dinero.

—¿Peinas a algún famoso? ¿A alguna estrella de cine o algo así?

—Bueno, trabajo mucho con Diane Carson.

—¡No me digas! —Sean estaba impresionado. Diane Carson era la estrella más grande que había, o casi. Rubia, de piernas largas y ojos azules, una Marilyn Monroe moderna—. Cuéntame, ¿cómo es?

—Es simpática.

—¿Sí?

—Sí, muy educada, y con los pies en la tierra.

—Diane Carson —repitió Sean—. Caray...

—Sí, ya lo sé. Los tíos se vuelven locos con ella. Cuando Diane entra en una habitación, las demás nos volvemos invisibles de repente.

—Tú no —contestó él.

Sean no es tonto. Sabía que, fuera de sus fantasías, era imposible que pudiera tirarse a Diane Carson, pero con Ana, en cambio, tenía alguna posibilidad.

—Eres un cielo —dijo ella.

—No sabes tú cuánto.

Ana le dio su número de teléfono cuando estaban bajándose del tren. Él se instaló en un motel de Culver City, esperó un día o dos para no parecer muy ansioso y luego la llamó. Llevaban viéndose ya dos meses, pero ella no le dejó ni acercarse al premio gordo hasta pasadas cinco citas.

—Soy una buena chica católica —le explicó ella durante un encuentro muy acalorado, mientras le apartaba la mano de las bragas.

—Conozco a las chicas católicas —respondió Sean.

Cuesta que empiecen, pero, cuando se ponen a ello, no hay quien las pare.

Tres citas después, Ana cedió, del todo.

Luego, justo anoche, le contó que estaba muy emocionada porque acababa de «conseguir» una nueva película, un largometraje, con Diane como protagonista.

—Eso es genial —dijo Sean—. ¿Qué película es?

Se titulaba *Providence* y trataba sobre mafiosos de Providence, Rhode Island. Sobre las luchas entre irlandeses e italianos por el control de Nueva Inglaterra. Porque, al parecer, antes eran aliados, pero luego se pelearon y empezaron a matarse entre sí.

—Y está basada en hechos reales —añadió Ana.

—No me digas —dijo Sean.

Ahora Kevin lo mira desde el otro lado de la mesa y dice:

—Deberíamos hacer algo al respecto.

—¿Qué quieres decir?

—Quiero decir que deberíamos meternos en ese asunto. Es nuestra puta vida de la que van a hacer una película. ¿Es que no nos deben nada?

—Pues no sé, supongo que sí.

—¿Supones?

Dejan el tema cuando llega la camarera. Sean pide un sándwich club y un refresco de té. Kevin, unos huevos revueltos y un café con crema y doble de azúcar. Mira a la Mamá de la Artista, que se está comiendo su ensalada del chef, y deduce por cómo mastica que debe de ser buena en la cama. Le gustan sus manos, cómo agarran sus largos dedos el tenedor, y piensa que le gustaría que le agarrase la polla.

—¿Y de dónde han sacado todo ese rollo? —pregunta.

—¿Qué rollo?

—Ese rollo sobre nosotros —dice Kevin—. Todas esas cosas alucinantes que pasaron de verdad.

Sean vuelve a sonreír.

—¿Te acuerdas de Bobby Bangs?

—Bobby...

—Bangs —dice Sean—. ¿El sarasa? ¿El que pensábamos que era marica, pero no?

—Ah, sí, ese —dice Kevin—. ¿Qué pasa con él?

—Escribió la propuesta de guion.

—¿En serio?

Bobby *Bangs* Moran era un donnadie, un camarero del Glocca Morra al que los hombres que hacían el trabajo duro apenas toleraban en su mesa. ¿Y ahora va por ahí dándose aires?

—Bobby no hizo nada en la guerra. Pero si era el último mono...

—Pues imagino que, si lees su propuesta de guion, parecerá que estaba metido de lleno.

—Qué cabrito —dice Kevin. Porque Bobby se cagaba en los pantalones si oía un disparo.

—No se le puede culpar por querer ganar pasta.

No se le puede culpar, no, piensa Kevin. Pero algo nos debe, ¿no? Un trozo del pastel, una tajada, un lametazo al helado de cucurucho. Porque el tío no hizo absolutamente nada en aquel entonces, aparte de pasearse por el bar escuchando las historias que contaban los demás. ¿Y ahora va a sacar pasta de eso, a codearse con estrellas de cine y hasta puede que a follarse a alguna actriz y esas cosas mientras que yo me choco con puertas de cristal y voy tirando como puedo, con la ilusión de tirarme a alguna mamá buenorra si es que puede dejar un rato en clase de claqué al cardo de su hija?

Hablando de ese tema, la mujer se acerca con la cuenta en la mano y la pequeña Ashley, regordeta y engreída, enfurruñada detrás de ella.

—Perdonad —dice—, no quiero interrumpir, pero he oído que estabais hablando de una película.

—Sí —contesta Kevin.

Tiene el pelo castaño con mechas, a media melena, buen cuerpo, una cara bonita y ojos marrones y cansados.

—¿Sois productores?

—Asesores —contesta Kevin—. Más bien asesores.

—En una película de Sam Wakefield, qué maravilla —dice ella, y le tiende la mano—. Soy Kim Canigliaro. Esta es mi hija, Amber.

Pronuncia *Amba*. Jersey o Long Island, Kevin no consigue distinguir del todo el acento. Y su maquillaje es de la Costa Este, no hay duda, un poco más cargado de rímel que el de las californianas.

—Hola.

—¿No te he visto por el Oakwood? —pregunta.

—Sí, vivo allí —dice Kevin—. Temporalmente. Está cerca del estudio.

—Ah, ¿estáis rodando en la Warner?

—Exacto —contesta él al tuntún.

Tiene una ligera idea de que el estudio de la Warner Bros. está al final de la calle, porque ha visto la torre de agua con el emblema de la productora. Cuando lo ve, siempre se acuerda de Bugs Bunny. Eran buenos esos dibujos animados: Bugs Bunny, Porky y Sam Bigotes. Le hacía mucha gracia cuando Elmer Gruñón miraba al público y decía: «No hagan *wuido*, no hagan ningún *wuido*». Es lo que le susurró a Sean la noche que se cargaron a Dominic Vera, cuando estaba aparcado junto al embalse intentando acabar con ellos. Así rompió la tensión, y a Sean y a él les dio la risa floja cuando abrieron fuego contra Dom.

No hagan *wuido*, no hagan ningún *wuido*.

—Bueno, a lo mejor nos vemos por ahí —dice Kim, y luego lo suelta sin más, riéndose como si fuera una broma—: Y oye, si hay un papel para una niña de doce años monísima…

—Ya sé dónde encontrarte —contesta Kevin.

—Sí, eso es —dice ella, y le hace saber con una mirada franca que no hay problema, que está dispuesta a acostarse con él con tal de que le abra la puerta de Hollywood, aunque sea solo una rendija—. Bueno, suerte con el proyecto.

Kevin la mira mientras sale del restaurante, echa un vistazo a sus caderas y a sus pantorrillas. Las tiene tensas, musculosas. Mamá Kim se mantiene en forma, está un poco más buena de lo que le había parecido al verla desde el balcón.

—¿Puedes conseguir su número? —pregunta Kevin.

—¿De quién?

—¿De quién? —repite Kevin—. El de Bobby Bangs.

—Creo que sí.

—Pues consíguelo.

Deberíamos hacerle una visita.

Y quizá, ¿cómo dicen ellos?, «quedar para comer».

Danny y Sharon salen a cenar y luego van al piso de ella, en el centro. Es un sitio bonito, porque Sharon tiene un puesto directivo en uno de los grandes casinos. Le da a Danny un brandi y dice:

—Tu madre me ha dicho que hace años que no te acuestas con nadie.

Danny se queda horrorizado.

—¿Eso te ha dicho?

—Como tú dices, es sutil como un mazo. Pero no te preocupes.

—¿Porque es como montar en bicicleta?

—¿Me acabas de comparar con una bicicleta? Si es así, te advierto que tengo diez velocidades.

Sí, como mínimo.

Danny no ha estado con muchas mujeres. Estuvo con un par de chicas antes de Terri y luego fue siempre un marido fiel, así que al principio está nervioso, pero luego la biología toma el control y acaba siendo fantástico.

—Lo necesitaba —dice Sharon.

—Pues anda que yo…

Ella se ríe.

—¿Tienes sueño?

—No.

Sharon enciende la televisión. Cambia varias veces de canal y se decanta por un programa de actualidad en el que están hablando sobre una actriz.

La presentadora describe con voz jovial la «salida de rehabilitación» de Diane Carson mientras en la pantalla aparece una foto fija de una mujer sonriente que se abre paso entre una multitud de fotógrafos. En la siguiente imagen se la ve montando en la parte de atrás de una limusina.

—Pon otra cosa —dice Danny.

—No, me encanta esta mujer. —Sharon sube el volumen.

—... *la última entrega del culebrón de la* sex symbol *favorita de América* —dice la locutora, ahora en pantalla—. *Su dramática historia, casi legendaria, comenzó en un pueblecito de Kansas...*

Fotos fijas de Carson cuando era una niña, soplando las velas de una tarta, luego vestida con un traje de vaquera. Un vídeo borroso en el que se la ve cantando en una función escolar y después haciendo malabares con un bastón de animadora. A continuación, imágenes de su adolescencia: en un concurso de belleza local, en lo que parece ser una feria y en la que seguramente es la foto de graduación del instituto.

—*Como sabe cualquiera que no haya pasado los últimos diez años en Marte, la joven Diane Groskopf se casó con su novio del instituto, Scott Haroldson, hijo de un médico de renombre, quizá para escapar del ambiente de extrema pobreza rural en el que había crecido.*

Más fotos, esta vez de una casucha de madera que parece salida directamente de *Las uvas de la ira*. Y, a continuación, un plano de un chalé moderno, precedido por una pradera de césped impecable, en una zona residencial.

188

—*La pareja vivió feliz los dos primeros años de su matrimonio.* —La presentadora baja la voz una octava para imprimir seriedad a su tono—. *Y entonces llegó la tragedia.*

La presentadora se queda callada. Foto escolar de un adolescente y, a continuación, otra imagen del mismo chico, claramente una foto de graduación. Luego, una imagen de la fachada de un juzgado de pueblo, seguida por un vídeo del joven vestido con mono naranja, esposado y con grilletes, siendo conducido a un furgón.

La presentadora continúa:

—*El hermano mayor de Diane, Jarrod, agredió a Scott en un ataque de ira, hallándose bajo los efectos de las drogas. Le asestó más de un centenar de puñaladas. Cuando Diane llegó a casa y descubrió, horrorizada, lo que había sucedido, llamó de inmediato a emergencias, pero su marido murió desangrado antes de que llegase la ambulancia. Jarrod se declaró culpable y fue condenado a cadena perpetua sin posibilidad de libertad condicional.*

Imágenes de archivo del exterior de una prisión.

Madre mía, piensa Danny, no me extraña que la actriz beba y tome pastillas. Vio morir a su marido asesinado por su hermano.

—*Destrozada, Diane se mudó a Los Ángeles para cumplir su sueño de convertirse en actriz.*

Un póster de revista de Diane, desnuda, con el cuerpo borroso. Su cara se ve con claridad, sin embargo. Sonríe a la cámara con ese aire tan típico de vecinita de la puerta de al lado, una potente mezcla de inocencia y sexualidad.

—*En Hollywood no gustaba el nombre de Diane Haroldson, de modo que se lo cambió por...* —Una pausa dramática, de redoble final—: *Diane Carson.*

—¿Y por qué te gusta tanto? —pregunta Danny.

—¿Lo dices en serio? —pregunta Sharon—. Mírala. No mientas, seguro que te la tirarías. Joder, me la tiraría incluso hasta yo.

Empieza a enumerar un montón de películas en las que ha salido Diane Carson, pero Danny no ha visto ninguna porque también hace años que no va al cine. Entonces, al ver que se le ponen los ojos vidriosos, Sharon dice:

—No te preocupes, Danny, no tienes que quedarte a pasar la noche. Si te digo la verdad, prefiero dormir sola.

—Te llamo mañana.

—¿En serio? —pregunta ella—. Porque pensaba que no queríamos tener una relación.

—No queremos, pero…

—Te sientes obligado. Mira, Danny, ha sido estupendo, y, si te apetece otro paseo en bici dentro de una semana o dos, llámame, pero si no…

Cuando está vestido y a punto de irse, ella añade:

—Madeleine te quiere de verdad, ¿sabes?

—¿Ah, sí?

—Venga ya, te tiene en un pedestal —dice Sharon—. Dice que podrías hacer cualquier cosa. Que podrías levantar un imperio, si quisieras.

Danny entra en el cuarto de Ian.

El niño duerme profundamente.

Cuando Danny volvió a casa de Madeleine, Ian le tenía miedo. O estaba enfadado con él, o ambas cosas, porque lo trataba como si fuera un extraño. Danny no podía reprochárselo, así que fue paciente y cariñoso, intentó no presionarlo, y al poco tiempo Ian empezó a mirarlo de nuevo, después a sentarse en su regazo y más adelante a dejar que le leyera un cuento, aunque no el de irse a la cama, ese todavía lo reserva para Madeleine.

Poco a poco, con el paso de las semanas, Ian ha ido acercándose a él, ha empezado a llamarlo papá, le pide que juegue con él y quiere enseñarle sus juguetes.

Danny se siente perdonado.

Está decidido a romper el ciclo, a no ser otro padre disfuncional como lo fue el suyo, para que Ian tenga un padre de verdad, aunque le falte su madre.

Le da un beso en la mejilla y lo arropa bien con la sábana, hasta el cuello.

Bobby los cita para comer en el Beverly Hilton.

Primero, porque si uno va a reunirse con Kevin Coombs y Sean South conviene hacerlo en un lugar público. Segundo, porque le han dado una mesa junto a la piscina y así estarán distraídos mirando a las chicas. Y tercero, porque espera que se sientan intimidados en ese ambiente de opulencia.

A fin de cuentas, este es su territorio y esos dos cabezas huecas están fuera de su elemento, ignoran cómo funcionan las cosas y cómo se desarrolla una comida en la industria del cine.

Es un buen plan, aunque defectuoso a nivel conceptual.

Primero, porque, llegado el caso, los Monaguillos serían capaces de cargarse a Santa Claus en medio del desfile de Acción de Gracias de Macy's. Segundo, porque lo único que les gusta más que follar es el dinero, y tercero, porque no se dejan intimidar por nada ni nadie en este mundo, salvo quizá por Danny Ryan.

Bobby se presenta con una camisa blanca con el cuello abierto, vaqueros lavados a la piedra de trescientos dólares, mocasines sin calcetines y gafas de sol Cobian. El pelo negro engominado hacia atrás y la piel recién exfoliada e hidratada.

Kevin va hecho una mierda. Una camisa vaquera sucia, arrugada y manchada de sudor con la que seguro que ha dormido, vaqueros negros, botas de trabajo y gafas de sol envolventes para ocultar que tiene los ojos inyectados en sangre, el pelo largo y sucio y barba de al menos tres días. Aun así, los ocupantes de las otras mesas dejan su desprecio en suspenso hasta comprobar que no se trata de un actor famoso que va de pasota. Sean por lo menos se ha esforzado. Lleva una camisa de rayas verdes y blancas remetida en los pantalones chinos bien planchados y se ha puesto zapatos de verdad.

En la terraza, junto a la piscina, huele a cloro y a bronceador. El Beverly Hilton es un hotel del viejo Hollywood. Hace como mínimo veinte años que pasó de moda, pero eso Bobby no tiene forma de saberlo. Solo hay antiguas estrellas de la televisión cuya fecha de caducidad se acerca a toda velocidad, como un tren sin frenos, viejos actores de cine que esperan conseguir un papel de abuelo o de tío chiflado y divas entradas en años con las cicatrices del *lifting* más frescas que el cutis.

El lugar, en conjunto, tiene el aire de una estrella de cine que ha perdido su brillo. Es un hotel Gloria Swanson: su antigua belleza, gastada y anticuada, necesita remozarse de arriba abajo, pero eso ya no es posible. Jamás volverá a estar lista para un primer plano, señor DeMille.

Bobby, sin embargo, no lo sabe. Hace entrar a sus amigos y se sienta a una mesa bajo una amplia sombrilla verde, mira a su alrededor para asegurarse de que le han visto y pide un Arnold Palmer.

—¿Qué coño es eso? —pregunta Kevin. Está relativamente sobrio, y eso le pone de mal humor.

—Té frío con limonada.

—Yo voy a probarlo —dice Sean, ansioso por agradar.

—A mí tráeme una cerveza —dice Kevin.

—Tenemos algunas marcas de cerveza artesana muy interesantes —les informa el camarero.

—¿Tienes Sam Adams?

—Por supuesto.

—Pues ponme una Sammy —dice Kevin, y mira fijamente a Bobby desde el otro lado de la mesa.

El camarero vuelve con las bebidas y la carta. Bobby pide un rollo de pechuga de pato con salsa *hoisin* y jícama. Sean, una hamburguesa con queso. Y Kevin, lomo de ternera al estilo de Nueva York, poco hecho. Para que Bobby vaya apoquinando, piensa. Luego va al grano.

—O sea, que esa propuesta de guion, Bobby…

En la frente exfoliada e hidratada de Bobby aparecen gotas de sudor. Se dice a sí mismo que es el sol, pero sabe que no es cierto.

—Casi todo está sacado de mis recuerdos.

—De tus recuerdos —dice Kevin—. ¿Y te has acordado de alguien que podamos conocer?

—He tenido mucho cuidado.

—Conque mucho cuidado —repite Kevin—. ¿Salgo yo? ¿O Sean?

—Sí, pero solo como personajes secundarios. —Al darse cuenta de que puede haber sido un error táctico, Bobby se apresura a añadir—: Quiero decir que casi toda la película está ambientada en una época en la que vosotros todavía no teníais un papel protagonista.

Kevin le clava la mirada.

—Trata sobre todo de Pat, Liam, Danny y esa gente —añade Bobby.

—¿De Danny? —pregunta Sean—. ¿Danny sale en la película?

—Yo en realidad no tengo mucho que ver con la película.

—Vamos a dejarnos de tonterías —dice Kevin—. ¿Cuánto crees que vas a ganar con este asunto, Bobby?

—Bueno, no se me permite revelar…

—Bobby, Bobby, Bobby. —Kevin menea la cabeza—. Tú eres el experto en la mafia irlandesa. Deberías saber cómo funciona.

—Uno para todos, todos para uno —dice Sean—. ¿Cómo lo decías…?

Ha conseguido una copia del tratamiento de guion de la película, gracias a Ana. Fue una lectura fascinante. Incluso ha memorizado un pasaje.

—«Éramos como hermanos, lobeznos de la misma camada. Reíamos juntos, comíamos juntos, vivíamos juntos, sangrábamos juntos y moríamos juntos». Muy bonito, Bobby. Me dan ganas de llorar.

—Aunque tú, sangrar, lo que se dice sangrar, sangraste poco, ¿no? —añade Kevin.

—No recuerdo que sangraras, Bobby.

—Pero aún no es tarde. —Kevin se inclina sobre la mesa, le apunta con el dedo índice y hace como que aprieta un gatillo.

El camarero llega con la comida. A Bobby le tiemblan las manos al mojar su rollo en la salsa *hoisin*. Los demás clientes se quedan mirando cuando Kevin levanta su filete con el tenedor, se lo lleva a la boca y arranca un trozo con los dientes.

Con el jugo chorreándole por las comisuras de la boca, sonríe y le dice a Bobby:

—Como un lobo, ¿no?

Madeleine ya está junto a la piscina cuando Danny sale por la mañana con su desayuno.

—¿Qué tal tu cita? —le pregunta con una sonrisa irónica y cómplice.

—Bien.

—¿Vas a volver a verla?

—Puede ser.

—Eso es un no —dice Madeleine—. Bueno, por lo menos te has desahogado.

—Por el amor de Dios. —Danny come un par de bocados de sus huevos con beicon, luego dice—: Me dio tu mensaje.

—¿Qué mensaje? —pregunta su madre en ese tono que parece decir: «No tengo ni idea de lo que me hablas».

—¿Por qué tienes que ser así? —pregunta Danny—. ¿Por qué todo tiene que ser una manipulación? ¿Por qué no puedes comportarte con naturalidad? Si quieres decirme algo, dilo sin más. No tienes que mandarme una puñetera embajada.

Ella deja su vaso de zumo de pomelo sobre la mesa.

—Muy bien. En primer lugar, esta es la última vez que te pido perdón. Siento haberte abandonado. He hecho todo lo posible para compensarte y puedes perdonarme o no, pero ya estoy harta de disculparme.

—Has dicho «en primer lugar». ¿Qué es lo segundo?

—Tienes suerte de estar vivo. Tienes suerte de no tener que pasar el resto de tu vida entre rejas.

—Eso es verdad.

—Es difícil conseguir una segunda oportunidad. No quiero que desperdicies la tuya.

—Muy bien.

—Yo puedo ayudarte. Puedo echarte una mano para que empieces a invertir en valores de bolsa, en bienes raíces. Si necesitas dinero…

—Tengo dinero —dice Danny—. He estado pensando en todo eso. Quiero hacer algo. Algo legal. Quiero dejarle algo a Ian. Pero todavía no sé qué voy a hacer.

—Pues pasándote todo el día en mi tumbona no vas a conseguirlo, desde luego.

—Tienes mucha razón —responde Danny—. Mira, si te estorbamos, puedo…

—¡No! —dice Madeleine—. Me encanta teneros aquí, por supuesto. Podéis quedaros todo el tiempo que quieras. Me encantaría que encontraras algo en Las Vegas.

—Yo estaba pensando más bien en California.

—Bueno, está cerca en avión.

Se quedan mirando la piscina unos segundos. Luego él pregunta:

—¿Qué es eso de levantar un imperio?

—Podrías hacerlo. He conocido a hombres con menos talento que tú que han construido imperios.

—Yo soy un matón de Dogtown.

—¿Y crees que los niños que nacen con un pan debajo del brazo construyen imperios? —pregunta ella—. Para que lo sepas, esta ciudad la edificaron tipos de Dogtown, de arriba abajo.

Danny tiene la sensación de que también está hablando de sí misma. Pasó por Barstow cuando iba hacia Las Vegas en coche. Se imaginó la infancia de Madeleine allí, en un parque de caravanas.

—Mensaje recibido —dice.

—¿Sí?

—Sí —dice Danny—. Y mamá… Me basto solo para conocer mujeres, ¿de acuerdo?

—De acuerdo.

Madeleine se levanta y lo deja junto a la piscina.

Los Monaguillos transforman a Bobby en una tarjeta de crédito humana.

Su extracto se convierte en una monótona letanía —*Retirada de efectivo, Retirada de efectivo, Retirada de efectivo*—, mientras Bobby trata de salvar el pellejo a base de dinero. Le pagaron seiscientos mil dólares el «primer día de rodaje», y es como si los Monaguillos estuvieran sorbiendo ese dinero poco a poco con una pajita, hasta dejar seca su cuenta.

Bobby, hermano, necesito un poco de dinero para el alquiler. Bobby, hermano, tengo que comprarme ropa nueva. Bobby, hermano, ¿sabes cuánto cuesta comer en esta ciudad?

A Kevin y Sean les encanta el concepto del autoservicio bancario, porque pueden subirse al coche de Bobby de camino al estudio, hacerle parar en un cajero, que les dé la pasta y que los deje en cualquier restaurante, bar o tienda que les apetezca visitar ese día.

Hasta que empiezan a ir al estudio con él.

La idea es de Kevin.

—Nos estamos perdiendo algo —le dice a Sean un día mientras comen en una terraza de Sunset.

—¿El qué? —pregunta Sean.

Tiene comida, dinero, alcohol, incluso amor: prácticamente vive con Ana y lo suyo se está volviendo casi serio. Así que ¿qué se están perdiendo?

—Todo el tema de Hollywood —contesta Kevin—. Las estrellas, esas tías tan buenas… Bobby se codea con Diane Carson, y nosotros solo la vemos en las revistas cuando hacemos cola en el supermercado.

—¿Cuándo vas tú al supermercado?

—Esa no es la cuestión.

—¿Y cuál es? —pregunta Sean. Él está en la gloria, disfrutando de su almuerzo y de la vida. Hasta se ha puesto moreno, en la medida en que puede ponerse moreno: una especie de lustre rojizo por debajo de las pecas—. ¿Es que crees que te vas a tirar a Diane Carson?

—No creo que vaya a tirarme a Diane Carson —responde Kevin. Le llevan su plato de pasta *amatriciana,* observa al camarero rallar el queso parmesano encima y luego dice—: Pero sí creo que puedo conseguir a algún satélite.

—A ver, explícame eso.

—¿Lo del satélite?

—Sí, me muero de ganas de saber qué es.

—Las nenas como la Carson son como el sol —explica Kevin—. Hay otras mujeres que están casi casi igual de buenas que ellas orbitando a su alrededor como satélites.

—Dirás como planetas. El sol tiene planetas que orbitan a su alrededor. Estamos en uno de ellos, Kevin.

—Hoy estás muy tocapelotas. Lo que quiero decir es que quizá no puedas alcanzar el sol, pero seguro que puedes echar mano de algún satélite. Hay mucho donde elegir, es lo único que digo.

Sean come un poco de su lubina rellena de chile y dice:

—Mi novia es uno de esos satélites.

—Lo que demuestra que tengo razón. Además, aquí podríamos ganar más dinero.

Dinero, sí. La verdad es que tienen que exprimir a Bobby despacio, sacarle dinero poco a poco y luego aprovechar al máximo sus tarjetas de crédito para comprar cosas que puedan vender más adelante. Bobby se ha llevado un buen pellizco, pero eso no es nada comparado con la pasta que maneja el estudio, y Kevin leyó en *Variety* que *Providence* tiene un presupuesto de treinta y tantos millones de dólares.

Tiene que haber una manera de sacar tajada de eso.

Los Monaguillos tienen algún dinero, pero siempre es mejor tener más, y además sería dinero que no controla Danny.

—Asesores —le dice Kevin a Bobby esa noche, cuando los lleva a cenar.

—¿Qué?

—Queremos ser asesores.

—Asesores técnicos —añade Sean—. Creemos que tenemos mucho que ofrecer en el aspecto creativo.

—No sé, chicos.

—¿Qué es lo que no sabes, Bobby? —pregunta Kevin.

—No sé.

—Eso es —dice Kevin—. No sabes lo que no sabes, y una de las cosas que no sabes es que no sabes una mierda de lo que pasó de verdad durante la guerra.

—Eso mismo —asiente Sean.

Kevin se toma un segundo para examinar la carta de postres.

—Joder, ¿no tienen *crème brûlée*? Yo quería *crème brûlée*.

—A lo mejor se les ha terminado la *brûlée* —responde Sean.

Como lo demás no le apetece, Kevin pide un café solo doble y un chupito de *bourbon*. Luego, dice:

—Habla con el director, Bobby.

Bobby habla con el director.

Mitchell Apsberger es uno de esos directores a los que les chifla el realismo. Todo tiene que estar basado en la realidad, ser realista de cojones, hasta el último detalle. Así que cuando Bobby le cuenta de mala gana que dos auténticos mafiosos de Providence quieren trabajar como asesores en la película, se mea de gusto en los pantalones.

—Conoces a Kevin Coombs y a Sean South —le dice a Bobby.

—Pues claro —contesta Bobby, que en ese instante desearía con toda su alma no conocerlos.

—Y están aquí.

Ya lo creo que están aquí, piensa Bobby. Por desgracia.

—Y quieren trabajar en la película —dice Mitch.

—Necesitan dinero —le informa Bobby. Y estaría bien, de hecho, que el dinero que necesitan se lo dieran otros.

—Organiza una comida —le dice Mitch.

Y ya está. Mitch Apsberger, un hombre brillante, con dos Óscar en su haber, habitual de la alfombra roja, un auténtico icono de la cultura pop, invita a los lobos a entrar en su tienda.

La comida sale de maravilla. Kevin y Sean le cuentan historias que no llegan a ser confesiones, pero que son de una violencia obscena, casi pornográfica. Mitch está encantado. Es un fenómeno frecuente: cineastas y actores gozan de lo lindo con las hazañas de los auténticos gánsteres. A veces no se sabe quién admira más a quién, si los mafiosos imitan a Hollywood o al revés, pero baste decir que después de una hora entera escuchando sus anécdotas y las confidencias que le cuentan en voz baja, si Sean y Kevin le hubieran pedido que fuera al aseo de caballeros a chuparles la polla, no hay duda de que Mitch, famoso por sus conquistas entre las filas de las actrices de cine, acabaría con las rodillas magulladas por las baldosas.

—¿De verdad dijisteis eso? —pregunta en un momento dado—. ¿«No hagan *wuido*, no hagan ningún *wuido*»? ¿Imitasteis a Elmer Gruñón cuando ibais a matar a un tío?

Kevin asiente con modestia.

—Eso tenemos que meterlo en la película —le dice Mitch a Bobby.

—Tomo nota.

—Así que conocíais a Pat Murphy —les dice Mitch.

—Llevamos su féretro a hombros —responde Sean.

Lo cual no es cierto, pero debería serlo, se dice Kevin, así que ¿qué más da?

—¿Y a Danny Ryan?

—Pues claro que conocemos a Danny —dice Kevin.

Ese es un tema delicado, en realidad. A fin de cuentas, meterse en una película de Hollywood que trata sobre ellos no es precisamente un ejemplo de discreción.

Mitch los contrata en el acto como asesores. Coge el móvil, llama al estudio y pide cincuenta mil dólares para cada uno. El papeleo tiene que estar listo al final del día y se acabó, no quiere oír ni una protesta.

Hecho.

Bobby, allí sentado, calcula cuántos días van a tardar Kevin y Sean en exigir su propia caravana.

(Tres, al final).

No puedes invitar a dos lobos a cenar y esperar que no coman.

Mitch los lleva directamente desde el restaurante al estudio 41 y el plató de rodaje. Los presenta como un cristiano primitivo habría hecho con un par de auténticos apóstoles, como si Pedro y Pablo hubieran visitado el rodaje de la Biblia. Ordena que les pongan unas sillas con respaldo de lona junto a la suya y que les den unos auriculares para que puedan escuchar la siguiente toma.

—Si se os ocurre cualquier aportación, no seáis tímidos —les dice.

Sí, ya. Puede que sea la primera vez que se pronuncia la palabra «tímido» en un radio de tres metros a la redonda de Kevin Coombs. De tímido no tiene nada. No se corta ni un pelo a la hora de ofrecerles ayuda a los actores para perfeccionar el difícil acento de Rhode Island, que es único, ni a la hora de arrasar la mesa del *catering* como si fuera una plaga de langostas. Sobre todo, no se corta ni un pelo a la hora de ligar con las actrices, las maquilladoras, las peluqueras y las ayudantes de producción.

O con las extras.

—Ahora se las llama «figurantes» —le informa Sean cuando Kevin le habla del número aparentemente inagotable de mujeres deseosas de acercarse a cualquiera que esté un poco más próximo a la silla del director—. Son un poco quisquillosas con eso.

Hablando de quisquillosas, la aparición de Sean en el plató dio lugar a una conversación bastante delicada con Ana. Ella estaba en el remolque de peluquería cuando se corrió la voz de que dos verdaderos mafiosos de Dogtown estaban en el estudio y, cuando salió a echar un vistazo, resultó que uno de ellos era su novio. Siempre se había preguntado a qué se dedicaba Sean —todo indicaba que a nada—, pero no sospechaba que fuera a aquello.

Esa noche, en casa, lo acusó de haberla utilizado.

Sean lo negó, claro, pero señaló que en todo caso era algo recíproco: la gente del cine lo estaba utilizando a él, así que estaban en paz. ¿Quién era ella para decirle nada? Se estaba llevando un sueldo financiado en parte por el pasado de Sean, así que no podía echarle nada en cara. Además, se portaba como un perfecto caballero en el plató: tranquilo, amable, servicial y discreto.

Kevin, en cambio…

¿Cuánto tiempo puedes mirar fijamente una piscina antes de que te devuelva la mirada?, se pregunta Danny mientras está sentado con los pies en el agua. Ian está a su lado, imitándolo.

¿Esto es lo que quieres enseñarle a tu hijo?, se pregunta.

¿A no hacer nada?

¿A ser uno de esos ricos ociosos?

Ya se está convirtiendo en un niño mimado. Tiene la piscina, el *jacuzzi,* hasta un puto poni, por Dios. Lo próximo que querrá será un coche de fabricación alemana. Está bien por ahora, pero si esto sigue así acabará siendo un inútil, un mierda.

¿Como su viejo?, se pregunta Danny, y hace balance de su vida.

Tienes el título de secundaria, se dice. Has sido pescador, estibador, matón, ladrón, chantajista. Y asesino. Ahora eres multimillonario y la verdad es que puedes vivir de las rentas.

¿Y dedicarme a qué? ¿A mirar cómo crece el dinero?

Qué puto aburrimiento. Además, tú no eres así.

No eres de los que se levantan por la mañana, echan un vistazo a su cartera de inversiones y se van a jugar al golf con médicos, abogados y agentes de bolsa. El golf sería mucho más interesante si hubiera francotiradores. Así los jugadores no llevarían esa ropa tan ridícula, y fijo que se darían más prisa en acabar el partido.

Pero, si no vas a dedicarse a eso, piensa, ¿qué vas a hacer?

Volver a California, para empezar.

Vivir cerca del mar.

¿Y hacer qué? ¿Para qué estás cualificado?

¿Para ser como Pasco solo que más joven? Ir a pescar, jugar a la petanca y al *bridge,* contar batallitas sobre los buenos tiempos...

Los buenos tiempos eran un asco.

—¿Quieres meterte? —le pregunta a Ian.

—Sí.

Danny se mete en la piscina y desliza suavemente a Ian, tumbado bocarriba, por el agua. Cada pocos segundos lo suelta para que aprenda a flotar sin asustarse y vuelve a agarrarlo antes de que se hunda.

Danny conoce a tipos de aquel entonces. Tipos que ganaron dinero de sobra para vivir sin delinquir y no pudieron hacerlo. Se aburrían demasiado. Echaban de menos la acción, la adrenalina, así que volvieron a meterse en líos. Algunos volvían porque echaban de menos a los compañeros. Añoraban las salidas, las bromas, las risas, el cachondeo.

Algunos de ellos están cumpliendo cadena perpetua.

Pero él no es así.

Él no lo echa de menos.

En absoluto.

Le gusta estar con su hijo.

Incluso le gusta estar con su madre.

—¿Qué quieres de comer? —pregunta, aunque ya sabe la respuesta.

—Mantequilla de cacahuete con mermelada.

Ahí tienes la respuesta.

A esa pregunta, por lo menos.

Es por culpa de los edredones por lo que Chris Palumbo no puede salir de la cama.

Ni de Nebraska.

Son tan cálidos, tan pesados. Quiere levantarse y salir, pero está enredado, enlazado por ellos. Normalmente, vuelve a dormirse o se queda tumbado disfrutando de ese placer hasta que el olor del café y el beicon le hace salir de debajo de las sábanas y bajar a la cocina, donde Laura está cocinando.

Tiene música puesta en el estéreo: Bonnie Raitt, Linda Ronstadt o Emmylou Harris, cosas que antes él odiaba y que ahora están empezando a gustarle. Esta mañana es Bonnie. Laura está tarareando *I Can't Make You Love Me*. Se las da de buena cantante, actúa en las noches de micrófono abierto del bar del pueblo y le encanta el karaoke. Y la verdad es que no se le da mal, piensa Chris. No es Emmylou, pero canta bastante bien.

Ella suele levantarse temprano.

Primero medita, después da de comer a las gallinas, hace alguna movida *wiccana* rara y luego trabaja en el telar hasta que, con la cafetera y la sartén, consigue seducir a Chris para que baje.

No es que sea una gran cocinera, en absoluto. Hace comida vegetariana, chorradas con legumbres, calabaza, judías y arroz integral a toneladas. Y, cuando hace pasta, la hace con no sé qué porquería de trigo orgánico, así que Chris ha asumido casi por completo la tarea de hacer la cena, y además le gusta.

Hace una buena salsa marinara sin ofender la sensibilidad dietética de Laura, unos platos muy ricos con berenjena que a ella le gustan y un *risotto* como para chuparse los dedos.

Sí, se vive bien en la granja de Laura. Chris pensaba que iba a aburrirse, pero la verdad es que no se aburre. Le gusta esa rutina tan apacible. Después de desayunar, suelen ir a dar un paseo por el campo o por el camino, o Laura va al pueblo a dar una clase de yoga y él entra en el bar a tomar un café y a charlar sobre el tiempo con los lugareños.

Por las tardes se echan la siesta (culpa de los edredones, otra vez), a menudo con sexo de por medio, y luego, a veces, dan otro paseo. Después, Chris prepara la cena.

Por la noche ven la tele o van al bar, o cogen el coche y van a Lincoln a escuchar un poco de *blues* en el Zoo Bar o al cine.

Luego, a la cama.

Y sexo otra vez.

—En cuestión de apetencia sexual —le ha dicho Laura—, tengo un motor de ocho válvulas.

Lo que a Chris le parece perfecto.

Cathy siempre fue estupenda en la cama, pero lo de Laura es otro nivel distinto. Su esposa era plana, angulosa y huesuda. Laura, en cambio, es exuberante: pechos grandes, culo grande y un poquitín de tripa, y además carece por completo de inhibiciones respecto a su cuerpo o a lo que puede hacer con él.

O a lo que quiere que le haga él.

No es nada tímida a la hora de decir *hazme esto o aquello, justo ahí, así, no pares,* o de preguntar si le gusta que haga tal o cual cosa, *mmm, esto te gusta, ¿verdad?, se nota.*

Chris sabe que debería irse.

Sabe que debe sacudirse de encima el edredón, irse a Nuevo México y pagarle a Neto el dinero que le debe. Y que luego debería volver a Rhode Island. Por Dios santo, piensa, tu mujer y tus hijos están allí, y Cathy siempre ha sido una buena esposa, siempre se ha portado bien contigo, ha aguantado todas tus gilipolleces.

No se merece esto.

Además, ya no tiene excusa, ahora que Peter la ha palmado.

Bueno, algunas excusas sí que tiene. Vinnie no querrá que

vuelva y los demás seguramente estarán cabreados con él por el chasco de la heroína.

Por una parte, quiere volver para destronar a Vinnie Calfo, pero por otra —y esa parte pesa mucho más— le parece que es demasiado esfuerzo. ¿Y total para qué? ¿Para dirigir a una pandilla de zoquetes italianos en Providence? ¿Para atiborrarse de almejas en la playa? ¿Para quedarse dormido en el sofá los domingos, después de la pasta con carne? ¿Qué puede obtener siendo el jefe allí que no tenga ya siendo simplemente Chris aquí?

A Laura parece bastarle con él. Lo adora tal como es y se lo dice. No le hace preguntas sobre su vida ni sobre cómo ha llegado aquí. Se alegra de que esté con ella y no quiere que se vaya.

Cada vez que comenta que debería marcharse, ella añade a su repertorio sexual un nuevo giro —en sentido literal; oralmente, a menudo— que lo deja estupefacto de asombro y lo obliga a quedarse.

Pero la culpa es sobre todo de los edredones.

Es Kim Canigliaro quien toma la iniciativa.

Kevin vuelve del rodaje justo cuando ella está saliendo de su coche en el aparcamiento del Oakwood. Parece cansada y un poco desanimada, pero también está guapa, con unos vaqueros negros ajustados que se le ciñen a la entrepierna como la palma de una mano y una blusa de seda negra que acaricia sus tersas tetas.

Saluda con la mano al verlo.

Él se acerca al coche.

—¿Qué tal estás?

—Bueno, tirando. ¿Cómo va tu proyecto?

—Bien —contesta Kevin—. Estupendamente. Muchas reuniones con Mitch y esas cosas, ya sabes.

—No, no tengo ni idea —contesta. Pero no lo dice con amargura, se limita a reconocer que Kevin está en un nivel totalmente distinto al suyo.

Eso excita a Kevin, que pregunta:

—¿Dónde está Ashley?

—¿Amber?

—Amber.

—Con una amiguita que conoció en su curso de *casting*. —Lo mira a los ojos y añade—: Va a quedarse a dormir en su casa.

—Qué suerte la suya.

—Y la mía —dice Kim en un tono que da a entender que también podría ser una suerte para él—. Bueno, ¿qué vas a hacer?

Él se encoge de hombros.

—Iba a subir al apartamento a tomarme una copa.

—Eso voy a hacer yo también.

—Ya. Entonces, ¿quieres que nos la tomemos juntos?

Van al apartamento de Kevin. Es una puta leonera. Cajas de *pizza* y de pollo frito vacías, platos en el fregadero y una impresionante colección de botellas de alcohol y latas de cerveza vacías. Kim no va a comentar nada, aunque tenga ganas de decirle que el edificio ofrece un servicio de limpieza que él puede costearse sin problemas, si está haciendo una película.

Kevin se disculpa por no tener vino, solo cerveza y *whisky*. Ella le dice que no importa, que le apetece tomar un par de dedos de *whisky,* sin hielo, así que se sientan a tomarse el *whisky,* él en el sillón y ella en el sofá.

—Qué bien sienta esto —dice ella después de dar el primer sorbo—. No me gusta beber delante de Amber.

—Eres una buena madre.

—Soy una madre de mierda. —Saca un paquete de tabaco del bolso—. ¿Te importa que fume?

—Adelante.

—¿Quieres uno?

—Pues sí, vale.

Ella le enciende el cigarrillo, luego enciende el suyo y dice:

—Sí, soy una mala madre por dejar que Amber pase por todo esto. Por hacerla pasar por todo esto. Ya no sé si es su sueño o el mío, ¿sabes?

Kevin se encoge de hombros.

Ella da una calada al cigarrillo y otro trago al *whisky,* y luego se queda mirando a Kevin un momento y se ríe.

—¿Qué? —Él está empezando a mosquearse.

—Llevo casi un año sin echar un polvo.

—Eso es mucho tiempo.

—Dímelo a mí. —Lo mira casi con timidez, con una expresión que Kevin no le había visto hasta ahora, y luego pregunta—: Entonces…, ¿te apetece?

Kim se queda a pasar la noche.

Pone la alarma del radiodespertador a las nueve porque tiene que recoger a Amber a las diez para llevarla a un *casting* abierto de Disney. Kevin se queda tumbado y la ve ponerse las bragas y el sujetador. Le gusta el aspecto de sus pechos cuando se los coloca dentro de las copas. Ella entra en el baño y sale maquillada, luego va al salón a acabar de vestirse. Kevin se levanta, entra en la cocina con ella y abre una cerveza para desayunar.

—Empiezas fuerte —comenta Kim.

Él se encoge de hombros.

—¿Te importa?

—Por mí, lo que sea con tal de aguantar el tirón, ¿no?

A Kevin le gusta. Le gusta ese dejo de la Costa Este y lo que le hace en la cama. Tiene la polla un poco dolorida y le duelen los huevos cuando piensa en cómo lo cabalgó la última vez que se corrió y en cómo se quedó haciendo pequeños círculos con las caderas hasta que él terminó. Kim sabe lo que quiere y lo consigue, pero es justa, entiende que tiene que haber reciprocidad y no se anda con remilgos.

—Puedo hacerte un café, si quieres.

Ella sacude la cabeza.

—Tengo que ir a casa a cambiarme. Si llevo la misma ropa, Amber se dará cuenta. Ya está llegando a esa edad.

—Y no quieres que sepa que mamá folla —dice Kevin, y enseguida se arrepiente de haberlo dicho.

—Algo así. Pero no seas tan gilipollas.

—Lo siento —dice él sinceramente.

Kim se acerca y lo besa en la frente.

—No pasa nada. Follas bien. ¿Nos vemos luego?

Lo dice suavemente, pero con intención. Ambos saben que está preguntando si aquello ha sido un rollo de una noche, lo que estaría bien, o si puede ser algo más. Nadie piensa en el amor ni nada parecido, pero quizá juntos puedan matar la soledad, aunque sea solo un poco. Kevin se acuerda de esa canción de Tom Petty, *You don't have to live like a refugee*. No tienes por qué vivir como un refugiado.

—Estaría bien —dice—. ¿Te llamo?

—¿Qué tal si te llamo yo?

No quiere que Amber conteste al teléfono y que un extraño pregunte por mamá. Kevin lo entiende y le parece genial, eso hace que la respete. Tiene que ser raro, tener un hijo. Antes de hacer cualquier cosa, tienes que pensar en el crío.

—Sí, vale.

Kevin se levanta, anota su número en un recibo de *pizza* y se lo da.

—Te llamo —dice ella.

—Vale.

Antes de llegar a la puerta, ella le lanza:

—Y, oye, si hay un papelito en tu película para Amber…

Tres días después, Kevin se lo comenta a Mitch.

El director está un poco agobiado. Va con retraso respecto al calendario de rodaje, los contables del estudio revolotean a su alrededor como moscas en torno a un perro muerto y el actor que interpreta a Sal Antonucci quiere un primerísimo primer plano en una simple toma de reacción, así que tiene que malgastar media hora en iluminar un plano que sabe que no va a utilizar.

Además, su protagonista femenina, Diane Carson, está pasando su segunda estancia en una clínica de desintoxicación de Malibú —no le bastó con la primera—, con un poco de suerte se «graduará» a tiempo de rodar su primera toma, pero ¿quién sabe? Es una mujer bellísima, piensa Mitch, quizá la más bella que ha visto nunca. Tiene fama y fortuna, pero es una tarada, un manojo de inseguridades, igual que todas las actrices con las que ha trabajado. Solo confía en que el rodaje se acabe antes de que le dé la próxima crisis.

Así que, cuando Kevin se le acerca y le murmura algo sobre un papelito para una niña de doce años, ni le escucha.

Kevin vuelve a sacar el tema al día siguiente, durante la comida. Ve a Mitch en su mesa de la cantina. Está hablando con Dennis, el ayudante de dirección, sobre cómo mezclar un par de decorados para rodar las tomas de la tarde cuando Kevin se sienta y le dice:

—Mitch, sobre Amber…

—¿Qué Amber?

—La niña de la que te hablé. Es monísima. Te he traído unas fotos.

Le pasa un sobre marrón con las fotografías.

Mitch y Dennis se miran como diciendo «lo que nos hacía falta», pero el director abre amablemente el sobre, mira unos segundos la foto, muy mediocre, de una niña del montón, y dice:

—No sé. Dennis, ¿tenemos algún papel para una niña de doce años?

Dennis niega con la cabeza.

—Creo que no.

—¿Podrías comprobarlo? —pregunta Kevin. El tipo ha contestado a toda prisa.

—Conozco bastante bien el guion —replica Dennis—. Estoy segurísimo.

—Lo siento, Kevin —dice Mitch.

Vuelve a fijar la mirada en el plan de rodaje y Kevin se queda allí sentado, sintiéndose como un imbécil. ¿Qué pasa, es que estos tíos se creen que no había niñas de doce años en Providence? ¿Tan difícil sería meterla en alguna escena, en el supermercado, en la pista de patinaje o algo así?

Vuelve a comentárselo a la mañana siguiente. Le aborda cuando va a entrar al plató y dice:

—Mitch, me harías un favor personal si le encontraras un hueco a Amber en la película. Solo una frase o dos.

Mitch comprende entonces que no va a parar de insistir. Y gracias a Kevin y Sean conoce lo suficiente la jerga de Rhode Island como para entender que un «favor personal» equivale en realidad a una obligación y que, tal y como lo ve Kevin, si Mitch no le hace ese favor, su relación quedará irremediablemente dañada. Y la verdad es que Coombs y South le han sido de gran ayuda, le han dado todo tipo de ideas sobre cómo vestían, qué coches conducían y cómo hablaban. Y, lo que es más importante, sobre lo que no hacían. Todos esos detalles sobre los que Bobby Bangs ha sido tan tacaño. De modo que no quiere ofender a Kevin.

Pero es un problema, porque en el rodaje ya no hay sitio para nadie más.

—Es complicado —dice—. Ya sabes que no se puede meter una frase así, por las buenas. Y tendría que convencer a los guionistas y luego meterlo en el plan de rodaje. Además, tengo una directora de *casting* que se dedica a hacer estas cosas, y si me meto en su terreno...

Pero se da cuenta de que a Kevin nada de eso le interesa. Se limita a mirarlo fijamente, como si bastara con pronunciar las palabras mágicas, «favor personal», para que cualquier otra consideración deje de tener importancia. Y así es en cierto modo, eso Mitch tiene que reconocerlo.

—No quiero complicarte la vida —dice Kevin—, pero significaría mucho para mí.

—Te estás tirando a la madre.

Kevin sonríe y se encoge de hombros.

—Sí.

—¿La niña tiene el carné del sindicato de actores? —pregunta Mitch, dándose por vencido.

¿Qué coño? Ha metido en películas a novias, hermanas y madres de actores. Eso por no hablar de la amante de su último productor, una actriz porno con la que malgastaron medio día de rodaje, a pesar de que solo tenía una frase.

—Creo que sí —dice Kevin. Le parece recordar que Kim le comentó algo así.

Mitch llama a su ayudante y le dice que hable con los guionistas, a ver si pueden añadir una frase para una niña blanca de doce años.

—Ya está —dice—. No pasa nada.

Pero sí que pasa. Es un error garrafal, porque Kevin llega a la conclusión de que tiene influencia, de que puede conseguir que ocurran ciertas cosas.

O sea, que los Monaguillos se han puesto al volante de una película de cien millones de dólares y la conducen hacia el abismo a toda velocidad.

Y sin huellas de frenada.

Todo empieza cuando Amber consigue una frase y a Kevin se le mete en la cabeza que tiene algún peso en el plató. Esa noche, cuando vuelve al Oakwood y les da la noticia a Kim y a la niña, Amber se pone tan contenta que va por el edificio chillando «¡Voy a salir en una película!», lo que suscita felicitaciones hipócritas y envidias sinceras entre los demás niños y sus madres. Kim empaqueta a Amber con otra familia y luego lleva a Kevin a su apartamento y le hace una mamada especial, con todos los complementos.

Esto es vida.

Hasta que una noche Kevin vuelve del plató y, como Kim no está libre, decide pimplarse una botella entera de Grey Goose. A la mañana siguiente llega al plató con resaca y de muy mal humor. El encargado del *catering* le pregunta qué quiere desayunar, a pesar de que ya son las diez y está preparando las comidas.

—¿Qué puedo tomar? —pregunta Kevin.

—Lo que quieras.

El mantra de Hollywood, el lema a seguir. La razón por la que todo el mundo quiere entrar en el mundo del cine, para que le digan: «Todo lo que quieras».

Lo que de verdad quiere Kevin es un café solo, una aspirina y puede que un chute de vitamina B12. Como no sabe si se lo darían si lo pidiera, se conforma con el café y una tortilla con queso suizo de la que solo se come un par de bocados. Aun así, está empezando a dar por sentado que puede vivir a cuerpo de rey en un plató de cine, y cuando llega Mitch para rodar la primera toma, lo invade un sentimiento de gratitud, y la gratitud va acompañada de lealtad. Lo cual está muy bien, es estupendo, hasta que más tarde, esa misma mañana, Vince D'Alessandro, el actor que hace de Sal Antonucci, se encara con Mitch.

Vince es el nuevo chico malo de Hollywood, más famoso por sus broncas en clubes nocturnos, sus peleas a puñetazos con los *paparazzi* y su afición por las prostitutas caras que por sus trabajos para la gran pantalla. Él, aun así, se considera un actor serio, el heredero espiritual de Brando y De Niro, y se toma muy a pecho su oficio. Por eso, cuando Mitch le sugiere que haga algo en una toma que va en contra de su visión artística, Vince lo tacha de «bazofia comercial».

Mitch contesta que, puesto que hay que pagar su exagerado caché, tienen que llenar las salas de cretinos, no solo sacarlos en pantalla.

—¿A quién llamas cretino? —replica Vince.

—Tú limítate a hacer la toma —le dice Mitch.

Lo último que quiere es tener un enfrentamiento en el plató que haga las delicias de los tabloides.

Da media vuelta para alejarse de él.

—No me des la espalda, Mitch —le dice Vince—. Si tienes algo que decirme, ten huevos y dímelo a la puta cara.

Comete el error de seguir a Mitch.

Kevin le corta el paso.

—¿A ti qué te pasa, tipo duro?

—Esto no te concierne.

Pero por lo visto sí le concierne. Le concierne muchísimo. A su modo de ver, Mitch es quien le ha dado la llave de la sala VIP, y no va a permitir que nadie se meta con su benefactor, y menos aún un actor de tres al cuarto que se cree que es un auténtico mafioso porque un guionista le ha dado unas frases de tipo duro.

Así se lo dice a Vince.

—Puede que pienses que eres un tipo duro porque estás interpretando a un tipo duro, pero eso no te convierte en un tipo duro. Así que, si yo estuviera en tu pellejo, me callaría la boca y haría lo que te dice Mitch.

Vince se asusta, pero no puede acobardarse delante de los demás actores y de todo el equipo. Así que se mantiene firme, pero su voz suena un poco débil cuando contesta:

—Pero tú no estás en mi pellejo.

—Ni tú en el mío, imbécil —replica Kevin—. Y te aseguro que tampoco eres Sal Antonucci.

Si lo fueras, piensa Kevin, ya habría sangre derramada por el suelo.

Esto a Vince le llega al alma. Él es Sal Antonucci, está canalizando a Sal Antonucci. Se ha documentado al máximo, ha visto *Uno de los nuestros* por lo menos una docena de veces. Se remontó todavía más atrás y vio *Malas calles*, así que ha investigado a fondo. Está tan metido en Sal y Sal tan metido en él que responde con su mejor acento italiano de la Costa Este:

—¿Qué coño sabrás tú de Sal Antonucci?

—Mató a varios de mis amigos —contesta Kevin.

Vince se pone a improvisar una escena. Olvidándose de que no está en una clase de interpretación de West Hollywood, dice:

—Entonces a lo mejor no eres tan duro.

Cuando vuelve en sí, la mandíbula le duele a rabiar, tiene náuseas, Mitch ha encerrado a todo el mundo dentro del plató y un montón de gente, incluidos los guardias de seguridad del estudio, se interponen entre él y el tal Kevin Coombs.

Una de esas personas es, por suerte, Sean South, el único que podía intervenir sin que Kevin lo matase. Lo agarra por la pechera de la camisa y lo aparta a empujones.

—Joder, Kev.

—Él se lo ha buscado.

A partir de entonces, Hollywood se vuelve un lugar aún

más dulce para Kevin Coombs. Cree que va a llegar la policía, que lo van a denunciar por agresión y que pasará una temporada en la cárcel, pero no sucede nada de eso. El mánager de Vince interviene en el acto y se asegura de que así sea. La reputación de chico malo de Vince depende de que sea él quien propina los puñetazos, no quien los recibe, y la maquinaria de relaciones públicas del estudio se pone en marcha de inmediato para que no se corra la voz de que lo han derribado de un solo golpe.

Nada de policía ni de abogados ni de medios de comunicación.

Cero consecuencias.

Excepto para Mitch, que pierde un día de rodaje porque su protagonista está encerrado en la caravana aplicándose una bolsa de hielo en la mandíbula hinchada, que por suerte no está rota. Ver a D'Alessandro recibir un puñetazo fue satisfactorio hasta cierto punto, sin duda, pero él tiene que dirigir una película. Y, como no es un cobarde, le afea a Kevin su conducta, pero con tacto.

—Lo que has hecho no ha estado bien —le dice.

—Te ha faltado al respeto —contesta Kevin.

—En un rodaje surgen desacuerdos artísticos constantemente. No puede uno dejar que le afecten. Desde luego, no hasta el punto de recurrir a la violencia.

Lo que demuestra que aún no comprende lo que está en juego. Vince dijo básicamente que, si Kevin fuera de verdad un tipo duro, sus amigos seguirían con vida, y a eso solo se podía responder con la violencia. Y sin embargo ahí está Mitch, a punto de exhortar a Kevin Coombs a «servirse de la palabra».

—Lo siento —dice Kevin, aunque no es verdad; solo tiene miedo de que lo expulsen de un mundo en el que te dan dinero, comida y sexo gratis. Si dieran también alcohol, nunca se iría de allí. (En realidad sí que lo dan, solo que él aún no ha descubierto cómo conseguirlo).

—Esto no puede volver a ocurrir —concluye Mitch.

Regresa a la mesa del director, donde lo espera Larry Field, que ha dejado un desayuno de trabajo para acudir a la llamada de emergencia.

—¿Qué coño pasa, Mitch?

Esta película es su oportunidad de triunfar a lo grande. A sus treinta y tres años, Larry ha hecho cuatro películas independientes. La tercera tuvo un éxito relativo en el circuito de los festivales, pero la cuarta dio la campanada: fue un bombazo que le costó apenas diez millones dólares. Aprovechó ese espaldarazo para conseguir que el estudio comprara *Providence*. Dio la lata a Susan Holdt hasta que se cerró el acuerdo, le llevó personalmente la propuesta a Mitchell Apsberger y estuvo llamándolo dos veces por semana hasta que la leyó y aceptó dirigir el proyecto si le gustaba la adaptación cinematográfica.

Recurrió entonces a Kelmer y Hoyle, los guionistas que acababan de ser nominados al Óscar por *Amanecer amarillo,* los invitó a comer y los atosigó con su infatigable entusiasmo hasta que llamaron a Sue Holdt y le dijeron que estaban en Osso con «el implacable Larry Field» y que querían que *Providence* fuera su próximo proyecto.

El acuerdo se cerró esa misma tarde.

Tres meses después, Larry le llevó a Mitch el guion aprobado. El director pidió algunos cambios y a continuación Larry le envió el guion al representante de Diane Carson. Le gustó y pensaba que Diane debía hacerlo, pero la actriz se estaba desintoxicando y de momento no estaba leyendo guiones. Cuando Diane salió de rehabilitación, Larry la estaba esperando literalmente en la puerta de la clínica de Malibú, con el guion en la mano, junto a una veintena de *paparazzi*. Se abrió paso a empujones, ayudó a los guardaespaldas a llevar a Diane entre el gentío y se metió en el coche con ella.

—¿Te conozco? —le preguntó Diane.

—Soy quien te va a hacer ganar un Óscar —contestó Larry poniéndole el guion sobre el regazo.

Dos días después, lo llamó su representante y cerraron el acuerdo. Tras asegurarse a Diane para el papel de Pam, Larry consiguió a Sam Wakefield para interpretar al protagonista masculino, Pat, y a Vince D'Alessandro para hacer de Sal, e incluso convenció a Dan Corchoran —que dos años antes había ganado el Óscar al Mejor Actor Secundario— para que aceptara encarnar a Danny, un papel pequeño pero jugoso.

Era un elenco de ensueño, con Apsberger dirigiendo a todas esas estrellas, y el estudio aceleró el proyecto, que ahora corre el peligro de descarrilar, con Diane de nuevo en rehabilitación y dos matones liándose a puñetazos en el plató.

—Quiero a esos tipos fuera del set —dice Mitch.

—Acabamos de pagarles cien mil dólares para que estén aquí.

—Pues dadles otros cien mil para que se larguen.

Sí, ya, como si fuera tan fácil.

Quizá funcionaría con un hombre de negocios, que al recibir una oferta así pensaría que ha ganado doscientos mil dólares por no hacer nada y se retiraría de la partida.

Pero un delincuente no piensa así.

Un delincuente piensa que, si le das doscientos mil dólares por no hacer nada, seguro que tienes mucho más dinero que gastar y que, por lo tanto, le conviene quedarse para seguir chupando del bote. El delincuente se siente casi ofendido por que le ofrezcas esa calderilla por no hacer nada. Cree sinceramente que se merece mucho más.

Ahí es donde la industria del cine y la clase criminal se entrecruzan.

Un coro apacible, en una perfecta armonía de indolencia y codicia.

Larry llama a la puerta de la caravana de Kevin y Sean y escucha un hosco «Adelante».

Kevin está sentado en un banco tapizado, con una cerveza fría en una mano y un vaso de Johnnie Walker Black en la otra. Mientras apura el *whisky,* apoya en la lata de cerveza la otra mano, magullada y ligeramente tumefacta. El productor lanza la propuesta:

—Hemos optado por tomar un camino ligeramente distinto, pero queremos asegurarnos de que recibís una compensación justa por el trabajo que habéis hecho hasta ahora.

Sean y Kevin también quieren una compensación. Pero, como ellos quieren que sea injusta, optan por tomar un camino ligeramente distinto.

—Queremos créditos de productores —dice Sean.

—Créditos de productores —repite Larry, estupefacto.

Ni siquiera se explica cómo es posible que estos dos individuos conozcan ese término de la industria, «crédito de productor», pero, en todo caso, eso está descartado. No se trata solo de que sus nombres aparezcan en pantalla, sino que habría que pagarles un sueldo acorde. Incluso podrían pedir —¿será posible?— una cuota de las ganancias. ¿Estos dos empleados quieren ser tus socios?

Pues sí, en efecto.

Bienvenido al crimen organizado.

¿No querías realismo? Pues ahí lo tienes: más real, imposible.

Larry, sin embargo, aún no lo entiende. Los mira como si estuvieran locos. Puede que no conozca su mundo, desde luego, pero está claro que ellos tampoco conocen el suyo. Ignoran que no llega uno al rodaje de una película importante como asesor y luego se convierte en productor. Además, ¿por qué? ¿Por dar una paliza a unos de los protagonistas?

Por lo visto sí, porque Sean añade:

—Creemos que es lo más justo. Verás, Bobby escribió sobre lo que pasó, pero nosotros lo vivimos. Vais a forraros por contar nuestra vida y creemos que tenéis que compensarnos.

—Además —añade Kevin—, si somos productores y nos implicamos en el proyecto, no tendréis que preocuparos por problemas de seguridad como el que habéis tenido esta mañana.

—¿Qué?

—Si yo no hubiera estado ahí —dice Kevin—, ese actor, ese tal Vince, podría haber agredido al director. No sé dónde estaban los de seguridad, pero desde luego no estaban donde tenían que estar. Con nosotros a bordo, no tendrás que preocuparte por esas cosas.

De modo que ahora el mafioso se atribuye el mérito de haber golpeado a la estrella, como si fuera algo bueno.

—En cambio, sin nosotros… —dice Sean.

Frunce el ceño y se encoge de hombros, como dando a entender que eso sería muy arriesgado. Que es justamente lo que quiere dar a entender. Llámalo extorsión, protección, lo que quieras. La idea está clara: o nos metes en el proyecto como productores o empezarán a pasar cosas malas.

Larry tiene edad suficiente para acordarse de la última vez que la mafia intentó meterse en la industria del cine, a principios de los años setenta, a través del sindicato de tramoyistas. Tuvieron un éxito moderado, hasta que intervino la Comisión de Control del Crimen Organizado. Pero ¿estos dos macarras van por libre o representan a algún pez gordo?

Lo mismo pregunta la jefa del estudio cuando Larry le explica la situación. Ha intentado ganar tiempo, les ha dicho a South y a Coombs que era complicado, que tendría que hablar con los directivos del estudio, y luego ha sacado a Mitch del plató y se han ido al despacho de la directora general.

Susan Holdt ya está harta de la dichosa película. Sí, claro, se supone que va a valerle a Mitch el Óscar que lleva esperando tanto tiempo y que además será un taquillazo, aunque hasta ahora no les ha dado más que quebraderos de cabeza: la interminable adolescencia de Vince D'Alessandro, la recaída de Diane, y ahora los dos macarras a los que contrató Mitch como asesores intentan llevarse una tajada de un proyecto ya sobrecargado de acuerdos de participación.

Susan sabe mucho de acuerdos de participación. Consiguió unos cuantos cuando trabajaba como productora independiente y luego como ejecutiva, cuando se anotó un éxito tras otro, lo que finalmente la catapultó a la presidencia del estudio, que estaba en horas bajas. Por ser mujer y hallarse en la cúspide de una industria que, pese a sus ínfulas de tolerancia y corrección política, es notoriamente machista, le han dedicado todos los insultos que se les suelen dedicar a las mujeres de éxito; los más suaves, «zorra» y «tocapelotas». A sus cuarenta y tres años, ya está acostumbrada. Se dejó la piel para llegar donde está. Ahora, rica, atractiva y poderosa, tiene la vida agarrada por el cuello y no piensa soltarla. Es dueña de una casa enorme en las Hills. Está casada con un escritor respetable que sabe quién gana el pan en casa y tolera, por tanto, la sucesión de jóvenes amantes con los que su mujer se cita en el hotel Beverly Hills. La atienden con regularidad en la peluquería de José Eber y, sobre todo, tiene un trabajo en el que, a pesar del estrés, nunca se aburre.

—¿Esos tipos son de la mafia? —pregunta.

Mitch se encoge de hombros.

—Antes lo eran.

—No te he preguntado eso, Mitch —contesta Susan—. Quiero un agua. ¿Alguien más quiere un agua?

Mitch dice que no con la cabeza. No quiere un agua, quiere un martini doble y pasar una semana en su casa de Maui.

—Yo quiero un agua —dice Larry.

Susan llama a su asistente y le pide dos aguas. Intenta beber ocho putas botellas al día, porque según su entrenador personal así bajará esos últimos kilitos que se le resisten. Donnie va a su casa a las cinco y media de la mañana los lunes, miércoles y viernes, a torturarla para ponerla en forma.

El asistente llega con dos botellas de agua de diseño.

—Necesito saber —continúa Susan— si estos tipos tienen contactos y si podrían causarnos problemas con los sindicatos, en cuyo caso nos los tomaremos en serio, o si solo son dos gorrones. Porque, si es así, los pondremos de patitas en la calle y llamaremos a la policía.

—No quiero despertarme con una cabeza de caballo en la almohada —responde Larry.

—Más bien con la cabeza de Mister Potato —dice Mitch.

—¿Qué?

—Un chiste de irlandeses muy malo. Por las patatas.

—En cualquier caso —dice Susan—, no vamos a darles créditos de productor, de eso ni hablar. Este proyecto ya está al límite. Solo la parte de Diane…

—¿Sabes algo de ella? —pregunta Mitch.

—Ya le permiten hablar por teléfono. Parecía que estaba bien. Muy animada. Me ha invitado a su ceremonia de graduación.

—¿Vas a ir?

—Claro.

Diane Carson y ella triunfaron a la vez, con la misma película. En cierto modo, se deben su carrera la una a la otra y siguen siendo muy amigas. Fue Susan quien convenció a Diane de que volviera a rehabilitación.

—Bueno, ¿y qué hay de nuestro problemilla con la mafia? —pregunta Larry.

Susan sonríe.

—¿De verdad uno de ellos zurró a Vince?

—Ya lo creo —dice Mitch.

—Debería mandarle una cesta de magdalenas —dice Susan—. Que los abogados empiecen a negociar con esos tipos.

Larry dice:

—¿No irás en serio a…?

—Por supuesto que no, pero así ganaré tiempo para averiguar cómo lidiar mejor con ellos.

Mitch se levanta del sofá. Ha hecho tres películas con Susan y sabe por su tono cuándo la jefa da por zanjada una reunión. Además, ya lleva dos horas de retraso, no va a poder completar lo que se había propuesto hacer hoy y tiene que reunirse con su ayudante para rehacer el plan de rodaje.

—Gracias, Susan.

—De nada, pero la próxima vez, Mitch, ¿qué tal si haces un drama histórico sobre gente que esté muerta?

—Dalo por hecho.

Susan se bebe su agua y empieza a cavilar cómo deshacerse de esos payasos.

Los payasos no van a irse a ninguna parte.

Los Monaguillos, como se los conoce también, están sorprendidos y encantados por lo fácil que es exprimir a la gente del cine.

—Un puñetazo, uno solo —dice Kevin.

—Increíble —coincide Sean.

Es una delicia ser Sean South y Kevin Coombs.

Sean se toma muy en serio su papel de productor. Todas las mañanas se presenta en el plató a tiempo de ver la primera toma, dedica todo el día a ofrecer su asesoramiento y su experiencia para asegurarse de que la película sea fiel a la realidad, y luego se va a casa con Ana a cenar tranquilamente, a tomar un poco de vino y a echar un polvo antes de acostarse temprano y volver a empezar al día siguiente.

Kevin se lo monta de otra manera. Llega al plató a tiempo

para comer, ve una o dos tomas, luego se va a su caravana y llama por teléfono a Larry Field o al departamento jurídico del estudio para saber cómo van las negociaciones.

No tarda en darse cuenta de que les están dando largas.

—¿Qué quieres que hagamos? —pregunta Sean cuando le da la mala noticia.

Kevin sabe exactamente lo que deben hacer. Recurre al delegado del sindicato de tramoyistas en el plató, le enseña su carné del ILA —el sindicato de estibadores— y deja caer unos cuantos nombres. Puede que también deje caer unos miles de dólares y que dé a entender que habrá más, compañero, cuando el acuerdo salga adelante.

Al día siguiente, el delegado sindical descubre dos infracciones de seguridad e higiene en el plató, y, al día siguiente, otras dos. El trabajo empieza a ralentizarse, los técnicos de iluminación no se dan prisa en ir de un decorado a otro, y la situación empeora cuando empiezan a rodar en exteriores, en el centro de Los Ángeles, ciertas escenas que transcurren en Providence. Los camiones tardan en llegar, los conductores exigen puntualidad en sus descansos y la descarga del material se hace despacio y cumpliendo todas las normas de seguridad. El radiador de un camión se avería, por lo que el camión no funciona y hay que buscar uno nuevo. Los actores tienen que esperar en las caravanas mientras los chóferes de las furgonetas se toman su descanso. Los camiones se extravían o quedan atascados en el tráfico.

La producción empieza a asfixiarse, con las manos de los Monaguillos al cuello.

—Vamos muy retrasados —le dice Larry a Kevin un día, tratando de sacar el tema con la mayor sutileza posible.

Están en un callejón frente al hotel Biltmore, en el centro de Los Ángeles, fingiendo que es un callejón de Dogtown. La directora artística lo ha salpicado de desperdicios típicos de Providence: vasos de Del's, envoltorios de White Castle, latas aplastadas de 'Gansett, hasta un programa de *hockey* de los Reds embadurnado de falso barro. Kevin juraría que está en Providence, si no fuera porque hace veinte grados y brilla el sol, en vez de estar a un grado bajo cero y con el cielo nublado.

—Debe de ser algo que hay en el ambiente —dice—. Mis negociaciones también se están eternizando.

Ata cabos, imbécil. Estos señoritos de Hollywood, tan finos ellos, se creen que pueden deshacerse de dos paletos ignorantes que no saben cómo funcionan las cosas y que van a derrapar y a salirse de la carretera en la curva de aprendizaje. Pues os voy a enseñar yo cómo funcionan de verdad las cosas en el mundo real, hijos de puta, con vuestras agüitas y vuestras ensaladitas y vuestras reunioncitas.

Mitch está que se tira de sus distinguidas canas. Al paso que va, lo mismo daría que se limpiase el culo con el plan de rodaje. El presupuesto se está inflando como la moneda en el tercer mundo, a Vince D'Alessandro le da miedo salir de su caravana (a saber qué historias se estará contando ahí dentro para intentar echarle huevos otra vez), y Diane Carson va a volver de la clínica de desintoxicación a pesar de que el plató no está preparado para recibirla. Y si hay algo que no conviene darle a Diane es tiempo libre.

Mitch hace una llamada de emergencia a Susan Holdt, que es demasiado lista para bajar al plató, por si acaso Kevin y Sean se piensan (con razón) que están intentando librarse de ellos.

El conglomerado multinacional al que pertenece el estudio envía a su jefe de seguridad, un exagente del FBI llamado Bill Callahan.

Se reúnen en el centro de la ciudad, en el Club Atlético de Los Ángeles, del que ella es socia. Callahan habría ido a verla a Burbank, pero Susan no quería que algún columnista de cotilleos los viera por casualidad comiendo juntos, y ningún columnista se pasa nunca por el anticuado club deportivo, que queda muy retirado de los barrios de moda de Los Ángeles. Aun así, Callahan pide una sala privada.

Sue Holdt lo deja impresionado. Emana poder y seguridad en sí misma y pide un martini y un entrecot poco hecho en vez de cualquier porquería cursi, como esperaba Callahan.

—Preparan un buen martini —comenta Holdt—, pero además tengo aquí una reserva privada de *whisky* de malta escocés.

—Tú sí que sabes —responde Callahan.

Ella no pierde el tiempo charlando de tonterías.

—Necesito que me ayudes a resolver el problema que tengo con Coombs y South —le dice.

—No tienes un problema con Coombs y South —contesta él—. Tienes un problema con Danny Ryan. Perdona mi lenguaje, pero Coombs y South no van ni a mear sin que Ryan les dé permiso.

—¿Y qué vas a hacer para resolver mi problema con Danny Ryan?

—Por tu propio interés, Susan, por el del estudio, por el de la empresa matriz y, qué coño, también por el mío propio, debo pedirte que seas un poco paciente con esta situación.

—¿Paciente? Bill, tengo entre manos una película que está perdiendo dinero a espuertas. El tiempo no está de mi parte.

—Lo entiendo.

—Pues parece que no, porque…

—Me ocuparé de tu problema, te lo prometo, pero necesito un poco de tiempo para organizarlo.

—¿Organizar el qué?

—Una reunión entre tú y Ryan —responde Callahan—. ¿Estarías dispuesta?

Resulta que sí lo está.

Callahan llama a Madeleine McKay.

14

Si Danny se siente fuera de lugar en Las Vegas, Bill Callahan parece un extraterrestre que hubiera estrellado su nave espacial.

Danny lo ve salir del coche con su traje marrón, su camisa blanca con el cuello bien apretado y una corbata que es casi literalmente una cincha. Ya está sudando y tiene la cara congestionada a pesar de que Danny oye que lleva el aire acondicionado a tope cuando abre la puerta del coche. Sabe que Callahan es de Boston y que lo han trasplantado a Los Ángeles, así que Las Vegas debe de parecerle de otro planeta.

Él también conoce esa sensación.

Ignora, en cambio, para qué quiere verlo un ex alto cargo del FBI y por qué le pidió a Madeleine que organizase la reunión. Pero sabe que su madre comparte información e influencia con numerosos políticos, mandos de las fuerzas policiales y grandes empresarios, de modo que no le sorprende que conozca a Callahan.

Madeleine sale a recibir al agente a la entrada y lo acompaña dentro.

—Danny Ryan —dice—, Bill Callahan.

Se sientan en el salón. Callahan acepta una cerveza fría y luego Madeleine dice:

—Os dejo para que habléis. —Y se va.

Callahan va al grano.

—En primer lugar, no me interesa en absoluto lo que pasó en Providence ni lo que pueda haber sucedido o no con Domingo Abbarca.

Dios, piensa Danny, sabe lo del trato con Harris.

—Muy bien. Pero ¿a qué ha venido?

—Dos hombres de su antigua banda, Coombs y South, se encuentran en paradero desconocido, ¿estoy en lo cierto?

Danny asiente con un gesto.

—Bien, pues han aparecido.

Callahan le explica a qué se han estado dedicando los Monaguillos en Hollywood. Le cuenta que Sue Holdt le ha pedido ayuda y que él, a su vez, se ha puesto en contacto con Madeleine para concertar esta charla.

—Quieren que les pare los pies —dice Danny.

—Es lo mejor para todos.

Sí, en efecto, piensa Danny. Que South y Coombs vayan a su aire podría remover muchas cosas del pasado que es mejor no tocar.

—¿Todavía tiene influencia sobre ellos? —pregunta Callahan.

—Creo que me escucharán.

—Entonces, ¿lo hará?

—Primero querría hablar con Sue Holdt.

—Susan me ha mandado a mí.

—Si la señora Holdt quiere que hable con mi gente —responde Danny—, primero tendrá que hablar conmigo. De lo contrario… En fin, no soy yo quien ha pedido un favor, ¿verdad?

Ambos comprenden la dinámica de poder: Holdt necesita a Ryan, pero Ryan no necesita a Holdt.

—Hablaré con ella —contesta Callahan.

Madeleine espera a que se vaya Callahan para volver al salón.

Cuando se sienta, Danny le cuenta la conversación con el exagente del FBI y pregunta:

—¿Qué te parece?

—Dadas las circunstancias, creo que deberías aceptar.

—¿Por qué?

—Porque la influencia es poder —contesta Madeleine—. Y que la jefa de un estudio importante te deba un favor no es lo peor que te puede pasar.

—¿Qué puede hacer por mí?

—Nunca se sabe.

Danny se queda pensando un momento y luego dice:

—Odio tener que separarme otra vez de Ian.

—Pues llévatelo contigo.

—¿Un niño de tres años en Hollywood?

En Hollywood todos son niños de tres años, piensa Madeleine, pero dice:

—Hay canguros en Los Ángeles. Niñeras. Yo me encargo de arreglarlo. Será una buena experiencia para los dos, os unirá.

Detesta pensar que Ian vaya a marcharse, aunque sea por poco tiempo, pero tiene otros planes en mente: quiere que Ian tenga una nueva mamá. ¿Danny, un viudo rico, con un niño monísimo? Es un manjar para mujeres jóvenes y de buena posición.

Un manjar irresistible.

Tres noches más tarde, Danny Ryan va sentado en el asiento del copiloto mientras Callahan conduce por la carretera estrecha y sinuosa que recorre Hollywood Hills.

Por recomendación de Sue Holdt, Danny se aloja en el hotel Peninsula de Beverly Hills.

Tenía ya una habitación reservada cuando llegó a la recepción con Ian, y el conserje los condujo a una *suite* con dos dormitorios espaciosos, sala de estar y terraza privada con vistas a Los Ángeles.

La niñera llegó poco después: una joven competente y profesional llamada Holly.

Madeleine tenía razón al decir que aquello los uniría. Ir al aeropuerto y viajar en avión era una experiencia nueva para Ian, emocionante y al mismo tiempo temible, y, sin Madeleine como intermediaria, el niño buscó el apoyo de su padre y se entusiasmó señalándole a Danny todo lo que veía.

Estaba encantado —«sobrexcitado», dirían los expertos en educación infantil— con la *suite* del hotel, y Danny y él subieron a la piscina de la azotea y se bañaron. Ian se tumbó bocarriba y Danny lo deslizó por el agua para que aprendiera a flotar, y hasta nadó un poco a perrito hacia los brazos de su padre. Luego se sentaron junto a la piscina a comer perritos calientes y patatas fritas; cuando Danny se marchó esa tarde a la reunión, Ian lloró un poco, aunque después se puso a jugar tan contento a uno de los juegos que había traído Holly.

Ahora Callahan se detiene ante un portón de madera pulida. Baja la ventanilla y le habla a un altavoz. Un momento después, se oye un zumbido eléctrico, el portón macizo se abre y Callahan entra en el camino de acceso.

La casa de Holdt se encuentra a la derecha, a un lado del camino en pendiente. Es un edificio moderno, de una sola planta, con enormes ventanales, terraza envolvente y una extensa pradera de césped a sus pies. Danny sale del coche y sigue a Callahan por el camino de baldosas que bordea la piscina tenuemente iluminada.

Callahan llama al timbre y unos segundos después Holdt aparece en la puerta sujetando por el collar a un galgo viejo y enorme. El perro, cuya cabeza le llega al pecho, acerca el hocico a la tripa de Danny.

—No hace nada —le asegura Holdt—. Solo es grandote. Venga, Midnight. —Aparta al perro al tiempo que le tiende la mano a Danny—. Soy Sue Holdt.

—Danny Ryan. Encantado de conocerla, señora Holdt.

—Susan. Tutéame, por favor. Lo mismo digo, encantada de conocerte. Pasad, por favor. —Señala una sala de estar situada a un nivel más bajo—. ¿Alguien quiere café, té o alguna cosa?

—No, gracias —contesta Danny.

Callahan también declina el ofrecimiento con un gesto.

Danny y él se sientan en un gran sofá frente a un ventanal. Desde allí, el panorama de la ciudad es impresionante. Las luces de Los Ángeles brillan a lo lejos como si estuvieran sentados en el cielo, mirando hacia abajo.

Holdt va vestida con deliberada informalidad, con una blusa negra descolorida y unos vaqueros viejos. Se sienta en un sillón grande y mullido, mete los pies debajo de las nalgas y da un sorbo a su taza de té verde. En la mesita auxiliar, a su lado, hay un libro de tapa dura abierto.

Danny no es como ella esperaba. Pensaba que iba a encontrarse con una versión un poco mayor de Kevin y Sean o con el clásico mafioso, en cambio Ryan parece un tipo sensato, habla con suavidad y viste un discreto traje gris y camisa blanca, con el cuello desabrochado, pero sin cadenas. Lleva unos sencillos zapatos de cordones de color negro, bien lustrados, aunque no brillantes. Tiene el pelo castaño y corto, limpio y cortado hace poco.

—Danny —dice—, Bill me ha dicho que puedes ayudarme con un problema que tengo.

—En primer lugar —contesta él—, te pido disculpas si Coombs y South te han causado algún inconveniente. Hace tiempo que no estoy en contacto con ellos. Pero ya estoy aquí. Tus problemas con ellos se acabarán mañana mismo.

—¿A cambio de…?

—Kevin y Sean tienen razón en parte. En cierto sentido, os habéis apropiado de nuestras vivencias con la intención, o con la esperanza, al menos, de obtener un beneficio económico.

Ya, piensa Holdt. O sea, que mis problemas con Coombs y South se acaban mañana, porque esta noche empiezan mis problemas contigo. Vas a limitarte a tomar el relevo y a hacer más eficiente su intento de extorsión.

—Compramos legalmente los derechos de un tratamiento de guion —responde—. Tenemos, por lo tanto, todo el derecho a obtener beneficios de esa adquisición. Yo te diría que no es con nosotros con quien tenéis un problema, sino con Bobby Bangs.

—Los problemas que pueda tener con Bobby, me encargaré de resolverlos yo mismo —dice Danny—. Comprasteis los derechos de su obra. Pero eso no os da derechos sobre mi vida.

—Todos los personajes de nuestra película son estrictamente ficticios.

—Los dos sabemos que eso no es cierto.

—Puedes recurrir a los tribunales para solventar esa cuestión —responde Holdt—. Lo que no puedes hacer es intentar extorsionarme.

A Danny le cae bien. No se achanta ni se anda con gilipolleces.

—No me interesan los litigios ni quiero extorsionar a nadie —contesta—. Lo que quiero es que nos asociemos.

Sue se echa a reír.

—Quieres que te dé una participación en la película, lo que viene a ser lo mismo.

—No quiero que me des nada. Quiero comprarlo. —A Danny le satisface que parezca sorprendida. Añade—: Vais con retraso y os habéis pasado del presupuesto. Tienes una actriz protagonista en rehabilitación y otro actor que debería seguir el mismo camino. La junta directiva te está vigilando muy de cerca porque te juegas la solvencia del estudio en esta película. Por no hablar de tu carrera.

Danny ha hecho los deberes: le dijo a su madre que le pidiera a su gente que investigara el asunto y luego se estudió el informe.

Minuciosamente.

Holdt no sabe de dónde ha sacado la información, pero es exacta. Esta misma mañana les ha comentado a los directivos que necesitaba más dinero y no han reaccionado bien. No tiene fondos para terminar la película y luego promocionarla como es debido, y está a punto de lanzarse a las aguas infestadas de piratas de la financiación privada. Si *Providence* se hunde, el estudio se hundirá con ella, y Sue pasará al menos cinco años en una especie de limbo profesional, hasta que se disipe su tufo a fracaso.

—Te escucho —dice.

—Tengo dinero —prosigue Danny—. Más que suficiente para compensar el déficit. Estoy dispuesto a invertirlo en la película: un porcentaje del presupuesto a cambio de un porcentaje de los beneficios brutos desde el primer dólar.

—¿Es una oferta que no puedo rechazar? —pregunta ella—. ¿Y si digo que no?

—No vas a hacerlo porque eres demasiado inteligente —contesta Danny—. Pero, si dices que no, te quitaré de encima a Kevin y Sean y no volverás a tener noticias suyas, ni mías. Tampoco podrás terminar tu película, pero eso es problema tuyo.

—Ese dinero está…

—Limpio.

Callahan interviene:

—El señor Ryan no está imputado en ninguna causa judicial ni es persona de interés en ninguna investigación que se esté llevando a cabo actualmente.

Sue se vuelve hacia Danny.

—Habrá alguna otra condición.

—La hay —responde él—. Mi contable se trasladará a tu oficina contable, tendrá acceso a todos los libros y controlará cada centavo que entre y salga.

—Me parece bien. ¿Qué más?

Porque tiene que haber algo más: una novia que quiere que aparezca en la película, una actriz con la que le apetece salir, una tarifa como consultor, entradas para ver en directo *The Tonight Show*...

—Quiero visitar el rodaje para ver qué estoy comprando. Si es un completo desastre, no hay trato.

—Si Diane Carson es un completo desastre, quieres decir —dice Sue.

—A eso me refiero, sí. He conocido a muchos yonquis, Sue. Y no voy a jugarme una fortuna por ninguno.

—Diane no es una «yonqui».

—Muy bien. Espero pensar lo mismo cuando la haya visto en persona.

Se miran un momento a los ojos y luego Sue dice:

—Puedes visitar el plató, por supuesto. Cuando quieras.

—Entonces, ¿trato hecho?

Sue asiente.

Trato hecho.

Danny llega al rodaje.

Cruza la puerta de seguridad acompañado por Holdt en persona y flanqueado por Jimmy Mac y Ned Egan. Le conviene llevar refuerzos por si Kevin y Sean se ponen gallitos.

Ned vive en Los Ángeles, de todos modos, y aunque Jimmy está en proceso de trasladar a su familia a San Diego, siempre está disponible si Danny lo necesita.

Qué cosa tan extraña, piensa Danny, caminar por una «calle» que es una réplica de las calles de Dogtown. Es como si alguien hubiera cogido tu vida, tus recuerdos, y hubiera construido con ellos una maqueta a tamaño real. Ahí está la fachada de la farmacia vieja, el estanco de McKenzie, el restaurante chino de Wong. Está la casa de Pat Murphy y más allá, joder, está la suya.

Danny se para a mirarla. Casi puede ver a su viejo sentado fuera, fumándose un Camel y tomándose una pinta. También se ve a sí mismo de niño leyendo tebeos con Jimmy y Pat, hablando de tonterías y maquinando cómo conseguir cincuenta centavos para comprar ese número especial de aniversario de *Superman*.

—¿Lo hemos hecho bien? —pregunta Holdt.

—Sí. Sí, desde luego.

Van al plató. A Danny le impresiona el ajetreo. Hay operarios por todas partes, van de acá para allá con prisas para cumplir el plan de rodaje, trasladando maquinaria que Danny no reconoce: equipos de iluminación, pantallas reflectoras, cámaras, brazos de micrófono. Hay cables de diverso grosor extendidos por todos lados y gente pululando, pululando sin cesar.

Es un hervidero.

—Aquí se trabaja de firme —comenta.

—Sí —contesta Holdt.

Le explica un poco lo que está viendo, pero Danny solo la escucha a medias, absorto como está en la extrañeza de todo aquello, en el hecho de ver un réplica realzada de su propia vida. Todo es un poco más bonito, un poco más sórdido, un poco más colorido que la vida real.

O que el recuerdo que tengo de ella, por lo menos, se dice Danny. Lo que lo lleva a preguntarse si la versión de Hollywood es más luminosa o si quizá sus recuerdos se han desvanecido en parte.

—Es increíble —le dice a Jimmy Mac.

—Sí, ya lo creo.

—No podemos escapar del pasado. Da igual dónde vayamos.

Jimmy parece anonadado. Estira el cuello y mira a su alrededor tratando de asimilar lo que ve. Ned gira la cabeza de un lado a otro, pero por otros motivos: el gentío y el ajetreo lo ponen nervioso. No le gusta aquello.

—¿Quieres conocerte a ti mismo? —le pregunta Holdt a Danny.

—Llevo toda la vida intentándolo —contesta él.

—Ven, vamos.

Danny la sigue hasta la periferia de un set que es…

Joder, piensa Danny. Es el Glocca Morra.

O por lo menos la mitad. A su derecha hay otro set que representa la mitad contraria. Qué cosa más rara, estar allí, parado en el borde, mirando por entre la pequeña multitud de técnicos y el cúmulo de personas que, congregadas alrededor de una gran cámara instalada sobre una plataforma móvil, observan atentamente la acción que se desarrolla en el decorado.

Hay cuatro actores sentados en el reservado del fondo.

Aquel viejo reservado forrado de madera, piensa Danny, donde Murphy padre reunía a su corte como un antiguo rey celta. Y, en efecto, allí está el viejo irlandés, con un vaso de *whisky* delante, sobre la mesa, y un cigarrillo encendido consumiéndose en el cenicero desconchado.

Cuántos detalles, piensa Danny. Se han documentado bien.

El viejo le está hablando a…

Joder, si soy yo, piensa Danny.

Mira al actor, vestido como se habría vestido él, el pelo largo y despeinado, el cuerpo envuelto en la vieja trenca azul marino a pesar de estar dentro del bar. Y el tipo sentado a su lado es… es Pat. Tiene que ser Pat: guapo, carismático, formal. El actor le suena vagamente, puede que lo haya visto en alguna película. El que hace de él no le suena de nada. Pero eso es normal, piensa riéndose para sus adentros. En Dogtown no era ninguna estrella. Ni tampoco lo soy ahora.

El cuarto actor tiene que ser Liam Murphy. Un chico guapo, con sonrisa de seductor. Tiene que ser Liam. El puto Liam, el que lo empezó todo. El desgraciado de Liam Murphy.

Danny vuelve a mirarse «a sí mismo». Holdt se da cuenta de que está observando al actor, sonríe y lo señala con el dedo.

—Ese eres tú —dice moviendo la boca sin emitir sonido.

Danny asiente y menea la cabeza como diciendo «Qué raro es esto».

Holdt coge unos auriculares del soporte de la cámara y se los pone a Danny para que oiga lo que dicen los actores.

—*Te importa más esa guarra que tu familia.*

—*No la llames así.*

—*Es la verdad, Liam. Si pudieras guardarte el pajarito en la jaula…*

—*Estoy enamorado de ella.*

—*El amor… El puto amor…*

«Yo» no digo nada, piensa Danny. Típico de mí: el buen soldado.

Mira a Jimmy, que le devuelve la mirada, sonríe y murmura:

—Qué cosas.

—*Tenemos que devolver el golpe.*

—*Ellos tienen mucha más gente en la calle.*

—*No voy a renunciar a ella, papá.*

Danny recuerda aquella conversación. Transcurrió más o menos así, solo que fue en el patio trasero de Murphy, no en el

Gloc, y Murphy el viejo no le dio una bofetada a Liam. Pero supongo que así es más dramático, piensa Danny.

—¡Corten!

El zumbido agudo que le llega a través de los auriculares lo devuelve al presente. El plató se pone en marcha otra vez, los técnicos cambian luces, cables y lentes mientras el tipo que parece estar al mando dice:

—Vamos a hacer el primer plano.

—¿Qué te parece? —le pregunta Holdt.

—Increíble.

—Voy a presentártelos.

Lo acompaña a un lado del plató, donde el actor que hace de él está bebiendo un trago de una botella de agua.

—Dan Corchoran —dice Holdt con un brillo travieso de placer en la mirada—, te presento a Danny Ryan.

Corchoran se queda pasmado.

—¿De verdad?

Danny le tiende la mano.

—Encantado de conocerte.

—Lo mismo digo —dice Corchoran—. Madre mía… Qué raro es esto, ¿no?

—Mucho, sí.

—Oye, me encantaría tener la oportunidad de hablar un rato contigo. Para pedirte consejo. Eh… ¿Tienes planes para comer?

—Sí, los tiene —contesta Holdt—. ¿En otro momento, quizá?

—Claro.

—Danny, ¿te parece bien? —pregunta ella.

—Claro.

—Genial —dice Corchoran—. Bueno, pues…

—Sí —dice Danny.

—Quiero presentarte a Mitch —dice Holdt.

—¿Quién es Mitch?

—El director. Trabaja para ti.

Van a conocer a Mitch. Danny se da cuenta enseguida de que ya está al tanto del asunto: sabe que él va a ocuparse de su problema con Kevin y Sean y que va a hacer una transfusión de dinero para remediar su hemorragia presupuestaria. Así que Mitch lo deja todo para hablar con él.

—¿Qué te parece, lo estamos haciendo bien?

—Demasiado bien —contesta Danny—. Si te digo la verdad, es un poco doloroso.

—Eso es bueno.

—No quiero entretenerte —dice Danny—. Sé que vas muy justo de tiempo.

—Hablas como un productor —responde Mitch—. Te lo agradezco. —Le estrecha la mano de nuevo y vuelve al trabajo. La misma escena, solo que esta vez la cámara se acerca a Murphy padre.

—Mira el monitor —le dice Holdt a Danny.

Danny obedece. Mira la pequeña pantalla de televisión que hay al lado de la cámara y ve al actor decir: «Te importa más esa guarra que tu familia». Observa su reacción cuando Liam contesta: «No la llames así» y Pat dice: «Es la verdad, Liam. Si pudieras guardarte el pajarito en la jaula…».

«Estoy enamorado de ella».

La cara del actor se crispa en una mueca desdeñosa de fastidio y amargura. Da una calada al cigarrillo, vuelve a dejarlo con cuidado en el cenicero y gruñe con desprecio: «El amor… El puto amor…».

Han clavado a Murphy el viejo, piensa Danny. Ama el dinero y el poder y a sus hijos, y eso es todo, para él no había nada más.

¡Corten!

—¿Te molesta no tener muchas frases en la película? —le pregunta Holdt.

—No. Estaba casi siempre callado.

—Pero te fijabas en todo.

No es solo una observación, también es un desafío. Pero Danny no pica el anzuelo.

—No, es solo que en esa época no tenía mucho que decir.

Eran los Murphy los que hablaban casi siempre. Liam, sobre todo. Le gustaba el sonido de su propia voz. En cambio, ver derramada su sangre le gustaba menos. De todos modos, para lo que le sirvió…

Sí, Liam era el que hablaba y Pat el que hacía. Era, de los hermanos Murphy, el que cargaba con todo. Y el que pagó por los pecados de Liam.

—¿Dónde te has ido? —pregunta Holdt.

—A aquellos tiempos —dice Danny.

Se enciende una luz roja y el set queda en silencio.

La cámara enfoca al actor que interpreta a Liam, y Danny le ve decir: «Estoy enamorado de ella».

Sí, lo recuerdo, piensa.

«No voy a renunciar a ella, papá».

Pero ojalá lo hubieras hecho.

Entonces, un rayo de luz cae sobre él y Danny queda literalmente deslumbrado.

* * *

Diane Carson entra en el set como una reina.

La puerta del plató se abre y ella entra iluminada desde atrás por la luz del sol. Su cortejo —un séquito de peluqueros y maquilladores, un entrenador de diálogos, una asistente, un guardia de seguridad, dos agentes y un abogado— bulle a su alrededor.

Es bellísima.

No, piensa Danny, es más que bella. De repente entiende que la llamen «estrella», porque brilla de un modo que no está al alcance de la gente corriente. La aureola dorada de su pelo, los pómulos altos y cincelados, los labios carnosos y unos ojos azul aciano que, en fin, relucen. Y su cuerpo rebosa sexualidad, incluso vestida con un sencillo jersey de lana gris oscuro y unos vaqueros viejos.

Danny se va a derecho a ella.

Le tiende la mano y dice:

—Señorita Carson, soy Danny Ryan. Es un placer conocerla.

—¿El auténtico Danny Ryan?

Su mano cálida y fuerte no suelta la de Danny.

Su voz es grave, gutural, inteligente. Al mismo tiempo provocativa y acogedora. Es una voz para el salón y para el dormitorio, una voz que desearías oír por la mañana.

—Sue me ha hablado mucho de usted —añade.

—Espero que solo le haya contado cosas buenas.

A Diane le gusta que la mire directamente a los ojos. Le gusta él, de inmediato. Es educado y fuerte. Y amable, aunque por debajo de la superficie se intuya una especie de peligro. Y sabe quién es. La mayoría de los hombres que conoce se esfuerzan por aparentar lo que no son, pero él no aparenta nada.

Simplemente es.

Y es guapo, además. Pelo castaño y ojos marrones oscuros con un poso de tristeza. La nariz rota altera la simetría de una cara por lo demás casi femenina. Mejillas rubicundas de irlandés. Pecho fuerte, brazos fuertes, mano fuerte que sujeta la suya casi con ademán protector.

—Buenas en su mayor parte —contesta Diane—. Y también algunas malas, las justas para despertar mi curiosidad.

—Me avergüenza decir que no he visto ninguna de sus películas.

—¿Lo ve?, ya tenemos algo en común. Yo tampoco.

—Me toma el pelo.

—No. En serio, no soporto verme en pantalla. Me veo gorda, me veo vieja, no sé actuar ni aunque me vaya la vida en ello...

—La han nominado dos veces al Óscar.

—Ah, veo que ha hecho los deberes.

—Siempre los hago, señorita Carson.

—Diane.

—Danny.

El diminutivo tiene que desaparecer, piensa ella. No es Danny, es Dan, puede que incluso Daniel. Decide convencerlo de ello, y pregunta a continuación:

—Sé que es muy precipitado y de mala educación, pero ¿tienes planes para el sábado por la tarde? Voy a dar una pequeña fiesta en casa. Solo seremos unos cuantos amigos, y he pensado que tal vez...

—Me encantaría, pero tengo a mi hijo conmigo...

—Tráelo. Va a ser una fiesta para todos los públicos. Acabo de salir de... Ya sabes...

—Sí, lo he oído.

—Sí. Nos vemos allí, entonces. —Le aprieta ligeramente la mano antes de soltársela y entra en el «Glocca Morra».

Danny tiene la sensación de que su vida acaba de dar un vuelco.

Observa a Mitch dando a Diane indicaciones sobre la escena y luego ella se desliza en un reservado junto a Liam. Qué afortunado, Liam, piensa Danny, y al darse la vuelta ve a Kevin y a Sean allí parados, cabizbajos y compungidos.

—Kevin. Sean. —Los Monaguillos inclinan la cabeza—. Tenemos que hablar.

—Podemos ir a mi caravana —dice Kevin.

Tu caravana, piensa Danny.

Muy bien. Qué coño.

Allá donde fueres…

Kevin le ofrece una copa.

Danny la rechaza y le sugiere a Kevin que él tampoco beba.

—Pareces un poco tembloroso, Kev. ¿Has estado dándole duro?

—No, es solo que me ha sorprendido verte aquí.

—Seguro que sí. Siéntate, Kev, descansa un poco.

Kevin se sienta en un banco acolchado, con Sean a su lado, como dos colegiales esperando en el despacho del director. Ned Egan no se sienta. Se queda de pie, con la mirada fija en Kevin. Jimmy se apoya en la puerta del remolque para evitar que alguien los interrumpa.

—Así que estáis bien —dice Danny.

—Sí, estamos bien.

Danny se mete la mano en la chaqueta y Kevin da un respingo, pero Danny saca un ejemplar de *Entertainment Weekly* abierto por cierta página, lo tira sobre la mesa y señala la revista.

—Estáis muy bien en la foto.

Kevin la mira. Es un artículo sobre la salida de Diane Carson del «tanque de secado». Al fondo del plató se los ve a Sean y a él atiborrándose de comida en la mesa del *catering*. Sean tiene un panecillo en la boca.

—Uno tiene que comer —dice Kevin.

Ned da un paso hacia él, pero Danny levanta una mano para detenerlo. Se inclina sobre la mesa.

—¿A eso le llamáis ser discretos? ¡¿A salir en una revista?!

—Yo iba a decírtelo, Danny.

—¿Ah, sí? ¿Cuándo?

—No he podido encontrarte —responde Kevin—. No sabía dónde estabas, cómo localizarte.

Mentira cochina, piensa Danny. Estuviste de borrachera y, cuando te despertaste, te enteraste por casualidad de lo de la película. Y, como sabías que no iba a gustarme, actuaste bajo cuerda confiando en que no os encontrara.

Se queda mirándolo fijamente un rato para que sepa que lo considera un mierda.

—Temíamos que a lo mejor estuvieras… —Sean se interrumpe de repente. Ha sonado poco diplomático.

—¿Muerto? —pregunta Danny—. ¿Lo temíais o lo esperabais, Sean?

—Lo temíamos, Danny, por Dios.

—Porque parece que os habéis montado un buen tinglado aquí.

La verdad es que no podía esperar que se resistieran a la tentación de este asunto tan raro de la película. Pero, por otro lado, no puede dejar que vayan a su aire así, sin consecuencias. Si sueltas la correa, ya nunca la recuperas.

—Tengo tu parte, Danny —dice Kevin—. Te la he estado guardando.

—No me tomes por tonto más de lo que lo has hecho ya, Kevin. —Deja que el silencio se alargue un minuto para que aumente la tensión. Luego añade—: Lo que ya ha pasado no me interesa, solo me importa lo que va a pasar a partir de ahora. En primer lugar, este chanchullo se ha acabado. Desde ya. Os quiero como si fueseis mis hermanos, pero juro por el alma de mi padre que, si no, os saco de aquí a rastras y acabo con vosotros.

Los mira a los ojos con énfasis para que comprendan que habla en serio y luego prosigue:

—En segundo lugar, podéis iros por vuestra cuenta, coger vuestra parte de lo que les sacamos a los mexicanos y hacer lo que queráis. Pero tendréis que hacerlo sin mí, sin mi conocimiento ni mi aprobación, sin mi consejo ni mi protección. A vuestro aire. Nos despediremos hoy mismo, sin rencores, pero, si alguna vez nos encontramos por la calle, cambiad de acera. No nos conocemos.

Hace una pausa para que lo asimilen y luego añade:

—O bien podéis volver al redil e invertir en la película la mitad de lo que ganasteis con lo de los mexicanos. Nos convertimos en socios legales y ganáis dinero así. Luego cogeremos las ganancias y las reinvertiremos en otros negocios legales. Nuestros días en la mafia se han terminado.

Los mira un segundo y repite:

—Se han terminado.

Abre el pequeño frigorífico, le echa un vistazo tranquilamente y coge una botella de agua de plástico, de esas a las que la gente del cine parece adicta. Le quita el tapón, lo tira a la papelera, da un sorbo y dice:

—Si os quedáis, os quedáis asumiendo que estáis bajo mi autoridad y protección y que yo soy quien manda. Esperaré vuestra lealtad y vuestra obediencia. —Se pone delante de ellos y los mira desde arriba—. Si queréis que nos despidamos aquí, de acuerdo. Os agradezco todo lo que habéis hecho por mí. Si decidís lo contrario, será un placer volver a trabajar con vosotros.

Sale de la caravana.

Pasa por delante de la farmacia, del estanco de McKenzie, del restaurante chino de Wong y de la casa de su infancia.

Cruza la puerta y entra en el mundo real de Hollywood.

15

Si alguien me hubiera dicho en Dogtown que iba a comprarme una camisa de ochenta pavos, piensa Danny. Qué cojones, si alguien me hubiera dicho que había camisas de ochenta pavos, me habría reído en su cara.

Aun así, se pone la camisa de diseño que ha comprado en la tienda de regalos del hotel. Es negra y queda bien con vaqueros y mocasines.

Vestir a Ian es otro cantar. Intentar ponerle una camisa, unos pantalones y unos zapatos a un niño que se retuerce y no para de reírse es como luchar a brazo partido con un montón de gelatina, pero por fin lo consigue, llama al aparcacoches para que le traiga el Mustang que ha alquilado y se va a la fiesta de Diane Carson.

A la entrada de la casa hay una verja de seguridad con un guardia. El guardia le pregunta amablemente su nombre y, cuando Danny se lo dice, le indica que pase. Cuando llegan a la casa, otro aparcacoches se hace cargo de su vehículo.

La puerta principal está abierta y entran directamente. Los recibe un camarero con una bandeja de canapés. Otro camarero se acerca con una bandeja con bebidas.

—¿Son...? —pregunta Danny.

—Sin alcohol —contesta el camarero—. Todas. Es una fiesta abstemia.

Danny coge una Coca-Cola.

Al verlos desde el otro lado de la sala, Diane interrumpe bruscamente la conversación que está manteniendo y se acerca. Está radiante con un vestido blanco de verano y el pelo suelto sobre un collar de turquesas.

Le da a Danny un abrazo y un beso en la mejilla, luego le tiende la mano a Ian y dice:

—Hola, soy Diane.

—¿Puedes decir hola, Ian? —dice Danny.

—Hola.

—Ian, tengo un perrito. ¿Te gustaría verlo? —le pregunta Diane.

El niño asiente con la cabeza.

Ella los acompaña hasta una zona de césped donde un cachorro de *golden retriever* está mordisqueando alegremente un juguete.

—Este es Pre, Ian.

El niño se ríe cuando el cachorro le lame la cara.

—¿Pre? —pregunta Danny.

—Le puse así por Steve Prefontaine, el atleta —explica ella—. Me aficioné a correr una temporada.

—Entiendo.

—Creo que le gustas mucho, Ian —dice Diane.

—A mí me gusta él.

—¿Te apetece ayudarme a darle de comer?

—Sí.

—Pues vamos a buscar su comida. —Coge de la mano a Ian y, para sorpresa de Danny, el niño se va con ella sin siquiera mirar atrás.

Diane vuelve la cabeza para mirar a Danny.

—Gracias —le dice él en voz baja.

Ella sacude la cabeza y le lanza un beso.

Danny se da una vuelta por la «pequeña» fiesta. Hay unas cincuenta o sesenta personas, todas vestidas con ropa informal pero lujosa. Algunas caras le suenan vagamente del cine o la televisión. Sin el engrase del alcohol, la conversación es suave y sosegada, pero la gente parece estar pasándolo bien.

De modo que así es una fiesta relajada en Hollywood, piensa Danny. No es precisamente la orgía de cocaína que suele pintar el estereotipo. Puede que, como Diane acaba de salir de la clínica de desintoxicación, estén todos haciendo un esfuerzo por comportarse. O puede que la ausencia de alcohol baste para mantener el interés de los invitados un tiempo, por lo que tiene de novedoso.

En todo caso es agradable, piensa Danny. El ambiente es agradable, los amigos de Diane la arropan y se alegran de que haya vuelto y esté en forma. Y aunque no haya jaleo, las risas suenan auténticas y las conversaciones parecen animadas, aunque nadie se esfuerce en hablar con él. No le molesta: está bien ser el espectro de la fiesta, el observador al que nadie observa.

Hay gente de pie alrededor de la piscina. Otros se bañan o juegan al voleibol. Un cocinero prepara pechugas de pollo y filetes de salmón en una barbacoa.

Danny coge un vaso de zumo de frutas variadas de la bandeja de un camarero y se sienta en una silla de jardín. Se echa hacia atrás, deja que el sol le dé en la cara y disfruta del calor. De repente se siente cansado, tiene ganas de dormir.

Puede que no esté cansado, se dice. Puede que de verdad esté relajado.

Puedo relajarme un poco.

Sienta bien.

Cierra los ojos, solo un segundo.

Cuando despierta, mira a través de las gafas de sol y ve a Ian y a Diane sentados al otro lado de la piscina, charlando animadamente. Ian habla a mil por hora, a juzgar por cómo mueve los labios, y Diane balancea un pie dentro del agua y le escucha con interés, le presta toda su atención, asiente y sonríe, y de vez en cuando acerca la mano y le acaricia la cabeza.

De pronto, Danny está hambriento y se alegra de que estén sirviendo pollo y salmón con montones de verdura fresca, ensalada, patatitas cocidas y pan de maíz. Coge un plato y se pone a la cola.

—¿Te lo estás pasando bien? —Holdt aparece detrás de él.

—Sí.

—¿Ese niño que está con Diane es tu hijo?

Danny ensarta un trozo de salmón y luego una pechuga de pollo y se los pone en el plato.

—Sí, ese es Ian. Creo que se ha enamorado.

—Ella también. Ten cuidado, Danny Ryan —le dice Holdt—. Cuida bien a mi amiga.

Danny se pregunta qué habrá querido decir mientras ella se aleja. Se sirve ensalada y unas patatas y va a rescatar a Diane.

—No hace falta que te diga que tienes un hijo maravilloso —le dice ella—. Es un cielo, y muy divertido, además. Estarás muy orgulloso.

—Sí, lo estoy. Gracias por ser tan amable con él.

—No es ningún esfuerzo.

—Tienes una casa preciosa —comenta Danny.

—Creo que voy a venderla. Es demasiado grande para mí y estoy intentando simplificar mi vida. Tengo una casita en la playa. Con eso debería bastarle a cualquiera, ¿no?

—A mí me bastaría.

—Estoy tratando de reinventarme —añade Diane.

—¿Y eso es difícil en Hollywood?

—En Hollywood tienes que reinventarte constantemente. Es el sueño americano, ¿no? Venir aquí y convertirte en lo que quieras. Y luego, cuando ya no te gusta, volver a transformarte. Aquí, es lo que se espera.

—¿Estamos hablando de ti o de mí?

—De los dos, supongo.

Diane lo agarra del brazo y se dedica a presentarle a los invitados. *Este es Danny Ryan, un inversor del proyecto en el que estoy trabajando. Hola, chicos, quiero que conozcáis a Danny, nos está ayudando con* Providence. Evita aludir a su pasado, a sus vínculos con la época de Dogtown, pero Danny adivina que, por detrás de su sonrisa cortés, todos están al corriente. Se han enterado de lo de Bobby Bangs y del intento de extorsión de los Monaguillos, y saben que le han llamado para que les pare los pies, y que eso ha hecho. Lo tratan con una especie de curiosidad cargada de deferencia: se muestran agradables y educados, pero prefieren mantenerse un poco alejados del peligro.

A Danny no le importa. Sabe que le va a llevar algún tiempo «reinventarse». Incluso en la tierra de la metamorfosis.

Más tarde, cuando el sol empieza a declinar sobre las colinas, un tipo que al parecer es una gran estrella de la canción saca su guitarra acústica y se pone a tocar, y la gente se sienta en corro como se hacía en los años setenta y se mece acunada por la música.

El guitarrista, un nuevo *hippie,* canta acerca de la naturaleza: el batir rítmico del océano, ríos que atraviesan bosques de secuoyas, enamorados que pasean por playas rocosas y amores que desaparecen entre la niebla y resurgen con el sol de la mañana. Canta a los surferos, a los bardos autoestopistas, a las cenas intempestivas en cafeterías abiertas toda la noche, a los cigarrillos fumados de madrugada en solitarias habitaciones de motel.

Pero es agradable, es bonito, y Danny disfruta sentándose en la hierba junto a Diane. La luz suave, el olor de ella —no sabe si es su perfume o su olor natural—, su cercanía, cálida y concreta, todo le conmueve.

Le gusta estar aquí.

Tranquila, niña, piensa Diane.

Es muy pronto, demasiado pronto, ¿y qué te dijeron en rehabilitación y en las reuniones? Que no te metas en una relación hasta dentro de dos años. No de dos semanas, boba, sino de dos años.

¿Dos años sin amor, sin sexo?, preguntó.

«Un vibrador no va a emborracharte», le contestó su madrina, Patty. Que, de hecho, le regaló uno. «Siempre hace que te corras y además no necesita que le des de desayunar, solo que le pongas pilas». Más sentencias de Patty.

Sí, Patty, pero tampoco te abraza, ni te besa en el cuello, ni te trae el café por las mañanas. Ni te da hijos. «Mejor que mejor», contestó Patty.

Pero yo quiero hijos, quiero tener una familia, se dice Diane mientras se lava la cara.

Danny es un padrazo, piensa al meterse en la cama. Le invitas a una fiesta en Hollywood y te pregunta si puede traer a su hijo. Y no está divorciado, es viudo. Hay algo tan atrayente —reconócelo, tan sexi— en esos ojos marrones y tristes… Este tío no tiene el síndrome de Peter Pan ni fobia al compromiso, en absoluto.

Tranquila, tranquila, echa el freno. Patty tiene razón, todos tienen razón, siempre es el sexo lo que te crea problemas. Siempre ha sido así, desde que…

Diane aparta ese recuerdo de su mente. Basta con decir que el sexo y el amor siempre le han traído problemas.

Eres tu propia canción *country*. Así que tómatelo con calma.

Se tapa con la sábana hasta la barbilla.

Su ascenso al estrellato no fue ni rápido ni constante.

Le dieron trabajo enseguida cuando llegó a Hollywood. Hizo tres películas de bajo presupuesto seguidas en las que solo tenía que exhibirse como objeto sexual. La cámara la adoraba. Vestida, desnuda o ni una cosa ni otra, cuando aparecía en pantalla acaparaba por completo la atención y las películas arrasaron en taquilla.

Siguieron otras dos películas malas y luego su protesta, tan predecible, ante los medios: ella quería que la considerasen una actriz seria. Un error mayúsculo que concitó las burlas y la ridiculización habituales entre los presentadores de los programas nocturnos. Pero entonces Diane hizo algo muy valiente: apareció en el programa de uno de sus torturadores, vestida provocativamente con un modelito ajustado y con mucho escote, y arrasó.

Se rio de sí misma y del presentador, le provocó, le hizo sonrojarse y tartamudear. La entrevista concluyó con un aplauso estruendoso del público presente en el plató y con los elogios entusiastas de los programas de radio, a la mañana siguiente. Los columnistas de Hollywood la compararon con Marilyn Monroe.

De la noche a la mañana, las mujeres empezaron a entenderla, a quererla, a adorarla.

Esa misma semana la llamó un director famoso y «serio» para ofrecerle un papel en su próxima película. Era un papel pequeño pero lucido: el de una puta tristemente divertida, con el corazón de oro, a la que el protagonista, un escritor, visitaba tanto por el sexo como por la conversación. Tenía una escena de amor de sexualidad sutil pero arrolladora que se convirtió en la comidilla de todo el país, y no solo entre los hombres.

El papel le valió un Globo de Oro y una nominación al Óscar como Mejor Actriz de Reparto. No ganó la estatuilla, pero fue la triunfadora de la alfombra roja y de las ruedas de prensa, y los chistes sobre Diane Carson pasaron a la historia, sobre todo después de que el afamado cineasta preguntara a los medios de comunicación: «¿Sabéis lo lista que hay que ser para hacer de tonta?».

La prensa no solo la comparaba ya con Marilyn Monroe,

sino también con Judy Holliday. Ella leía concienzudamente los guiones que le ofrecían en busca de ese papel decisivo que definiría el futuro de su carrera. Tenía que ser perfecto: un papel protagonista, sensual pero no degradante, serio pero con sentido del humor y, sobre todo, inteligente. Un papel que le permitiera desplegar toda su gama de matices interpretativos. Empezó a rechazar un papel de rubia tonta tras otro. Rechazó papeles de prostituta y de amante. Llegó a un punto en que rechazaba tantos papeles que su representante en la agencia CAA le advirtió que tenía que volver a aparecer en pantalla o el público se olvidaría de ella.

Los medios de comunicación se encargaron de resolver ese problema, al relacionarla sentimentalmente con cada actor en ciernes de la industria del cine, con famosos jugadores de fútbol americano y cantantes de *rock*. Ella también ponía de su parte: iba a los locales nocturnos y a las fiestas y aparecía en la alfombra roja de los estrenos para mantenerse en el candelero.

Luego le llegó ese gran papel.

Fue Sue Holdt quien se lo ofreció. Tras tres éxitos consecutivos, Sue era la joven productora de moda: astuta, ambiciosa y obstinada. Le llevó el guion en mano a Diane, a su casa de Doheny, al sur de Sunset. Se sentaron en el jardincito y Sue se lo leyó en voz alta.

No tenía nada de glamuroso. Al contrario: era una película de época ambientada en la Gran Depresión. Diane interpretaría a Jan Hayes, una joven casada, con dos niños pequeños, que vivía en una granja ruinosa. Su marido moría en la página quince, al volcar su tractor y quedar atrapado bajo él. Jan luchaba por conservar sus tierras. Como no le alcanzaba para vivir con lo que producía la granja, se ponía a trabajar en la planta de productos cárnicos del pueblo: salario mínimo, condiciones de trabajo inseguras. Forzada por las circunstancias, Jan empezaba a organizar a sus compañeras de trabajo. La despedían, denunciaba a la empresa y acababa ganando el juicio.

No había ninguna relación amorosa, ninguna perspectiva romántica más allá de una amistad con una compañera lesbiana que solo se plasmaba en una conversación ambigua durante un descanso para tomar café. El vestuario era premeditadamente feo y tosco: camisas y pantalones vaqueros en las primeras escenas, monos blancos salpicados de sangre después y prendas de hipermercado para las secuencias del juicio.

Pero era la historia de Jan: un guion con una única protagonista.

Toda la película giraba en torno a Diane.

Su agente le suplicó que no lo hiciera. Literalmente se hincó de rodillas en su despacho y le aseguró que Jan Hayes hundiría su carrera.

Diane aceptó el papel.

Y casi acabó con ella. Sue se empeñó en que la película se rodara en Dakota del Sur. Las condiciones meteorológicas eran brutales y el plan de rodaje, con una sola actriz protagonista, lo era aún más. Diane pasaba en el set doce o catorce horas diarias, seis días a la semana. El séptimo día descansaba, sí, pero estaba tan estresada por los seis anteriores que le costaba relajarse y dormir. Empezó a tomar pastillas para conciliar el sueño, luego más pastillas para poder levantarse.

Sue y ella fueron a Nueva York para el estreno. Se sabe cómo va a ir una película en las tres primeras horas desde su estreno: de seis a nueve, el primer viernes en Manhattan. Esperaron juntas en el vestíbulo del Cinema 1 de la Tercera Avenida, enfrente de Bloomingdale's. El futuro de ambas estaba en juego.

Las colas empezaron a formarse a las cinco de la tarde. A las cinco y media, daban la vuelta a la manzana. A las seis, la gente compraba entradas para la sesión de las diez. Diane y Sue aguardaron al fondo de la sala. Al acabar la película, el público prorrumpió en aplausos. Ese fin de semana, la película quedó en segundo lugar, por detrás de una de acción de gran presupuesto protagonizada por dos actores famosos. Un éxito sorprendente.

El fin de semana siguiente ocupó el primer puesto.

Otro Globo de Oro, otra nominación al Óscar, esta vez a la Mejor Actriz Protagonista. *Jan Hayes* ganó el premio a la Mejor Película y a la Mejor Dirección. En los medios de comunicación se comentaba que le habían robado el premio, que la estatuilla había ido a parar a una actriz mayor únicamente como compensación por no habérselo concedido antes.

En todo caso, no importó: la película fue un éxito de crítica y público.

Diane Carson era una actriz seria.

Una gran estrella.

Los hombres la amaban por su físico y su sensualidad; las mujeres, por su inteligencia y su belleza.

Pero la vida privada de Diane era un desastre. Se casó con el director de *Jan Hayes* y su matrimonio duró siete meses. A continuación, se lio con un famoso cantante *country* que bebía y la engañaba. Rompió con él cuando dejó embarazada a una modelo de veinte años. Después, se casó de rebote en Las Vegas con un actor: esta vez era amor verdadero, puro y auténtico. Dos semanas después, anularon la boda.

—Estábamos borrachos —dijo el actor ante las cámaras con una sonrisa jactanciosa.

Diane era carne de tabloide, un sueño para los *paparazzi*. No podía ir a ningún sitio sin que los fotógrafos la siguieran como una bandada de cuervos hambrientos, y cada vez se refugiaba más en la casa de la playa de Malibú que había comprado con el dinero de *Jan Hayes*.

La casa la había hecho construir Al Jolson, Roy Orbison había vivido en ella, y más tarde la había ocupado Bobby Vinton. Diane se quedaba en casa, contemplaba el océano y se preguntaba por qué nadie la quería con la misma intensidad con que ella amaba.

Empezaron a circular los rumores habituales, ninguno de ellos cierto: que había conseguido sus primeros papeles en el cine poniéndose de rodillas; que se la había chupado a todos los productores de serie B de la ciudad; que había hecho películas porno que circulaban por fiestas privadas. Diane hacía oídos sordos. Entendía que, dentro de la religión secular americana, ser una estrella de cine equivalía a ser a un tiempo virgen vestal y puta del templo sagrado.

Su respuesta fue volcarse en el trabajo. Después de *Jan* hizo una comedia romántica en la que brillaba y, a continuación, una película de suspense turbia y sensual, con otra tórrida escena de desnudo.

—No quería que la gente se olvidara de que tengo buenas tetas — declaró en el mismo programa de entrevistas nocturno.

Fue gracioso, el público se rio, sus palabras se comentaron en las tertulias de oficina a la mañana siguiente, pero también empezó a especularse con que estaba borracha o drogada al decir aquello.

Y era posible que así fuera. Muy posible, incluso, porque por entonces se había aficionado a los barbitúricos, el *speed* y el vodka, el trío ganador. Maquillarla empezó a ser un reto: por las mañanas su cara estaba hinchada y tenía arrugas por haber dormido muchas horas seguidas sin moverse. El vodka la hizo engordar y, como la cámara lo ponía de manifiesto, añadió a la mezcla pastillas para adelgazar, dejó de comer y empezó a someterse a purgas de adelgazamiento.

Siguieron más chismorreos: anorexia, bulimia, alcoholismo, drogadicción. Las comparaciones con Marilyn tomaron otro cariz. *¿Cuándo aparecerá Diane Carson muerta en su casa de la playa?* No llegó a ocurrir, pero sí la encontraron tirada en el suelo en su caravana, un día que no se presentó a rodar una toma. La ambulancia que la trasladó a urgencias llegó justo antes que los *paparazzi*. Pasó dos días en el hospital y luego ingresó en una clínica de desintoxicación en Malibú, muy cerca de su casa.

Cuando le dieron el alta dos meses después, Larry Field le propuso el guion de *Providence*.

Tanto Sue como ella creen que esta vez ganará el Óscar.

Pero le cuesta conciliar el sueño sin las pastillas y el alcohol, y permanece despierta largo rato.

En parte, porque está pensando en Danny Ryan.

Tranquila, niña, se dice a sí misma.

Despacio.

Danny descubre que un plató de cine es uno de los sitios más aburridos del mundo.

La mayor parte del tiempo se invierte en montar la iluminación, así que no hay gran cosa que ver. Si no trabajas en la realización de la película, no hay nada que hacer, y Danny se cansa enseguida de sentirse inútil.

A veces se acerca a la oficina de contabilidad para hablar con Bernie, que se ha instalado allí y está tratando de descifrar los entresijos, al parecer inescrutables, de la contabilidad hollywoodense, que él describe como «un portento».

La técnica de Bernie es la tenacidad pura y dura, el obstinado goteo de la tortura china del agua. Sencillamente, aplica el método de desgaste a la gente del estudio, hasta conseguir una contabilidad auténtica, con números reales.

Danny no entiende ni la mitad de lo que le dice, así que allí también se siente inútil. Y para que los Monaguillos no se desmanden le basta con hacer acto de presencia, de modo que no encuentra la manera de mantenerse ocupado en el estudio.

Se va del hotel Peninsula (Bernie no ve justificable ese gasto y, además, Danny se siente fuera de lugar allí) y se instala en un edificio de apartamentos de Burbank. Le gusta tener más espacio para Ian y una cocina; así, los sándwiches de mantequilla de cacahuete y mermelada no tiene que subírselos el servicio de habitaciones. La urbanización tiene piscina y parque infantil. El niño está contento y entretenido, y Holly, siempre eficiente, viene unas horas al día para que Ian vea caras nuevas y él pueda tomarse un descanso.

Sí, pero ¿un descanso para hacer qué?

¿Pasarse por el plató y quedarse allí de pie como un pasmarote? ¿Ir a estorbar a Bernie? ¿Conducir por Los Ángeles solo por… conducir por Los Ángeles?

Está inquieto y sabe cuál es el motivo.

Diane Carson.

No quiere ser uno de esos chiflados, uno de esos tipos patéticos que se creen que tienen posibilidades con una estrella de cine. Tampoco quiere ser de los que dicen: «Tienes que salir conmigo porque he invertido millones en tu película».

Pero no consigue quitársela de la cabeza.

Piensa en llamarla, en invitarla a salir, pero recapacita y luego vuelve a pensarlo, y mientras tanto sigue deambulando en coche por Los Ángeles.

Entonces lo llama Diane.

—Conociste personalmente a Pam Murphy, ¿verdad? —le pregunta.

—Claro.

—Quería saber si podías hablarme de ella. Decirme cómo era realmente, cuáles eran sus motivaciones. Kevin me ha contado algunas cosas, pero, ya sabes…

—Sí, ya sé. ¿Quieres que me pase por el plató?

—En realidad, como no tengo que rodar el sábado, he pensado que podíamos ir a dar una vuelta en coche. Así tú puedes hablarme de Pam y yo enseñarte Los Ángeles. Matar dos pájaros de un tiro o algo así.

—Estupendo.

—¿Me recoges, no sé, como a mediodía y comemos juntos?

—Allí estaré.

Está guapísima, vestida con sencillez.

Camisa vaquera desteñida de color morado, vaqueros blancos y el pelo rubio recogido en una coleta bajo una gorra azul de los Dodgers de Los Ángeles.

El maquillaje sutil, si es que lleva alguno.

Danny le abre la puerta del coche.

—Vaya —dice ella—, esto no lo hacen los hombres en Los Ángeles.

—En Rhode Island, sí. ¿Estoy siendo machista?

—No. Me gusta.

Danny sigue sus indicaciones para llegar a la carretera de la costa del Pacífico, luego vira hacia el norte, hacia Malibú.

—Conque los Dodgers, ¿eh?

—Supongo que tú eres de los Red Sox.

—Es mi triste sino —dice Danny.

Tristísimo, sí, piensa. Voy conduciendo un Mustang descapotable por la costa, con el mar a mi izquierda y una mujer bellísima a mi derecha.

California…

Diane le pregunta por Pam Murphy.

Todo eso parece pertenecer a otra vida. Era, de hecho, otra vida, se recuerda Danny. Pero le cuenta sus recuerdos de Pam, cómo la vio por primera vez saliendo del agua en la playa, lo hermosa que era, la sorpresa que se llevó al saber que era la novia de Paulie Moretti.

—¿Y por qué lo era? —pregunta Diane—. ¿Por qué crees que una pijita de Connecticut, de una familia aristocrática que estaba forrada, salió con un mafioso?

—¿Por rebeldía?

Danny se encoge de hombros. Le cuenta entonces lo que sucedió aquella noche, cuando Liam Murphy, borracho, metió mano a Pam y los hermanos Moretti y un par de gorilas le dieron tal paliza que lo dejaron medio muerto.

—Y entonces Pam se presentó en el hospital —dice Diane.

—Yo estaba allí —dice Danny—. Me quedé de piedra al verla.

Le cuenta que Pam se marchó con Liam cuando le dieron el alta, que se fueron a vivir juntos y se casaron en un viaje relámpago a Las Vegas.

—Y eso fue lo que hizo que estallase la guerra —dice Diane.

—Fue la excusa, en todo caso —dice Danny—. Porque los Moretti siempre habían ambicionado lo que tenían los irlandeses: los muelles, los sindicatos. Pam solo les proporcionó un pretexto conveniente.

—¿Y por qué Liam?

—Liam era un seductor. Guapo, divertido. En realidad era un mierda, pero las mujeres parecían adorarlo. Creo que Pam lo quería, hasta cierto punto. Hasta que lo traicionó.

—¿Qué?

—¿Bobby no incluyó eso en su propuesta de guion? —pregunta Danny—. Supongo que no lo sabía. Sí, fue Pam quien entregó a Liam a los federales. Por eso lo atraparon.

—Yo creía que se había suicidado.

—Es una teoría.

—¿Hay alguna otra?

—Que fue un «suicidio asistido» —contesta Danny—. En todo caso, como sabes, Pam volvió con Paulie.

—Lo que no entiendo es por qué.

—No soy psiquiatra, pero sé que Pam se sentía culpable porque hubiera muerto tanta gente. Se sentía responsable. Creo que volver con Paulie fue una especie de… penitencia.

—Una forma de flagelarse —dice Diane—. Algo sé sobre eso.

Le indica cómo llegar a su casa de la playa en Malibu Colony.

—He pensado que podemos comer allí, si te apetece. Le he pedido a mi asistente que lleve algo de comida.

Comer en un restaurante puede ser un fastidio, explica.

La casa, como la mayoría de las que hay en ese tramo de playa, es alargada y estrecha y está embutida entre las viviendas vecinas, pero su amplia terraza da directamente a la playa. Nada más llegar, Diane se pone manos a la obra en la cocina y prepara una ensalada y unos sándwiches de pavo. Ella bebe un refresco de té, pero a Danny le ofrece una cerveza.

—Yo también quiero té —contesta él—. ¿De verdad te conviene tener cerveza en casa?

—Seguramente no. Claro que nunca he sido muy aficionada a la cerveza.

Se llevan la comida a la terraza.

Hace el típico día soleado de California y el océano está precioso.

—Creo que podría vivir aquí —comenta Diane.

Danny se ríe.

—Mucha gente daría el brazo derecho por vivir aquí. Es con lo que sueña todo el mundo, ¿no?

—¿Tú también?

—Sí. Desde siempre, en cierto modo. Me encanta el mar.

Después de comer, van a dar un paseo por la playa.

—Te he traído un regalo —dice Danny.

—No tenías por qué hacerlo.

—Me apetecía, pero…

—¿Qué? —pregunta ella.

—Puede que sea demasiado personal.

—Ah, ahora sí que lo quiero —dice Diane.

Él se hurga en el bolsillo y le pone en la mano un pequeño disco de metal.

—Una medalla de los tres meses —dice ella—. ¿Cómo lo has sabido?

—Bueno, he hecho un cálculo aproximado.

—Pues has dado en el clavo. Hoy hace tres meses. Pero ¿cómo sabes eso? ¿Eres amigo de Bill[5]?

Espera que no. Dos alcohólicos en una relación… Mal asunto. Por lo menos, en esta fase.

—No, soy irlandés —responde Danny.

Diane se echa a reír.

—Ya. Entiendo.

—Espero que no te haya parecido… que me he pasado de la raya.

—No. Es perfecto. Gracias.

Se inclina y lo besa en la mejilla.

La borrasca se levanta en un abrir y cerrar de ojos.

Un súbito ennegrecimiento del cielo y, luego, un diluvio.

A los pocos segundos, están empapados.

Riendo, se cogen de la mano y corren por la playa para cobijarse bajo la terraza de la casa. La ropa mojada se les pega a la piel.

---

[5] «Amigo de Bill», expresión que emplean los miembros de Alcohólicos Anónimos para reconocerse entre sí. Hace referencia a Bill Wilson, uno de los fundadores de la organización. *(N. de la T.)*

Tan repentinamente como estalla la tormenta, con la misma inevitabilidad, Danny la besa y ella lo besa a él. Le desabotona la blusa, mete la mano debajo, le desabrocha los vaqueros y se los baja. La levanta en vilo y la apoya contra un pilón mientras ella le baja la cremallera de los vaqueros, y entonces la penetra.

El golpeteo de la lluvia arriba, en el suelo de la terraza, ahoga sus gemidos.

Y eso es todo. Están enamorados.

16

Son discretos, al principio.

Mantienen una distancia cordial cuando él va al plató, que es cada vez menos. Solo se ven en la casa de la playa, después del rodaje o cuando ella tiene un día libre.

Al principio es divertido: la emoción barata, trillada, de hacer algo a escondidas.

Danny no había sido un marido perfecto, pero sí fiel. Para él solo existía Terri. Se había casado joven en una ciudad pequeña en la que todos se conocían, se casaban entre sí y se relacionaban constantemente; iban juntos a la iglesia, a las bodas, a los bautizos y a los funerales. Vivía en un círculo muy cerrado, tanto en lo sexual como en lo social, y, para ser sincero consigo mismo, tenía que reconocer que había sentido cierto desasosiego desde el momento en que vio salir a Pam del océano.

Ahora está en Los Ángeles —en Hollywood, nada menos—, saliendo con una estrella de cine, y no se le escapa la ironía de que sea ella quien encarna a Pam. El sexo es increíble; la intimidad, intensa; y el secreto, emocionante.

Deciden mantener su romance en secreto porque no quieren interferencias, consejos, sonrisas cómplices, muecas burlonas. Diane, en especial, no quiere que sean pasto de los *paparazzi* y los tabloides. Danny, por su parte, está tan acostumbrado a vivir en la clandestinidad que para él el secretismo es un instinto natural.

Pero al poco tiempo se cansan.

Están enamorados y quieren más. Quieren ir a restaurantes y al cine, a discotecas, a fiestas.

Son como quinceañeros: quieren gritarlo a los cuatro vientos.

Pero no hace falta que lo hagan.

La gente empieza a darse cuenta por sí sola, repara en cómo se miran en el plató. Las especulaciones se convierten en rumores y los rumores en hechos. Un asistente de producción avisa a un periódico sensacionalista que envía fotógrafos a vigilar las distintas casas de Diane. Uno de ellos tiene suerte en la playa y fotografía a Danny entrando en la casa.

La fotografía aparece en el periódico esa misma semana con el titular «El novio misterioso de Diane». Conocen su nombre, pero el enfoque del «hombre misterioso» es demasiado jugoso para renunciar a él, y vuelven a utilizarlo al publicar una foto borrosa en la que se ve a Danny en el coche, cruzando la puerta del estudio. «¿Quién es el visitante misterioso de Diane?», reza el titular.

—Eres mi «visitante misterioso» —le dice ella una noche en la cama—. Me gusta.

A ella puede que le guste. Sue Holdt, en cambio, tiene sus dudas.

Va a comer un día a la caravana de Diane y le dice:

—¿Danny Ryan y tú...?

—¿Pasa algo?

—Entonces, ¿es verdad?

—Lo publicó el *National Enquirer,* así que debe serlo.

—¿Es un ligue de plató o es algo serio?

—Todavía no lo sé —contesta Diane—. Pero parece serio.

—Ten cuidado, ¿vale? No quiero que te hagan daño.

La prensa sensacionalista ya se ha cebado con su pasado, piensa Sue. Si a eso se añade el pasado de Ryan, el festín está servido.

La noticia vuela, porque un plató de cine tiene más filtraciones que un viejo barco de madera. Los tabloides descubren que un personaje secundario de *Providence* está basado en Danny Ryan.

DIANE CARSON, NOVIA DE UN GÁNSTER
EN LA VIDA REAL

En *Providence,* Diane Carson interpreta a la novia de un mafioso, pero parece haber llevado su método de actuación a un nuevo plano al emparejarse con un auténtico mafioso, como lo que retrata el guion. ¿Estará documentándose o quizá se ha enamorado?

Sue termina de leer la noticia en voz alta y tira el periódico sobre su mesa.

Mitch Apsberger está sentado en el sofá de su despacho, junto al jefe de publicidad y el asesor jurídico del estudio.

El abogado interviene primero.

—El estudio no puede demandar, no tenemos base suficiente. Tendrían que demandarlos Diane o el propio Ryan.

Que lo tachen de «mafioso» y «gánster» podría ser fundamento suficiente desde el punto de vista legal, puesto que nunca ha estado imputado ni se le ha condenado por ningún delito. Pero, al mismo tiempo, la propuesta de guion de Bangs lo retrata de ese modo, y en la película hay un personaje basado en él. Yo desaconsejo rotundamente que litiguemos, porque la investigación consiguiente podría sacar a la luz información perjudicial y exponer a Ryan al peligro de cometer perjurio.

—Si los demandara Diane, solo conseguiría dar más bombo a este asunto —dice Sue—. ¿Ben?

—¿Puedo ser sincero? —pregunta el jefe de publicidad—. A mí todo esto me encanta. Ese tipo de publicidad no se puede comprar. Si esto sigue así, tendremos que añadir seiscientas pantallas más.

—Si Ryan fuera un personaje al estilo de Damon Runyon —responde Sue—, el gánster adorable de *Ellos y ellas,* eso jugaría a nuestro favor. Pero si salen a la luz cosas más siniestras, esto podría torcerse en un abrir y cerrar de ojos.

—Una cosa es *El Padrino* —comenta Mitch— y otra *Uno de los nuestros.*

—Danny Ryan no es Al Pacino, pero tampoco es Ray Liotta —dice Ben—. Y desde luego no es Bobby De Niro.

—Ryan no forma parte del elenco de la película —responde Sue.

—Casi casi —dice Ben—. Diane se ha encargado de hacerle el *casting.*

—La película aún no está terminada —dice Mitch—. Faltan seis meses para el estreno. Para entonces, todo el mundo se habrá olvidado de lo de Danny y Diane.

—A no ser que sigan juntos —añade Sue.

—Incluso si es así.

Sue no está tan segura. Y no solo le preocupan las posibles revelaciones sobre Danny Ryan y Diane Carson. ¿Qué pasará, se pregunta, si se descubre que Ryan ha invertido dinero en la película? A la junta directiva le dará un ataque. Por una cosa así, el jefe de un estudio puede acabar en la calle.

—Recurre a algunos de nuestros reporteros de cabecera —le dice a Ben—. Que publiquen otro tipo de historias. Danny Ryan era una figura menor que tuvo que huir de la mafia. Un viudo con un hijo pequeño. Ese tipo de cosas. Y Mitch, procura controlar a la gente de tu plató. Que dejen de irse de la lengua.

El abogado y el publicista se van.

—Hablaré con Diane. Le pediré que intenten ser más discretos —dice Sue—. ¿Tú puedes hablar con Ryan?

Mitch dice que lo intentará.

Danny es un tipo decente.

Lo último que quiere es perjudicar a Diane, dañar su carrera. Mientras pasea por la playa con ella y con Ian, después de su conversación con Mitch, le dice:

—Mira, si esto te trae problemas, lo entiendo. Me iré.

—No, no quiero que te vayas. Quiero estar contigo.

Ninguno de los dos ha dicho aún la palabra «amor», pero está en el aire, como un cielo cargado de humedad, al borde de la lluvia.

—Me he pasado casi toda la vida haciendo lo que querían los demás —le dice Danny—. Pero ya no. Eso se acabó.

Así que no se esfuerzan por ser discretos. Todo lo contrario, siendo como son los dos.

Se destapan por completo.

Al máximo.

Van a comer al Chateau Marmont, cenan en Musso and Frank, salen de compras por Rodeo Drive. Ni siquiera intentan eludir a los *paparazzi,* dejan que los fotografíen a su antojo.

Para Danny, es un mundo nuevo.

Ha pasado toda su vida en las sombras y ahora está ahí fuera, al sol de Los Ángeles, bajo los focos, sin ocultar nada.

Al principio se le hace raro, desagradable.

No le gusta.

Le dan ganas de apartar a los fotógrafos a empujones, de tirarles la cámara a la cara. Quiere, sobre todo, proteger a Diane. Pero ella se ríe y le dice que no le dé importancia.

—Ignóralos. Es lo que hago yo.

Le cuesta más ignorarlos cuando fotografían a Ian, que cada vez pasa más tiempo con ellos. Al niño le asustan los fotógrafos, y una tarde Danny se descubre acercándose a ellos y diciéndoles en tono tranquilo y razonable:

—Eh, chicos, con Diane y conmigo no hay problema, pero tenéis que dejar tranquilo a mi hijo, ¿vale?

Se sorprende al ver que le hacen caso y que empiezan a utilizar objetivos más largos cuando Ian está presente.

Y es lo bastante listo como para darse cuenta de que los medios de comunicación pueden ser tanto aliados como enemigos y que se consiguen mejores resultados cooperando un poco con ellos: cada vez ve menos las palabras «mafioso» y «gánster», y más «superviviente» y «viudo».

¿Quién no tiene un pasado?, escribe una columnista. *Danny Ryan lo tiene, desde luego, pero lo ha dejado atrás.*

Si esto es una guerra, parece que Danny y Diane la están ganando.

Se dejan ver en todas partes: con Ian en el muelle de Santa Mónica y en Disneylandia, detrás del *home plate* en un partido de los Dodgers (donde Danny llama la atención con su gorra de los Red Sox), riéndose en el Comedy Store, bailando en Café Largo…

Danny está desatado. Fue muchos años el buen soldado, el marido fiel, el hijo obediente, el padre responsable, y ahora, por primera vez en su vida, está haciendo exactamente lo que le apetece.

Incluso él se da cuenta de que se ha vuelto un poco loco. Pero un poco de locura sienta bien.

Salir por ahí sienta bien.

Amar a Diane sienta bien.

A ella también le sienta bien, y así se lo dice a Sue cuando hablan en casa de esta.

—He estado con muchos capullos —le dice—. He estado con muchos chicos de Los Ángeles. Danny, en cambio, es un hombre hecho y derecho.

—Con un pasado a sus espaldas —responde Sue.

—Yo no soy quién para juzgar a nadie por su pasado.

Sue prueba una táctica diferente.

—Diane, si esta película fracasa, tu carrera y la mía podrían irse a pique.

—O sea que se trata de eso.

—Solo estoy siendo realista. No digo que no estés con él, solo te pido que seáis discretos una temporada.

Demasiado tarde.

Ya ha salido a la luz.

Ellos han salido a la luz y no piensan volver a una cueva oscura.

Son muy felices al sol.

Pero nada es más persistente, más paciente, que el pasado.

A fin de cuentas, si algo tiene el pasado es tiempo.

Chris Palumbo está haciendo cola en el pequeño supermercado del pueblo.

Le gusta hacer la compra. ¿Quién iba a pensarlo? Le gusta planificar las comidas, recorrer los pasillos, pegar la hebra con los dependientes. Y le gusta hacerlo solo, para tomárselo con calma y que Laura no le dé la lata si compra comida precocinada.

Así que está esperando con su cesta de plástico roja. Ha comprado unos cuantos congelados, algo de verdura para ella, un par de cajas de *penne* que la dueña trae porque él la convenció (antes, la gente del pueblo pensaba que no había más pasta que los espaguetis), una docena de huevos, arroz integral… Entonces echa un vistazo al estante de las revistas y los periódicos.

Y lo ve.

Ve la cara sonriente de Danny Ryan.

Chris coge el tabloide.

Y ahí está el hijo de puta de Ryan, abrazado a una rubia espectacular. *El apuesto Danny y la bella Diane*, grita el titular, y al leer el artículo Chris se entera de que Danny Ryan está saliendo con una estrella de cine.

Será cabrón, piensa meneando la cabeza. El puto irlandés de los cojones se caería de bruces encima de un montón de mierda y saldría con un diamante en la boca. Chris no sabe qué clase de ángel de la guarda lleva Danny sentado en el hombro, pero tiene que ser uno muy influyente.

—¿Joe?

—¿Um?

—¿Te llevas ese periódico, Joe? —pregunta Helen. Tiene el cabello canoso, un poco azul, y lo lleva permanentado en prietos rizos.

—Eh, sí.

Empieza a colocar la compra en el mostrador.

—Danny y Diane —comenta Helen mientras le cobra—. Menuda pareja. Creo que él era un gánster o algo así. Qué cosas, ¿eh?

—Así es la vida —dice Chris.

Helen le cae bien. Le caen bien casi todos los vecinos del pueblo y él a ellos. Le toman el pelo por su forma de hablar, porque no pronuncie las erres, imitan su acento y él contesta exagerándolo, y se ríen todos, aunque hayan hecho el mismo chiste mil veces.

Lleva la compra al coche y se sienta a leer el artículo.

¡Joder! ¿Están haciendo una puta película sobre la guerra? ¿Y Danny está metido en ella? ¿Cómo coño se le ocurre, al muy idiota?

Entonces se pregunta: ¿Salgo yo en la película?

Y, si salgo, ¿quién hace de mí?

Más vale que sea un tío bien guapo.

Reggie Moneta lee los tabloides amontonados sobre su mesa.

Y se echa a reír.

Danny Ryan, el hombre al que primero nadie encontraba y al que luego nadie quería encontrar, ha reaparecido convertido en una estrella mediática.

Dicen que no hay segundo acto en la vida americana, pero Ryan está viviendo uno y a lo grande. Sale con una estrella de cine, pasea su amor por Los Ángeles, aparece en la prensa rosa y de pronto se ha convertido en el puto Joe DiMaggio.

Bien, piensa Moneta.

Que se divierta.

Ella sabe que todo segundo acto va seguido de un tercero.

Levanta el teléfono.

En Washington, Brent Harris y Evan Penner van a dar otro paseo, esta vez por el parque de Rock Creek.

—¿Qué se cree que está haciendo ese chaval tuyo, el tal Ryan? —pregunta Penner.

A Harris no le gusta que describa a Ryan como «ese chaval tuyo». Por varios motivos. Primero, porque Ryan no es un chaval, ni suyo ni de nadie; y segundo, porque no quiere que lo vinculen con lo que haga Ryan.

—Vivir su vida, supongo.

—¿A la vista de todo el mundo? —pregunta Penner—. ¿No te parece problemático?

Claro que me parece problemático, piensa Harris. Los medios sensacionalistas son una cosa, pero, si la prensa seria se pone a escarbar en el asunto, no se quedará en la superficie, en el brillo evidente de los amoríos entre un gánster y una estrella de cine. Si el *Times* o el *Post* se enteran de que Ryan ha invertido en la película, querrán saber de dónde ha sacado ese dinero. O sea que sí, es un problema.

Como siempre, Penner se le ha adelantado.

—Según mis fuentes, Ryan ha invertido una suma considerable en ese proyecto cinematográfico. Y eso pone muy nerviosos a los directivos del estudio.

—Entonces, quizá deberían habérselo pensado mejor antes de aceptar el dinero —responde Harris.

—Lamentablemente, pocas golosinas son tan irresistibles como el dinero contante y sonante. En todo caso, eso no cambia el hecho de que no podemos permitir que se nos vincule con Ryan.

—Entiendo.

—¿De veras? No estoy muy seguro.

Harris tampoco lo está.

Bernie le enseña las facturas a Danny.

—Te están robando.

El viejo contable se lo explica con detalle. La empresa que se encarga del *catering* de la película cuando se rueda en exteriores está facturando comidas que no entrega.

—¿Cómo lo sabes? —pregunta Danny.

—Porque fui al rodaje y lo comprobé —contesta Bernie como si fuera evidente—. Mira, ¿ves esto? Siete docenas de pechugas de pollo. Pues no, fueron cinco. Solomillo y patas de cangrejo, lo mismo. Hasta te están timando con los macarrones con queso. Y fíjate en esto…

Bernie le muestra las facturas de UR Peein'.

—¿Qué coño es eso?

—Aseos portátiles. Te facturan cinco y te entregan tres.

—¿Y por qué no se han dado cuenta los contables del estudio?

—Porque no salen de la oficina —contesta Bernie—. Me he informado sobre las dos empresas. Son propiedad de la misma persona, un tal Ronald Faella.

A la mañana siguiente, a las cinco en punto de la madrugada, Danny está esperando en el set de rodaje cuando llega el camión del *catering*. Se acerca al encargado.

—Estás despedido —le dice.

—¿Qué?

—¿Qué es lo que no entiendes de «estás despedido»? Nos estáis estafando. He contratado a otra empresa.

—Tengo que llamar a mi jefe.

—Llama a quien quieras, pero saca tus camiones de mi rodaje.

Cuarenta y cinco minutos después llega Ronald Faella, muy molesto, buscando a Danny. Parece que le han sacado de la cama. Tiene el pelo revuelto y no se ha afeitado.

—¿Eres Ryan?

—Sí.

—¿Qué problema hay, jefe?

—El problema es que eres un ladrón.

—Vaya.

—¿Te parezco un primo al que puedas engañar?

—Está claro que ha habido algún malentendido —dice Faella.

—Malentendido, ninguno —contesta Danny—. Si pago siete, quiero que me den siete. Y si pago tres, tres.

—Convendría que hablaras con alguien del estudio.

—¿Con quién? —pregunta Danny—. ¿Con quién tengo que hablar? Dame un nombre.

Faella lo mira fijamente, pero no dice nada.

—Ya me parecía —dice Danny—. Además, acabo de despedirte.

—Tenemos un contrato, amigo mío.

—Pues llama a tu abogado, que yo llamaré a los nuestros. Estoy seguro de que se lo van a pasar en grande revisando tus libros.

—¿Sabes quién soy yo? —pregunta Faella.

—¿Por qué? ¿Es que no sabes quién eres? —replica Danny—. ¿También eres amnésico?

—¿Sabes con quién estoy?

Mierda, piensa Danny. Otra vez la misma historia de siempre.

—Me da igual quién seas y con quién estés. Se acabó la fiesta, el grifo se ha cerrado. Me trae sin cuidado a quién estafes, mientras no sea a mí.

Faella no está dispuesto a darse por vencido.

—Veinte minutos después de que me vaya, el delegado sindical empezará a encontrar infracciones de seguridad.

—No, de eso nada —dice Danny.

Ya he hablado yo con él.

* * *

285

—¿Danny qué? —pregunta Angelo Petrelli.

—Ryan.

—No me suena.

Angelo y Ronnie Faella están sentados junto al hoyo dieci-
nueve del campo de golf de Westlake Village, tomando té helado Long Island y comiendo un sándwich club.

La mafia de la Costa Oeste no es la de la Costa Este.

—¿Te acuerdas de que hace un par de años —dice Faella—
los de Providence tuvieron un problema con una banda de irlandeses? Pues Ryan era uno de ellos.

—¿No era Peter Moretti?

—Sí.

—Está muerto, ¿no?

—Creo que sí —contesta Faella—, pero me parece que
queda un hermano. ¿En serio no has leído nada sobre ese tipo?
Ha salido en toda la prensa. Se está tirando a Diane Carson.

—*A salute.* —Angelo levanta su vaso—. Aparte del hecho
de que se la está tirando él y no yo, ¿a mí qué más me da?

Tiene sueño. La mezcla de sol, ejercicio, comida y alcohol
le da ganas de echarse una siesta.

Faella le cuenta lo que pasó en el plató.

Angelo empieza a preocuparse. Ronnie Faella le paga comisión, de modo que el tal Ryan le está aligerando los bolsillos
también a él.

—Tenemos a alguien del sindicato allí, ¿no?

—A Dave Keeley —contesta Faella—. Fui a hablar con él,
pero había dos hombres de Ryan allí.

—¿Qué te dijeron?

—Nada, solo me miraron.

—¿Te miraron?

—Ya sabes lo que quiero decir. Keeley me dijo básicamente que no podía hacer nada.

A Angelo esto no le gusta ni un pelo. ¿Un tipo venido de la Costa Este —de Providence, nada menos— se ha instalado en Los Ángeles?

No, ni hablar.

—La llaman a cobro revertido de la prisión de El Dorado. ¿Acepta la llamada?

—Sí —contesta Diane.

Ha pasado mucho tiempo.

Entonces oye:

—Hola, cariño.

Danny contempla la puesta de sol desde la terraza de Diane.

Abajo, en la playa, Ian corre en círculos con Holly, y Danny piensa que bajará a reunirse con ellos dentro de un momento.

Pero el día ha sido largo y está triste y cansado.

Vine aquí para alejarme de toda esa mierda de la mafia y aquí estaba, esperándome. Vine a ser otra persona y otra vez estoy metido en ese mundo.

Ahora solo espera que el tal Ron Faella se dé por vencido y se vaya. Aun así, les ha pedido a los Monaguillos que se informen sobre él, a ver si de verdad es un peligro y con quién está, si es que está con alguien. Puede que no sea más que otro fantasma como los que solía encontrarse Danny en Rhode Island, uno de esos tipos que siempre van jactándose de conocer a alguien.

Diane sale por la puerta corredera y se sienta a su lado.

Se dan un beso rápido, un pico, y ella pregunta:

—¿Qué tal el día?

—Bien. ¿Y el tuyo?

—Bien.

Se mienten el uno al otro.

Así es como empieza.

A Kevin Coombs no le impresionan mucho Ronnie Faella y Angelo Petrelli. Tardó dos días, pero por fin consiguió localizarlos en la pastelería de Westlake Village donde suelen quedar para desayunar a media mañana.

—Adivina qué estaban tomando —le dice a Sean.

—¿Es necesario?

—Cruasanes —dice Kevin, asqueado—. Joder, ¿qué clase de mafiosos comen cruasanes?

—¿Y qué quieres que coman?

—Huevos con beicon —dice Kevin—. Los mafiosos comen huevos con beicon, ¿vale? O puede que salchichas, si son italianos. Pero ¿cruasanes? Venga ya, Sean. ¿Y sabes qué llevaban puesto? Polos de color pastel.

—¿Y qué?

Kevin menea la cabeza.

—Que los mafiosos visten de negro. Los capitanes y los capos, trajes negros. Y los de más abajo, chupas de cuero negras.

—Estamos a treinta y dos grados.

—Eso da igual —dice Kevin—. Hay unas normas. Y a la mañana siguiente, te lo juro por Dios, uno pidió avena con frutos del bosque y el otro…, el otro pidió yogur. Un tío que va de jefe. ¡Yogur! ¿Cómo vamos a tomarnos en serio a esa gente?

—Danny se los toma en serio —contesta Sean.

—Se cagarán de miedo en cuanto les pongamos a Ned delante.

—El yogur es bueno para el tracto urinario.

A la mañana siguiente, sentado en el coche, en el aparcamiento del centro comercial donde está la pastelería, Kevin observa a Faella y Petrelli comer *muffins*. Está asqueado y de un humor de perros porque tiene una resaca de tres pares de narices.

Entonces, Faella se levanta y se dirige hacia él.

Kevin echa mano de la pistola.

Faella le indica con un gesto que baje la ventanilla. Cuando Kevin la baja, le pregunta:

—¿Eres South o Coombs?

Así que ellos también se han informado, piensa Kevin. Muy bien.

—Coombs.

—Mi jefe quiere hablar con el tuyo —dice Faella—. Una reunión amistosa. ¿Crees que puede arreglarse?

—Puedo preguntarlo.

—Eso. Pregúntalo.

Vuelve con su puto *muffin*.

Kevin deja el arma.

Diane da un respingo.

—¡Corten! —grita Mitch.

Están rodando la primera escena de amor entre Pam y Liam. De hecho, es probable que tarden tres días más en acabarla.

Mitch ha esperado casi hasta el último momento para programar el rodaje de esta escena porque es difícil y delicada, y quería darle tiempo a Diane para que se sintiera a gusto con Brady Fellowes, el actor que interpreta a Liam. Y estaba a gusto. En las escenas anteriores parecía haber mucha química sexual y complicidad entre ellos; ahora, en cambio, cuando Brady le toca el hombro para quitarle la blusa, ella da un respingo por tercera vez consecutiva.

—Lo siento —se excusa Diane.

—No pasa nada —contesta el director—. Vamos a hacer un descanso de cinco minutos.

El plató está casi vacío. Mitch lo ha cerrado —solo el personal imprescindible— para rodar la escena de sexo.

Diane se sienta en la silla para que le retoquen el maquillaje y el pelo.

—¿Estás bien? —pregunta Ana.

—Sí.

Pero no es cierto. Se siente fatal. Sabe que está defraudando a todo el mundo, que le está costando dinero a la productora y retrasando a Mitch, y el plan de rodaje ya va con mucho retraso. Sabe, además, lo rápido que pueden empezar los rumores, las preguntas. ¿Está otra vez colocada? ¿Ha vuelto a las drogas o al alcohol?

No ha vuelto, pero es la primera vez desde hace tiempo que siente el impulso de hacerlo.

Mitch se acerca.

Ana no necesita que le digan que se marche.

—¿Cómo estás? —pregunta Mitch.

—Hay un chiste muy viejo —dice Diane—. La noche de bodas, el novio le pregunta a la novia si es su primera vez. Y ella contesta: «¿Por qué todos me preguntan lo mismo?».

—Tiene gracia. Pero pareces, no sé, nerviosa. ¿Es por Brady? ¿Tienes algún problema con él?

—No. Brady es estupendo.

Mitch deja la pregunta en el aire.

—No sé, Mitch —dice ella—. Yo no… Es solo que estoy nerviosa.

—Bueno, mira, podemos usar a la doble de cuerpo para los primeros planos. Y para el resto, ya sabes, puedo encuadrar desde los hombros.

—Gracias.

Pero la pasión tiene que estar ahí, piensa Diane. Sin la atracción sexual, sin esa compulsión, la historia de Pam y Liam carece de sentido. Sin eso, toda la película se viene abajo.

Y eso tengo que transmitirlo yo.

La doble de cuerpo no puede.

Eso es cosa mía.

Intenta concentrarse, meterse en la piel de Pam, olvidarse de sí misma. Pero la voz del teléfono sigue colándose en su cabeza.

Hola, cariño.

Danny acude al sitio donde suele desayunar Petrelli.

No le importa, no quiere entrar en el juego del estatus y buscar un lugar neutral. Y no corre ningún riesgo viniendo aquí: no va a pasar nada en Westlake Village un jueves a las diez y media de la mañana.

Westlake Village ni siquiera parece Los Ángeles, es más bien como un barrio residencial de lujo.

Danny se ha estado informando.

Angelo Petrelli es el jefe de la mafia de Los Ángeles, lo que no es gran cosa en sí mismo. En tiempos —o sea, entre los años veinte y los cincuenta—, la familia de Los Ángeles pintaba algo, y había capos poderosos como Jack Dragna, Mickey Cohen, Benny Siegel y Johnny Roselli.

Luego, en los años setenta y ochenta, empezaron a delatarse unos a otros, muchos acabaron en la cárcel y la familia de Los Ángeles cayó en picado y aún no se ha recuperado. Ahora algunos han salido de prisión, entre ellos Petrelli, y la familia está intentando salir a flote; principalmente, volviendo a infiltrarse en los estudios y trasladándose a Las Vegas para sacar tajada allí.

En realidad, según ha descubierto Danny, Los Ángeles es una colonia semioficial de la mafia de Chicago, y eso sí es un problema.

No quiere líos con Chicago.

Nadie los quiere.

Por eso acude a la reunión.

Va solo. Sus hombres se oponen, pero él considera que parecerá más fuerte y seguro de sí mismo si se presenta solo.

Petrelli ya está sentado en una mesa de la terraza, con Faella. Se levanta y lo saluda calurosamente.

—Danny, gracias por venir.

Porque Angelo también se ha informado. Sabe que Danny Ryan es una persona seria, que le robó cuarenta kilos de heroína a Peter Moretti, que se cargó como mínimo a dos tipos, puede que a más, y, sobre todo, que es un viejo amigo y protegido de Pasco Ferri. El exjefe de Nueva Inglaterra vive retirado en Florida, pero mantiene el contacto con todas las familias importantes, incluida la de Chicago.

Así que Angelo se muestra respetuoso con Danny Ryan.

—¿Quieres algo, Danny? —le pregunta—. ¿Un café? ¿Un bollo? Ronnie, tráele un café. Siéntate, Danny.

Danny se sienta.

Faella entra en la pastelería.

—Danny —dice Angelo—, si tenías algún problema, me hubiera gustado que acudieras primero a mí.

—No lo sabía.

—¿Ves? Ese es el problema. Que llegas a un sitio nuevo y no sabes de qué va la cosa.

—Tienes razón.

Angelo sonríe.

—Así que, mira, vamos a olvidarnos de este asunto. Dejas que Ronnie vuelva al rodaje, la vida sigue y asunto concluido.

—No.

La sonrisa desaparece.

—¿No qué?

—No, no voy a dejar que Ronnie vuelva al rodaje. ¿Dejarías tú que un ladrón volviera a entrar en tu casa?

Danny se lo explica con detalle: costes inflados por la comida, facturas por instalaciones inexistentes y empleados que no aparecen. Decenas de miles de dólares, en total.

—¿Y qué más te da? —pregunta Angelo—. El dinero no es tuyo. Pero, mira, si lo que quieres es meter la cuchara, vale, podemos hablarlo. Si quieres una parte del pastel, puedo planteárselo a Ronnie, y quizá tú puedas llamar a Pasco y decirle que aquí te estamos tratando bien.

—No estás hablando con Pasco —responde Danny—, estás hablando conmigo.

Faella vuelve con un café y una caracola que le pone delante a Danny. Luego se sienta.

—Danny y yo estábamos arreglando las cosas —dice Angelo.

—La mesa del cine es muy grande —contesta Faella—. Podemos comer todos. Siempre que no te vuelvas codicioso, Danny.

Danny quita la tapa de plástico del café, toma un sorbo y vuelve a poner la tapa.

—La mesa de esta película es mía. Y yo no os he invitado.

—Nosotros estábamos antes que tú —replica Faella.

—Pues ya no.

Angelo empieza a enfadarse.

—¿De verdad vamos a discutir por unos macarrones con queso? Eso del *catering*, no te ofendas, Danny, es poca cosa. Pero este es mi territorio. Y, si quieres ganar dinero en mi territorio, tienes que pagarme comisión.

—No voy a instalarme en tu territorio —le asegura Danny—. No quiero una parte del juego, ni de las drogas, las mujeres, los sindicatos, los préstamos ni nada de eso.

—Entonces, ¿qué quieres?

—Solo el negocio del cine. Esta película o cualquier película que decida hacer.

—Tenemos intereses en los sindicatos de cine —dice Angelo.

—Me parece estupendo —responde Danny—. Pero en mis platós, no.

—Si quieres protección, tienes que pagarla —añade Faella.

—Pero yo no la quiero ni voy a pagarla. —Danny se levanta—. Gracias por tu tiempo. Y por el café.

Vuelve a su coche y llama a Jimmy.

—Quiero que haya alguien en el plató en todo momento. Diles a los demás que estén alerta.

—¿Quieres que te escolte alguien?

—No, estoy bien.

Pero no es cierto, piensa Danny.

Soy un mierda.

Esto es lo último que quería.

Cuando entra en el edificio de apartamentos, hay un coche esperando.

Veintitrés tomas.

Y ninguna buena, piensa Diane al salir del plató. Veintitrés tomas y las he hecho mal todas. Mitch trata de disimular su descontento, pero es todavía peor actor que yo. Las murmuraciones han empezado, el teléfono del despacho de Sue ya estará sonando.

Está agotada.

Lo único que quiere es irse a casa a dormir.

Harris se sienta en el coche de Danny.

—Te pedimos que fueras extremadamente discreto —dice—, y has hecho todo lo contrario.

—¿Qué es todo lo contrario?

—Salir con una estrella de cine y pasearte en público con ella. No lo entiendo. No eres tonto. Podrías haber cogido ese dinero y llevar una vida tranquila y feliz.

—Eso es lo que quiero.

—¿Aunque las pruebas demuestren lo contrario? —pregunta Harris—. ¿Le has dicho algo a ella? ¿Algo que no debería saber? ¿Le has hecho confidencias en la cama?

—Por el amor de Dios…

—Esa mujer es inestable —afirma Harris—. Tiene un historial de drogas, alcohol y depresión, y hay antecedentes de enfermedad mental en su familia. Su hermano…

—Lo sé —dice Danny—. No, no le he dicho nada.

Se quedan callados unos segundos. Luego Harris dice:

—Hay alguna gente en Washington que está muy preocupada.

—¿Qué gente?

—Venga ya, Danny.

—No trabajo para ti. No trabajo para «alguna gente en Washington». Hicimos un trato y yo cumplí mi parte.

—Tienes que alejarte de los medios de comunicación. Tienes que dejar esa relación o…

—¿Ahora me estás amenazando?

—Estoy tratando de ayudarte.

—Pues no lo hagas.

Harris abre la puerta.

—Tienes que romper con ella, Danny. Tienes que romper con ella inmediatamente.

Sale del coche.

¿Danny, el traficante de drogas?

A Danny se le revuelven las tripas al ver el titular. Luego lee:

Es posible que el encantador Danny Ryan se parezca más a Tony Montana que a Sky Masterson. Fuentes policiales dignas de confianza aseguran que, cuando

Danny se pasea por la ciudad con nuestra querida Diane, quizá lo haga gracias al dinero que obtuvo de una gigantesca operación de tráfico de heroína.

El artículo sigue hablando de la redada en el Glocca Morra, de los doce kilos de heroína y de la detención de John Murphy.

Según nuestras fuentes, Danny era el yerno de John Murphy y formaba parte, como soldado de a pie, de la banda irlandesa que mantuvo una larga contienda contra la mafia italiana de Rhode Island. Aunque se le consideraba «persona de interés» en la investigación de varios asesinatos, los fiscales nunca llegaron a imputarle ningún cargo.

Puede que ahora sea, además, un narcotraficante.

¿Conoce nuestra amada Diane el pasado de su novio?

Le dan ganas de vomitar.

Sue Holdt también tiene náuseas.

Qué desastre.

A los chicos del departamento de publicidad el asunto ya no les parece tan interesante, y el abogado afirma que siguen sin tener fundamento legal para involucrarse, que es un asunto entre Ryan y los periódicos. E incluso en el caso de que Ryan decidiera demandar, sería un arma de doble filo, porque de ese modo seguiría siendo noticia.

¿Y qué pasa si es verdad?

Sue mira a Mitch desde el otro lado del despacho.

—He visto los copiones de los últimos días. Diane es un desastre.

—No sé qué le pasa —dice Mitch—. No es una cuestión de drogas ni de alcohol. Está limpia. Pero su cabeza…

—¿Podrá terminar la película? ¿Cuántos días más tiene que rodar?

—Nueve o diez, si se centra —responde el director—. Si no, ¿quién sabe?

—Pues esto no va a ayudar —dice Sue.

—No, desde luego.

—¿Es cierto? —pregunta Diane.

Ha ido directamente al apartamento de Danny después de otro día de mierda en el plató.

—En parte, sí —contesta él.

Se alegra de que Ian esté ya en la cama.

—Leí lo de la heroína en la propuesta de Bobby —dice Diane—. Está en el guion. Pero no sabía que estuviste metido en eso.

—Hay cosas de mi vida que prefiero que no sepas.

—¿Por qué?

—Porque, si te muestro esa parte de mí, me dejarás.

—Danny, te dejaré si no me muestras esa parte de ti.

Danny le cuenta toda la historia. Que se dejó convencer por Liam para robar el cargamento de heroína de los Moretti. Los cuarenta kilos. Que fue una trampa, un montaje. Y que estaba en el hospital con su esposa cuando tuvo lugar la redada en el Glocca Morra.

Luego le cuenta el resto, cómo fue a recoger su parte de la heroína.

—O sea que es verdad —dice ella.

—La tiré. La arrojé al mar.

—¿Y esperas que me lo crea?

—No sé qué espero. Solo puedo decirte la verdad.

En la propuesta de Bobby y en la película todo termina con el suicidio de Liam después de que Pam lo abandone.

—Eso no es lo que pasó de verdad —le asegura Danny—. Pam delató a Liam, le fue con el cuento a un federal, un tal Jardine. Y Jardine asesinó a Liam para quedarse con la heroína.

—¿Cómo sabes eso?

—Me lo dijo Jardine.

—A Jardine lo mataron.

—Lo mataron, sí —dice Danny.

—¿Fuiste tú?

—Diane, no me hagas preguntas de las que no quieras saber la respuesta.

—O sea que sí.

¿Se lo cuentas?, se pregunta Danny. ¿Le cuentas que le diste a Jardine la oportunidad de marcharse y que él prefirió dispararte y al final salió perdiendo?

No, no se lo cuentes.

No la conviertas en cómplice.

—Hay muchas cosas que no entiendes —le dice.

—Pues explícamelas.

Danny niega con la cabeza.

—¿Así que vas a dejarme al margen? —pregunta Diane.

Él sabe que es un error, pero aun así abre la boca y dice:

—Sabías que no era un *boy scout* cuando te liaste conmigo.

—Entiendo.

Se da la vuelta y sale por la puerta.

***

Al día siguiente es aún peor.

¿Mató Danny Ryan a un policía?

El artículo indaga en el asesinato de Phil Jardine. No acusa directamente a Danny, pero da a entender que pudo estar en la playa esa mañana. Que quizá fuera un informante de Jardine. Que tal vez delató a sus amigos y que luego sus tratos con el federal se torcieron.

O que tal vez Jardine lo sorprendió con la heroína y Danny lo mató.

No lo afirma abiertamente, solo plantea interrogantes.

Luego le toca el turno a Diane. Habla de su historial con las drogas y el alcohol y concluye:

Así pues, ¿está saliendo Diane Carson —cuyo hermano mató a su marido— con el asesino de un policía?

Empiezan a sonar teléfonos como campanas a rebato.

Madeleine espera a que Evan Penner se ponga al teléfono. No la hace esperar mucho, y va directa al grano:

—¿Quién le está haciendo esto a mi hijo y por qué?

—¿Qué quieres decir?

—Alguien está difundiendo calumnias sobre Danny. Quiero que esto pare.

—Estamos intentando encontrar la filtración.

—Tonterías. Sabes perfectamente quién es la fuente: esa tal Moneta.

—Madeleine, la verdad es que Danny no ha ayudado mucho, con sus indiscreciones. Él mismo se ha puesto en el punto de mira.

—Acaba con este asunto —dice Madeleine—. La señorita Moneta no es la única que tiene cosas que contar.

Penner sabe que es una amenaza muy concreta.

Madeleine McKay podría contar muchas historias, y los pecadillos sexuales de figuras públicas son quizá las menos preocupantes. También podría hablar de donaciones ilegales a políticos y del tráfico de información privilegiada.

Podría destruir carreras, incluso mandar a gente a la cárcel.

—Le callaremos la boca a Moneta —le asegura Penner—. Pero no sé cómo podemos reparar los daños, Madeleine.

Ella tampoco lo sabe.

Cuelga sabiendo que todo ha salido a la luz, que Danny está expuesto y es vulnerable.

Evan tiene razón: lo primero es apartarlo de los focos.

Sacarlo de Hollywood.

Alejarlo de Diane Carson.

Pasco Ferri también recibe varias llamadas.

Todas sobre Danny Ryan.

Hace solo dos días, un pintamonas de Los Ángeles, un tal Angelo Petrelli, lo llamó para quejarse porque Danny se había metido en su territorio y se negaba a mostrarle respeto.

Pasco se cabreó porque, primero, está intentando disfrutar de su jubilación; segundo, porque ni siquiera conocía al tal Petrelli y porque la familia de Los Ángeles casi ni puede considerarse una familia, más bien es una sucursal de Chicago en la Costa Oeste; y tercero, porque se suponía que Danny Ryan iba a dejarlo.

Solo atendió la llamada por respeto a Chicago, y Petrelli se puso muy pesado, quería que usara su influencia para obligar a Danny a pagar o a largarse. Pasco le dijo que conocía a Ryan de años atrás y que ni siquiera tenía su número de teléfono, pero se comprometió a informarse sobre el asunto y a hacer lo que pudiera.

No pensaba hacer absolutamente nada.

Que se vaya al diablo este paisano, pensó. Si tiene problemas con Ryan, es cosa suya, no mía. Que arregle él sus asuntos.

Pero esta mañana lo llaman varios jefes de Chicago, Nueva York, Detroit y Kansas City preguntándole qué coño pasa con ese tal Ryan y por qué ha salido en los periódicos.

Porque estos asuntos no benefician a nadie.

La ley RICO está machacando a las familias en todas partes, muchos se van de la lengua y hasta los puñeteros jefes están yendo a la cárcel, así que lo último que necesitan son titulares sobre narcotráfico y asesinatos.

Pasco sabe perfectamente que conviene que los muertos de Nueva Inglaterra sigan enterrados, y ahora, porque a Danny se le ha antojado mojar la polla en un chochito de Hollywood, hay gente que ha sacado la pala y se ha puesto a escarbar en el pasado.

Esto le recuerda a los años sesenta, cuando Momo Giancana se lio con una de las hermanas McGuire y salió en los periódicos. A la mafia de Chicago no le hizo gracia y echó a Giancana de la jefatura. Entonces Momo se mezcló con los Kennedy, la CIA, los cubanos y a saber en cuántas cosas más. Incluso hay gente que asegura que estuvo implicado en el asesinato de JFK.

Llamaba demasiado la atención.

Al final, los de Chicago tuvieron que pegarle un tiro en la

cabeza. El pobre capullo estaba friendo salchichas o algo así cuando se lo cargaron.

Y ahora Danny.

Qué coño, los mafiosos llevan tirándose a actrices desde antes incluso de que existiera el cine, es lo que se espera, pero hay que hacerlo con discreción.

En este oficio, puedes vivir de puta madre si eres listo.

Y Danny se está comportando como un tonto.

Las llamadas sobre él siguen más o menos la misma tónica: todos quieren quitarlo de en medio. No lo dicen —ahora ya nadie dice nada por teléfono—, pero es lo que quieren.

Y no es lo que les conviene, piensa Pasco. Si lo pensaran detenidamente, se darían cuenta de que no les conviene en absoluto que aparezca el cadáver de Danny Ryan en el cauce del río Los Ángeles y cope los titulares.

A los periódicos les encantaría.

No, lo que les conviene —lo que beneficiaría a todo el mundo— es que Danny recapacite, que se vaya y deje que se calmen las cosas.

Seguro que atenderá a razones.

Y si no…

Reggie Moneta ni siquiera se molesta en declararse inocente.

Tampoco cede a las amenazas nada sutiles que Evan Penner le lanza cuando comen a solas en Georgetown, aludiendo a su futuro en el FBI o en el sector privado.

—Si quiere abrir gusaneras —contesta—, las abriremos todas. Podemos abrir las de Centroamérica, las de la Operación

Aetna y hasta la de Domingo Abbarca. Así que, si quiere que todos esos gusanos pululen por Washington, siga lanzándome amenazas veladas, señor Penner.

—Esas filtraciones tienen que parar —insiste él.

—Ya han parado —contesta Moneta.

Se da por satisfecha. No hay nada más que contar. El vino se ha derramado y no pueden volver a embotellarlo.

—Por lo que a mí respecta —añade—, Danny Ryan es un narcotraficante y un asesino, y me alegraré si le pasa algo malo. Puede comunicárselo a su madre, por cierto. Sí, estamos al corriente de lo de Madeleine McKay, y hay ciertas causas en las que seguro podríamos llamarla como testigo, si usted quiere.

Hablando de amenazas veladas.

O desveladas.

Moneta es consciente de que con lo que está diciendo no va a conseguir que procesen a Danny Ryan.

Va a conseguir que lo maten.

Su conversación con Pasco Ferri dejó descontento a Angelo Petrelli.

Sabe cuándo le están dando largas, y ese carcamal se las dio sin ningún disimulo.

Piensa en recurrir a Chicago, pero sabe que no daría buena imagen. Ya lo consideran débil y, si tiene que acudir a ellos por cualquier cosilla, lo parecerá todavía más.

Por otra parte, se dice, el mamón de Ryan ya está en apuros. Se le vincula con el asesinato de un policía y su cara sale en todos los periódicos. Se ha convertido en un estorbo y es posible que los jefes de las grandes familias me vean con mejores ojos si les resuelvo el problema.

Si lo hago desaparecer.

Lo que de verdad quiere Angelo es una parte del negocio de Las Vegas, donde manda Chicago. Si los impresiona solventando este asunto, quizá lo inviten a sumarse al banquete.

—Encárgaselo a alguien —le dice a Faella.

—¿A quién?

Angelo lo mira con enfado por encima del vaso de batido.

—¿Crees que me conviene saberlo?

A alguien que lo haga bien.

Hasta sus hombres están descontentos con Danny.

Kevin Coombs se cabrea primero porque su jefe se esté tirando a Diane Carson, y se cabrea aún más cuando Kim le deja, después de haberle conseguido un papelito a Amber en la película.

—No es nada personal —le dice después de lo que resulta ser un polvo de despedida—. Nos mudamos a Nueva York.

—¿A Nueva York?

—A Amber le han ofrecido un papel fijo en una serie de televisión que se rueda allí. Creemos que es un buen paso. Quiere ser una actriz de verdad, no solo este rollo tan superficial de Los Ángeles. Y el horario de rodaje le permitirá trabajar en obras de teatro alternativo.

Lo peor es que Kevin está aburrido.

Está muy bien tener el dinero del golpe contra Abbarca, claro, y en el plató les va de fábula, pero él quiere volver a estar en activo, quiere volver a trabajar y Danny no se lo permite porque dice que no conviene que llamen la atención.

Así que le toca mucho las pelotas que de pronto su cara esté en todas partes, aunque a ellos les diga que procuren pasar desapercibidos.

—Es…, ¿cómo se dice? —le pregunta a Sean.

—Una hipocresía —contesta Sean—. Un hipócrita.

Sean está descontento con Danny casi por las mismas razones, pero lo que más le preocupa es que le imputen cosas que hizo en Rhode Island, y además Ana le esté dando la murga porque Danny no trata bien a Diane.

—Va a arruinar su carrera —le dijo la otra noche.

La suya y la de todos, piensa Sean ahora, sentado en un Burger King con Kevin. Va a conseguir que nos maten a todos, si las grandes familias deciden que hay que cortar de raíz este asunto.

Bernie Hughes solo está preocupado.

Es lo que hace Bernie, preocuparse, aunque esta vez de verdad. Danny se ha vuelto loco y podría arrastrarlos consigo. Pero sobre todo le preocupa Danny, porque es el hijo de Marty.

Es Jimmy Mac quien se encara con él. Piensa traer a Angie y a los niños a California. Ha encontrado una casa bonita en los alrededores de San Diego, en un distrito con buenos colegios y parques.

Y ahora ya no está tan seguro.

—Los chicos y yo hemos estado hablando —dice un día, en un sitio de *fish and chips* que ha encontrado Danny en Burbank, que no está del todo mal.

—¿Los chicos y tú? —pregunta Danny—. ¿De qué?

—Ya sabes.

—Sí, creo que lo sé, pero ¿por qué no me lo explicas?

—Está bien —dice Jimmy—. Creemos que quizá sea hora de dejar todo esto atrás.

—¿El qué?

—Todo esto. Este asunto de Hollywood.

—Oye, si queréis iros, adelante.

—Tú también tienes que irte. —Jimmy se echa más vinagre en las patatas fritas, luego se queda mirándolas.

—¿Por qué?

Jimmy ya está harto.

—Porque el problema eres tú, Danny. Este asunto con Diane… Hemos salido todos en los periódicos, hasta en la tele. Esto se tiene que acabar. Vas a conseguir que nos maten. Se supone que eres el jefe de esta familia y nos estás dejando en la estacada.

Que te jodan, piensa Danny. Soy yo quien os pone dinero en el bolsillo y comida en la boca. Aquí el jefe soy yo, no tú, ni «los chicos». Yo digo cuándo y adónde tenemos que ir y lo que hay que hacer. Y si no os gusta, ya sabéis dónde está la puerta.

Luego se lo piensa mejor.

Jimmy es tu amigo de toda la vida, siempre te ha cubierto las espaldas.

Se lo debes. Sé sincero, por lo menos.

Así que dice:

—La quiero.

—¿Sabes quién fue el último tío al que le oí decir eso?

Sí, lo sé.

A Liam.

Al puto Liam.

Y ahora yo estoy en su lugar.

—Pídeme lo que sea —dice Danny—. Pídeme dinero, pídeme que demos un golpe, pero no me pidas eso.

—¿Qué le dijiste tú a Liam sobre Pam?

—Le dije que la dejara.

Jimmy se encoge de hombros.

Pues ahí lo tienes.

Suena el teléfono de Danny.

—Diga.

—Danny Ryan —dice el tipo—, no me conoces, pero nuestro amigo común de Pompano Beach me ha pedido que venga a hablar contigo.

Pasco, piensa Danny.

—De acuerdo.

—¿A qué hora y dónde podemos vernos?

—¿Conoces Los Ángeles?

—Conozco el aeropuerto. Acabo de llegar.

—En el muelle de Santa Mónica, a las dos en punto —dice Danny—. ¿Cómo te reconoceré?

—Te reconoceré yo a ti.

Le reconoce, en efecto.

Danny acaba de llegar cuando se le acerca un tipo bajito y delgado, de unos cincuenta años, vestido con un elegante traje de lino gris marengo.

—Gracias por venir, Danny. Soy Johnny Marks.

Pasan por delante de la gran noria y salen al muelle.

—¿De qué se trata? —pregunta Danny.

—Nuestro amigo quiere que sepas que en su opinión estás haciendo las cosas mal —contesta Marks—. Cree que es hora de que pases página.

—Yo no lo creo.

—Permíteme decirlo de otra manera. ¿Conoces las señales de límite de velocidad?

¿Qué cojones…?, piensa Danny.

—Sí.

—Solemos pensar que son más bien recomendaciones, ¿no? —prosigue Marks—. Pues esto no es una señal de límite de velocidad, es una señal de Stop. Y ante una señal de Stop, te paras.

—Por favor, dile a Pasco, con todo mi cariño y mi respeto —contesta Danny—, que aprecio su preocupación, pero que esto no es de su incumbencia.

—Sí que lo es. Te ha defendido delante de las grandes familias. No lo pongas en una situación difícil.

—Tengo negocios aquí.

—El negocio del cine no es para ti —dice Marks—. Mira, ya conoces a Pasco, nunca pide algo a cambio de nada. Algunos amigos nuestros se están introduciendo de nuevo en Las Vegas. Sé que tienes lazos importantes con la ciudad. Pasco te ofrece una parte de ese pastel.

—No la quiero.

—Tienes un hijo. Debes pensar en Ian, en su futuro. Esto de Las Vegas… Estamos hablando de mucho dinero, dinero que dejarle a tu hijo.

—Quiero dedicarme a negocios legales.

—¿En Hollywood? —pregunta Marks—. Por favor… ¿Crees que nosotros somos delincuentes? Nosotros, cuando robamos, tenemos un límite. Estos *ladri* del cine comen a dos manos. ¿Quieres estar con extraños, en vez de con gente que te quiere?

Sí, piensa Danny, los italianos me adoran.

—Esto ha sido una conversación amistosa —añade Marks—. Si me vuelves a ver, no será una conversación. Y si me vuelves a ver, no me verás. No te lo pienses demasiado. Que tengas un buen día.

Danny le observa alejarse por el muelle.

Sean lo seguirá desde allí adonde vaya.

Así que estoy de verdad en apuros, se dice Danny.

Tres personas han amenazado con matarme: Petrelli, Harris y ahora Marks, por orden ascendente de peligro.

Petrelli lo hará al estilo de la mafia: se lo encargará a algún subordinado, seguramente a Faella, que buscará a algún matón para que lo haga. Lo de siempre.

Lo de Harris es otra historia. El Gobierno, la CIA y esas cosas. Tienen sus propios asesinos, gente procedente del Ejército, pero si es necesario también pueden recurrir al crimen organizado.

Y luego está Marks, que habla por Pasco, quien a su vez habla en nombre de los grandes jefes. Si me quieren matar, puedo darme por muerto. Aunque consiguiera cargarme a Marks, enviarían a otro, y luego a otro, y esto no se acabaría nunca.

Pero tú puedes pararlo, se dice mientras va hacia su coche.

Puedes pararlo hoy mismo.

Deja a Diane.

Márchate de Los Ángeles.

Es lo que deberías hacer. Salvarte y salvar a tus hombres, porque, aunque les digas a Jimmy Mac, a Ned y a los demás que se vayan, no se irán. Caerán contigo porque son de Nueva Inglaterra y lo llevan en la sangre.

Conseguirás que los maten a ellos también.

Igual que Liam consiguió que mataran a un montón de gente por una mujer. Y tú le odiabas por ello.

Así que pon fin a esto inmediatamente.

Entonces piensa: No, a la mierda.

La quiero.

Tenemos que estar juntos.

Danny se da cuenta de que le sigue un coche antes de que lleguen a la carretera de la costa. No le importa, de todos modos ya saben dónde vive y, además, Jimmy Mac va detrás, a unos coches de distancia, con Kevin de copiloto.

Esta gente, se dice. ¿Qué se creen, que están tratando con niños? ¿Pensaban que iba a presentarme sin refuerzos?

Decide llevar al tipo a dar un paseo en coche por Malibu Canyon y luego vuelve a la 101, hasta su edificio.

El tipo lo adelanta como si estuviera buscando sitio para aparcar.

Danny se va derecho a la piscina, donde sabe que estarán Ian y Holly. Paga a la niñera y luego pasa una hora, más o menos, jugando con Ian en la piscina.

Mientras desliza a su hijo por el agua, mira hacia un montículo artificial con una valla y un grupo de árboles y ve a un tipo que está recortando unos arbustos. Un blanco, el primer jardinero que ve en California que no es mexicano.

No está recortando arbustos, piensa.

Está calibrando el tiro, reconociendo el terreno.

Suben al apartamento y Danny prepara palitos de pescado y puré de patatas instantáneo, un plato que a Ian —el pequeño irlandés— le encanta.

Recibe una llamada de Sean.

—Después de verte a ti, Marks fue a reunirse con otra persona. ¿Adivinas con quién?

—¿Por qué no me lo dices, Sean?

—Con Harris.

Danny encaja la noticia.

Es lógico que Pasco y Harris hayan recurrido el uno al otro, que cooperen en esto, se dice. Tienen un interés común: yo. Y si Harris va a ordenar que me maten, tiene que hacer que parezca que no está involucrado o de lo contrario tendrá que vérselas con Madeleine. Si es un golpe de la mafia, él queda al margen.

Además Pasco colabora con el Gobierno, que le brinda protección. Y Dios sabe qué más.

Es buena noticia y mala a la vez. Mala porque Pasco y Harris juntos tienen mucho poder y recursos ilimitados, y buena porque reduce las amenazas a las que se enfrenta de tres a dos.

—Muy bien —dice—. ¿Dónde fue después?

—Al Biltmore —contesta Sean—. En el centro.

—No lo pierdas de vista.

—Entendido.

Danny llama a Jimmy.

—El tipo que te seguía se registró en un Best Western en Santa Mónica —le informa Jimmy—. Kevin lo está vigilando. El coche es de alquiler.

—Así que llegó en avión.

—Eso parece.

—¿Crees que es de Petrelli o de ese tal Marks, el tipo con el que me he reunido? —pregunta Danny.

—Es difícil saberlo. Pero tenemos fotos.

—Pásaselas a Bernie, a ver si alguno de nuestros contactos lo reconoce.

—Ya está en ello.

Danny se apostaría algo a que es un hombre de Petrelli. Marks no habría mandado que lo siguieran inmediatamente después de hablar con él.

—Si quieres —dice Jimmy—, Kevin y yo podemos ocuparnos.

—No. Quiero que vengas aquí, que recojas a Ian y que lo lleves a casa de Madeleine.

Sabe que la gente de Pasco no le haría daño al niño y calcula que los de Petrelli tampoco. Los italianos no son Domingo Abbarca, no agreden a las familias. Pero nunca se sabe: un disparo fallido, el rebote de una bala.

No quiere arriesgarse.

Cuelga y dice:

—Ian, ¿te gustaría ir a ver a la abuela?

Al niño se le ilumina la cara.

—¡A la abuela!

—El tío Jimmy va a llevarte. —Ve que su hijo frunce el ceño y que se le saltan las lágrimas—. No te preocupes, yo iré dentro de un par de días.

—¿Dos noches?

—Dos noches —le asegura Danny.

Mete en una bolsa de viaje algunas prendas de Ian y unos juguetes y luego le lee un cuento hasta que llega Jimmy.

Unos minutos después, llama Bernie.

—El tipo se llama Ken Clark y es de Phoenix. Tiene contactos con la familia de Los Ángeles, pero todos los grandes jefes utilizan sus servicios. Francotirador del Ejército, Vietnam. Es bueno, Danny.

—Entendido. Gracias.

Media hora después, está sentado en el coche del agente Harris en el aparcamiento del Oakwood.

—¿Qué era tan urgente, Danny? —pregunta Harris.

—¿Por qué no me lo dices tú?

—¿Qué quieres decir?

—¿No tienes nada que contarme?

—Esas últimas publicaciones que te relacionan con Jardine… Es mal asunto, Danny, ¿qué quieres que te diga?

¿Qué tal la verdad?, se pregunta Danny. ¿Que las grandes familias y tú os habéis aliado y habéis hablado de eliminarme? ¿Qué tal eso?

Pero no le dice a Harris lo que sabe.

Es mejor que piense que vivo en feliz ignorancia.

—¿Has visto alguna vez *La ley del silencio*? —pregunta Harris.

—No sé. Puede ser. ¿Por qué?

—Hay una escena famosa en la que Brando y Rod Steiger están en un coche y Steiger le dice a Brando: «Coge el dinero, chico, antes de que lleguemos a…». Y Brando le pregunta: «¿Antes de que lleguemos dónde? ¿Antes de que lleguemos dónde?». Porque sabe que cuando lleguen a ese punto, Steiger, que hace de su hermano, va a hacer que lo maten.

—¿Y?

—Que cojas el dinero, chico, antes de que lleguemos a ese punto.

Danny sale del coche.

Ken Clark sale a comprar pollo al Popeyes.

Extrapicante.

Lo que es un error, porque, cuando vuelve a su habitación, Kevin Coombs le da un golpe en la cabeza con una porra y, cuando Clark se despierta, tirado en el suelo, Danny Ryan está sentado en una silla, mirándolo.

Le pregunta:

—¿Quién te ha contratado, Ken?

—Me matarán.

—Yo que tú no me preocuparía por eso ahora mismo —dice Kevin.

Danny le manda callar con una mirada, y Kevin se calla y sigue comiéndose el pollo de Clark. Ned Egan no dice nada, como de costumbre. Se limita a apuntar a Clark a la cabeza con su pistola del calibre 38.

—Es muy sencillo —dice Danny—. Dinos quién te ha contratado o te matamos.

—Vais a matarme de todos modos.

—No —le asegura Danny.

—¿Cómo sé que estás diciendo la verdad?

—No lo sabes. Pero, si nos lo dices, tienes una oportunidad de salir de esta. Y si no, no. Tú mismo.

—Ronnie Faella.

—Está bien —dice Danny—. Levántate. Ve al baño.

—No, has dicho…

—Haz lo que te digo.

Kevin levanta a Clark del suelo y lo lleva medio a rastras al baño. Aún le cuesta sostenerse en pie.

Danny sube el volumen de la televisión y rebusca en la maleta de Clark.

—Oye, Ken, ¿tienes unos calcetines limpios? No importa, ya está.

Encuentra un par de calcetines blancos de deporte, bien enrollados, y entra en el baño.

—Abre la boca.

—Venga, por favor. Te he dicho lo que…

Danny le mete los calcetines en la boca.

—¿Me lo cargo? —pregunta Kevin.

—Verás, Ken —dice Danny—, el caso es que, si te dejo vivir, podrías venir a por mí otra vez.

Clark menea la cabeza, intenta decir que no.

—No puedo correr ese riesgo —añade Danny—. Pon la mano en el hueco de la puerta.

Clark vuelve a sacudir la cabeza.

—O eso o te pego un tiro en la cabeza —le dice Danny.

Clark apoya la mano en el marco.

Danny cierra la puerta de una patada.

Clark grita, con los calcetines metidos en la boca. Tiene los dedos destrozados. Dos huesos han perforado la piel. Cae de rodillas, se sujeta la muñeca y gime.

—La otra —dice Danny.

Kevin agarra a Clark por la otra muñeca y le sostiene la mano contra el marco. Danny da otra patada. Pasará mucho tiempo antes de que Clark vuelva a empuñar un arma.

Danny espera a que cesen los gritos. Luego le saca los calcetines de la boca.

—Estos chicos van a dejarte delante del hospital. Diles a Faella y a Petrelli que, si no quisiera que hubiera paz, estarías muerto y ellos también.

Coge las llaves de Clark y mira dentro de su coche. Abre el maletero.

No hay ningún rifle.

Bien, uno menos.

Queda otro.

Danny va a la casa de la playa y Diane se abraza a él.

—Lo siento.

—Yo también.

—Todo el mundo quiere que nos separemos —dice ella.

—Que se joda todo el mundo. Yo estoy pensando más bien en lo contrario.

—¿En lo contrario?

—Cuando termines la película, nos vamos a Las Vegas, a una de esas capillas.

—¿Me estás pidiendo matrimonio?

—No llevo un anillo encima —dice Danny—. Pero conseguiré uno. Hay que hacer las cosas como es debido.

Más tarde, mientras yacen en la cama, abrazados, con la cara de ella apoyada en su pecho y cada palmo de su piel pegada a su cuerpo, Danny siente que se pone tensa.

Rígida.

Y dice en voz baja:

—Sabes que mi hermano Jarrod mató a mi primer marido.

—Sí, lo sé.

—¿Sabes por qué lo mató?

—Porque estaba drogado o algo así —contesta Danny.

—No, no fue por eso.

Durante la media hora siguiente, Danny escucha su relato. Su voz fluye lentamente, como un arroyo suave pero constante.

La escucha decir que Jarrod y ella siempre estuvieron muy unidos, que siempre formaron equipo, una unidad aliada contra las peleas y los gritos que se sucedían en el piso de abajo, contra un padre distante y una madre hipercrítica. Solían tumbarse en la cama por la noche y contarse historias, se hacían reír el uno al otro. Todo empezó cuando ella tenía unos doce años y su hermano dieciséis, como una especie de broma. Se besaban para practicar, para prepararse para los novios y las novias que tendrían. Era divertido y se reían, pero a ella le gustaba, y eso es lo que tienes que saber, Danny, quiero que sepas que nunca me violó, eso sería la mentira más fácil, a mí me gustaba, siempre me gustó a pesar de que sabía que estaba mal y él también lo sabía, y la primera vez que me tocó los pechos fue emocionante, estaba emocionada y cachonda, y cuando me tocó ahí abajo me corrí por primera vez y me encantó, y me encantó él, y la primera vez que me penetró fue por detrás y me llamó «cariño», así que podía haber fingido que era otra persona, pero no fingí, sabía quién era, sabía que era él y susurré su nombre y seguimos así durante años, no todo el tiempo, no todas las noches, a veces parábamos unos meses, pero no más, porque nos queríamos y, aunque a veces estuviéramos con otras personas, nos queríamos y siempre volvíamos a la cama y, si no quieres volver tocarme, Danny, lo entiendo, lo entenderé si ya no me deseas, de verdad que sí, porque lo que hacíamos es repugnante, es horrible, es enfermizo, pero no quiero mentirte porque he dejado de mentirme a mí misma, me mentía a mí misma con el alcohol y las pastillas. Me gustaba, dejé que ocurriera porque me gustaba y porque le quería.

Danny se queda muy quieto. Teme que, si se mueve, ella se derrumbe. La oye contar que se fue de casa, que se fue de casa y se casó y que, cuando se casó, le dijo a Jarrod que aquello tenía que acabarse y él le dijo que claro que sí, que por supuesto, pero estaba enfadado y dolido, y ella no se dio cuenta, no se dio cuenta de lo enfermo que estaba y, cuando la familia se juntaba, él se reía y hacia bromas de mal gusto y, cuando se quedaba con ella a solas, le decía que la extrañaba, que la echaba de menos y que Scott no tenía por qué enterarse, que nadie tenía por qué saberlo, pero ella le decía que no quería, que ya no podía, y él se enfadaba cada vez más y una noche, cuando ella llegó a casa, Scott estaba tirado en el suelo, muerto, había sangre por todas partes y Jarrod estaba sentado en el sillón con el cuchillo en la mano, la miró y dijo: «Esto es culpa tuya, cariño».

En el juicio, contó que le había pedido un préstamo a Scott y que perdió los nervios y se puso como loco cuando no quiso darle el dinero, pero desde el estrado la miraba como si compartieran un secreto muy divertido, y Danny, si ya no me quieres, lo entiendo, de verdad que lo entiendo.

Sus lágrimas le mojan la piel, tiene el cuerpo rígido y tenso y, mientras yacen apretados uno contra el otro, comprenden ambos que son dos personas heridas que se han encontrado.

—Ahora todo va a salir a la luz —dice Diane.

—¿Qué quieres decir?

—Me llamó por teléfono el otro día.

Hola, cariño. He estado leyendo sobre ti. Te estás dando la gran vida, ¿eh? Te has buscado a otro mientras yo estoy aquí, en este agujero. En este infierno. Pues se te va a acabar, cariño. Voy a contarle lo nuestro a todo el mundo. Voy a contarles que estuviste años follándote a tu hermano, a tu propio hermano. A ver qué vida tienes después. Adiós, cariño.

Danny la abraza con fuerza.

17

Se levanta temprano, cuando el amanecer solo es una promesa, y sale a sentarse en la terraza.

No ha podido dormir porque no sabe cómo ayudarla. No conoce a nadie en El Dorado.

Si Jarrod estuviera en alguna prisión de Rhode Island o Nueva Inglaterra —o incluso en una cárcel federal en cualquier otra parte—, el asunto estaría resuelto con una llamada o dos.

Pero El Dorado es una penitenciaría del estado de Kansas y Danny no conoce a nadie allí.

Diane sale y dice:

—Todavía estás aquí. Pensaba que habías escapado durante la noche.

—No voy a ir ninguna parte. Bueno, sí, tengo que volver con Ian, pero aparte de eso... Todos tenemos un pasado, Di, todos hemos hecho cosas de las que no nos sentimos orgullosos.

—Danny, cuando esto se haga público, cuando Jarrod...

—Eso ya lo afrontaremos cuando llegue el momento —contesta—. Todavía no ha ocurrido. Puede que no hablara en serio, que solo quisiera angustiarte.

Lo dice, pero no lo cree. Si su hermano solo quisiera torturarla, ya lo habría hecho años atrás y habría seguido haciéndolo.

Tengo que averiguar cómo llegar hasta él, se dice.

Diane entra a vestirse. Un coche va a venir a buscarla para llevarla al estudio. Se despiden con un beso y Danny se va a dar un paseo por la playa.

No sabe qué hacer.

La gente a la que normalmente podría recurrir, se dice, no está de humor para hacerme favores y además no tengo nada que ofrecerles, nada con lo que negociar.

Sí que lo tienes, piensa.

Tienes de todo.

Chris opina que los videntes son un timo, pero, como no quiere que Laura se cabree, le sigue el juego cuando trae a una de sus amigas del aquelarre para una «sesión».

—Gwendolyn es una maravilla —le dijo Laura—. Predijo que iba a conocerte.

Sí, ya, pensó Chris, seguramente lo que dijo fue que conocerías a un hombre, lo que, teniendo en cuenta tu historial sexual, no era una apuesta muy arriesgada. Así cualquiera.

El caso es que ahora está sentado a la mesa de la cocina, enfrente de Gwendolyn, que tiene el pelo aún más alborotado que Laura y viste como una *drag queen* que se hubiera comprado el vestuario en una tienda de ropa de segunda mano de San Francisco en torno a 1969.

—Eres un exiliado —dice—. Un refugiado.

Sí, piensa Chris, mi coche tiene matrícula de Arizona y vivo en un pueblecito de Nebraska, así que no me impresionas.

—Veo todo el tiempo la letra P —prosigue Gwendolyn—. ¿Sabes a qué puede referirse?

—¿A pulmonía? —dice Chris—. ¿A psicología? —Pero Laura le lanza una mirada de reproche, y él recula—. Sí, puede que lo sepa —añade.

—¿Puedes ver su futuro? —pregunta Laura.

Gwendolyn entra en trance —o eso supone Chris— y luego dice:

—Puedo decirte que vas a volver a casa. Veo una especie de trono… Un despacho, quizá.

Puede que ahora a Laura no le parezca tan maravillosa.

—¿Cuándo? ¿Cuándo volverá a casa?

—No puedo asegurarlo —dice Gwendolyn. Luego recuerda quién le paga y añade—: Pero no será pronto.

Chris piensa ahora que quizá esto de la videncia no sea tan absurdo, después de todo. La P podría ser de Providence. ¿Y él sentado en un trono? ¿En un despacho? No será mientras Vinnie Calfo siga vivo y en libertad, pero ¿quién sabe lo que puede ocurrir?

—Hay gente del otro lado que quiere contactar contigo —dice Laura.

—¿Del otro lado?

—Muertos —susurra ella.

Genial, piensa Chris. Hay unos cuantos muertos que espera que mientan, si pueden hablar.

—Tu madre quiere que sepas que está bien —dice Gwendolyn—. Pero que perderte la mató.

La vieja, cómo no, tenía que clavar el puñal y darle vueltas, piensa Chris. Hasta desde la puñetera tumba…

—Veo otra P —dice Gwendolyn—. ¿Puede ser Paul? ¿O Peter?

—Peter, seguramente —dice Chris, entregado ya por completo.

—Quiere decirte que su esposa… Uf, esto es horrible.

—¿Qué? —pregunta Chris.

—Que su mujer lo mandó asesinar. ¿Tiene algún sentido para ti?

Lo tiene si conoces a Celia, piensa Chris. Pero ¿cómo lo sabe esta mujer?

—No —contesta.

—Veo a alguien que se llama Sally —dice Gwendolyn—. Pero es un hombre.

—Sal —dice Chris.

Sal Antonucci, un lugarteniente de la familia Moretti, buen amigo suyo. El cabrón de Liam Murphy lo mató a tiros cuando salía del piso de un marica.

¿Quién iba a pensar que Sal perdía aceite?

—Dice que gracias por ocuparte de todo.

Chris y Frankie metieron al marica en el maletero de un coche y tiraron el coche a un estanque.

—Dile que de nada.

—Está preocupado por sus hijos.

—Dile que están bien.

No tiene ni idea de cómo están, pero si Sal tampoco lo sabe, ¿qué tiene de malo intentar tranquilizarlo?

Cuando Gwendolyn se va, Laura se enfada.

—Me vas a dejar —dice.

—No, qué va.

—Gwendolyn ha dicho…

—¿Qué sabrá esa *chiacchierona*?

Pero ella repite una y otra vez «Me vas a dejar, me vas a dejar, me vas a dejar» con lágrimas y sollozos. Y una y otra vez Chris dice que no, que no se va a ir, aunque ahora, después de lo que ha dicho Gwen sobre el trono y esas cosas, se lo está pensando.

En la cama, se le acerca, pero ella se aparta. Va a tocarle el pecho, y se da la vuelta; intenta tocarle la mano y la retira; trata de besarla y aparta la cara.

Es la primera vez desde que llegó que no quiere follar como una coneja.

Las videntes son un timo, piensa Chris.

O tal vez no.

Danny le da las llaves del coche al aparcacoches del hotel Biltmore, entre la Quinta y Grand.

El Biltmore pertenece a Los Ángeles de antaño, a Los Ángeles de Raymond Chandler. Las estrellas de cine solían bailar en su salón y allí se celebraban los Óscar. A Elizabeth Short, alias la Dalia Negra, se la vio por última vez en su vestíbulo.

Es la clase de sitio donde se alojaría un tío chapado a la antigua como Johnny Marks.

Danny atraviesa el vestíbulo hasta los ascensores y sube a la octava planta. Llama a la puerta de la habitación 808.

Sabe que Marks lo está mirando por la mirilla.

La puerta se abre, con la cadena puesta.

—Solo quiero hablar —dice Danny.

Marks le deja entrar. Se sienta en la silla del escritorio y le indica a Danny el sofá.

—Prefiero quedarme de pie —dice él—. No voy a tardar mucho.

—Como quieras. —Marks levanta una ceja, como preguntando «¿Qué querías decirme?».

—Voy a irme de Los Ángeles —dice Danny—. Y a dejar el negocio del cine.

—¿Y la mujer?

—También voy a dejarla.

—Sabia decisión —contesta Marks.

La gente se va a alegrar. Va a ser un alivio.

—Quiero una cosa a cambio —dice Danny—. Y no es negociable.

Jarrod Groskopf sale a la cancha de baloncesto, donde suele tirar a canasta con los chicos de la Hermandad Aria.

Hay seis echando un partidillo.

Se quita la sudadera para sumarse al juego, saluda con la cabeza y levanta las manos para que le pasen el balón.

Entonces nota algo extraño.

Los dos guardias se van.

Se dan la vuelta y se alejan.

Jarrod suelta la pelota y echa a correr, pero es demasiado tarde.

Los chicos se acercan, lo rodean y lo apuñalan con cuchillos hechos con hojas de afeitar, recortes de metal del taller de herramientas y mangos de cepillos de dientes, fundidos y afilados.

Cuando los guardias vuelven corriendo y empiezan a llamar por radio a gritos, ya se ha desangrado.

—¿Has sido tú? —pregunta Diane.

—No —dice Danny.

Están de pie en la terraza de su casa de la playa. Ella llora.

—Dime la verdad —dice—. Por favor, Danny. ¿Has tenido algo que ver con el asesinato de mi hermano?

Él la mira fijamente a los ojos.

—No.

—Entonces, solo ha sido una coincidencia.

—Supongo que sí.

Se aparta de él.

—Ya no sé qué pensar. No sé qué pensar de ti.

—No hace falta que pienses nada —dice Danny.

Se vuelve hacia él.

—¿Qué quieres decir? —Le echa una larga mirada y añade—: Me vas a dejar, ¿verdad? Te lo noto en la cara. He visto esa cara antes.

—Hemos terminado —dice Danny.

Su mirada de dolor es brutal.

Pero ya no puede haber nada entre nosotros, se dice Danny. Sabe que he hecho matar a alguien por ella. Nuestra cama está manchada de sangre. Y los demás tienen razón: estoy hundiendo su carrera. No tiene sentido salvarla de su hermano para destrozarla luego yo mismo.

Sé sincero, se dice. Este amor vuestro te está hundiendo a

ti también. Te matarán, matarán a tu gente, y no puedes hacerles eso a tus hombres. Ni dejar a tu hijo sin padre.

La cara Diane se crispa de dolor.

—Es por lo que te conté, ¿verdad? Por lo de mi hermano.

No, no es por eso, piensa Danny.

En absoluto.

Podrías decírselo, decirle que has hecho un trato para salvarla, pero eso también la destrozaría. Te seguiría queriendo, pero se moriría por dentro.

Es mejor que te odie.

Así que no dice nada.

Diane monta en cólera.

—¡Entonces, vete! ¡Vete! ¡Largo de aquí! ¡Yo te quería, hijo de la gran puta! ¡Te quería!

Danny no dice nada.

Ella grita:

—¡Fuera! ¡Vete! ¡No quiero volver a verte! ¡Ojalá te mueras! ¡¿Me oyes?! ¡Ojalá te mueras!

Vuelve a entrar en la casa.

La puerta corredera tiembla cuando cierra de golpe.

Danny da las órdenes.

Nos vamos de Los Ángeles.

—Gracias a Dios, joder —dice Kevin.

Está harto de Hollywood. Todos los tíos son medio maricas y las tías se miran a sí mismas cuando follan para ver qué aspecto tienen.

Tiene ganas de cambiar de aires.

—¿A dónde vamos? —pregunta cuando Jimmy le da el aviso.

Jimmy contesta:

—Danny quiere ir a ver la tumba de Marty en San Diego para despedirse como es debido.

A Kevin le parece bien.

—El jefe está volviendo a ser el de antes. Se le debe de estar pasando el encoñamiento.

—Que no te oiga decir eso —le advierte Jimmy—. Que no te oiga ni pensarlo siquiera, hijo.

Sean también tiene ganas de irse. Ahora que Danny ha dejado a Diane, Ana lo ha dejado a él; no cree que puedan seguir juntos. A él no le importa. Su relación estaba bien, pero ya olía a rancio y él busca algo nuevo.

Le apetece darse una fiesta en San Diego.

Bernie está contento, quiere volver a Rancho Bernardo, con sus cadenas de restaurantes y sus aceras limpias, tan agradable y tranquilo.

Jimmy no cabe en sí de gozo.

Su familia va a ir a San Diego en avión, para quedarse. Buscará un buen sitio a las afueras.

Gracias a Dios que Danny ha recapacitado.

18

Alguien —Paulie, seguramente— dijo una vez que Frank Vecchio no era precisamente un lince.

Cualquier idiota (bueno, por lo visto cualquiera no) que hubiera pasado por lo que pasó Frankie procuraría mantenerse lo más alejado posible del cártel de los Abbarca. Se habría marchado de San Diego —el patio trasero de Popeye Abbarca— en cuanto hubiera podido coger un autobús y se habría ido a Seattle, a Duluth o a Ulán Bator, a cualquier sitio donde fuera improbable que lo buscaran.

Sobre todo, sabiendo que la gente de Abbarca en el área metropolitana de San Diego-Tijuana tenía que estar buscando al único forastero que, sin duda, estaba en la casa del dinero antes del *tumbe* y después ya no estaba.

Lo único que tiene Frankie a su favor —a falta de virtudes propias— es que Neto Valdez no va a convertirlo en objetivo prioritario, puesto que fue él quien decidió que Frankie se quedase en la casa y no tiene especial interés en que eso se sepa.

Así que Neto está buscando a Frankie discretamente, por su cuenta.

Pero lo está buscando.

Lo que no se esperaba es que estuviera tan cerca.

Frankie se hallaba a la deriva en California, sin dinero ni forma de ganarlo. Bueno, por lo menos dinero de verdad, porque un poco de calderilla sí que ganaba haciendo chapuzas de vez en cuando, aquí y allá. El problema era que ganando esa miseria se sentía como un pobre diablo.

Es lo que tiene el trabajo: que implica trabajar.

Y un mafioso no se mete en la mafia para trabajar.

Esa no es su forma de estar en el mundo.

Frankie lo intentó, de verdad que sí. Consiguió trabajo en la cadena de los arcos dorados y una habitación en el Golden Lion, un hotelucho del centro de San Diego, y la gratitud por el simple hecho de estar vivo le duró más de un mes. Su racha de suerte continuaba: al encargado de día del hotel le dio un derrame cerebral y quedó una vacante que él estuvo encantado de ocupar. Se alegró aún más al darse cuenta de que podía cobrarles a algunos residentes por darles su correo (sobre todo, a los que no hablaban muy bien inglés).

Pero todo lo bueno se acaba, y su estado de gracia se fue desvaneciendo a medida que se imponía el aburrimiento y que la exigencia desmedida de que cumpliera puntualmente con su horario de trabajo se le hacía cada vez más pesada.

Cuando estaba en Providence, aparecía cuando le daba la gana y se dedicaba sobre todo a remolonear por la oficina de la empresa de máquinas expendedoras, charlando con Peter y Paulie y metiéndose en los asuntos de los demás. Tenía sus partidas de cartas, sus préstamos, su negocio de extorsión a cambio de protección. Tenía sus amiguitas y, de tarde en tarde, alguna *stripper* le hacía una mamada de cortesía.

Era feliz.

Ahora se pasa el día aguantando a borrachos, psicópatas, inmigrantes y otros indeseables; no hay suficientes antibióticos en el mundo para que se le ocurra follar con las putas enganchadas al *crack* a las que cobra comisión por dejarles usar las habitaciones vacías; y no tiene pasta suficiente para invitar a salir a una tía con clase, aunque pudiera —que no puede— conocer a una tía con clase en aquel antro inmundo. Tiene que rebajarse a ir con un taco de monedas de veinticinco centavos a alguna tienda de pornografía del Gaslamp y a ir metiendo las monedas en la ranura de la cabina con una mano mientras con la otra se pajea viendo un vídeo borroso.

Eso sí que es ser un pobre diablo.

Su vida entera huele a vómito, a orina, a lefa y a lejía.

Y aunque tuviera pasta suficiente para volver a Rhode Island, no puede volver porque se ha corrido la voz de que entró en el Programa de Protección de Testigos, que no funciona muy bien en Providence —allí se estila más el «Protégete a Ti Mismo contra el Programa de Testigos»— y, además, el federal que le protegía está muerto.

El puto Danny Ryan lo echó todo a perder.

Y luego ese falso de Chris, ese chupapollas de los cojones, lo dejó tirado con los mexicanos. Se fue y no volvió, y Frankie espera que ese puerco pelirrojo esté muerto en una zanja en algún sitio y que los cuervos le picoteen el hígado por lo que hizo.

No hay amistad en este puto mundo, no hay lealtad.

Así que Frankie hace algo desesperado.

Desesperado y absurdo.

Va en busca de Neto.

El cálculo que se hace, con su mentalidad de mafioso, es que él tiene algo que Neto quiere, algo de valor por lo que estará dispuesto a pagar un buen montón de dinero.

Tiene información y eso siempre le ha valido para ganarse el pan.

Pero cualquier puto idiota (bueno, por lo visto no cualquiera) sabe que, cuando te salvas por puro milagro de una mala situación, procuras no volver a meterte en líos. Que, cuando gente que debería haberte matado te deja vivir, lo que haces es dar gracias a Dios y dejar a esa gente en paz.

Pues Frankie no.

Será porque está desesperado.

O porque es tonto del culo.

El caso es que se acerca a una esquina de East Village donde está claro que se vende caballo y le pregunta al chaval chicano de la esquina si conoce a Neto Valdez.

El chaval, que se las sabe todas, no contesta.

—Vale —dice Frankie—. Dile que Frankie V quiere hablar con él.

Y añade que vive en el hotel Golden Lion.

Un auténtico lince.

Dos noches después, Frankie está colgado de un gancho de carne en un almacén de Chula Vista.

—¿Quién fue? —le pregunta Neto—. ¿Quién asaltó la casa? ¿Fue Chris?

Frankie tiene huevos, eso hay que reconocerlo.

Más huevos que cerebro.

—Cien mil dólares y te lo digo —contesta.

—Frankie, vas a morir —le dice Neto—. Pero puedes elegir. Puedes morir despacio y con mucho dolor o rápidamente. Tú decides, a mí me da igual. Pero me vas a decir quién asaltó la casa y me vas a decir la verdad, porque tengo que saberlo. Así que ¿qué eliges?

Entregar a Danny Ryan, elige.

—¿Danny qué? —pregunta Neto, que no lee la prensa rosa ni ve mucha televisión.

A los pocos días ya se ha corrido la voz por el mundillo de la droga.

Están buscando a Danny Ryan.

Diane enciende una hoguera en la playa.

Ana la ayuda a recoger un poco de madera y entre las dos hacen una pequeña pira. Luego, Diane la empapa con líquido de encendido, echa una cerilla y se alzan las llamas.

Crepita el fuego.

Las cenizas se elevan en espiral hacia el cielo nocturno.

Ana la ayuda entonces a reunir las pocas cosas que dejó Danny —un cepillo de dientes, un par de camisas y bañadores— y las echan al fuego. Lo último que queman son sus fotos con Danny, y Diane contempla cómo se retuerce su propia imagen, cómo se ennegrece y se funde entre las llamas.

—Ya está —dice—. Se ha ido, se acabó.

—¿Estás bien? —le pregunta Ana.

—Sí, estoy bien. De hecho, estoy de maravilla.

Así que Ana se va.

Diane se queda junto al fuego hasta que se apaga y luego vuelve a entrar en casa.

Creía que estaba bien, que estaba de maravilla, pero entonces la invade el vacío, ese hueco abierto en medio del corazón, y una profunda soledad se instala en ella como una niebla nocturna, espesa y fría. Entra en el dormitorio y rebusca en el fondo del armario hasta encontrar la botella de Smirnoff que tiene escondida y, antes de que pueda detenerse, antes de que la asalte el miedo, la abre, se la lleva a los labios y bebe.

Y comprende que no va a ser suficiente, que no basta, que nunca es suficiente, y mientras bebe rebusca entre la ropa, entre las chaquetas, los jerséis, los vaqueros, hasta encontrar el frasco escondido de Valium, y se pone una pastilla en la lengua y se la traga con un sorbo de vodka, después pierde la cuenta de cuántas se ha tomado y de cuánto ha bebido, pero la niebla fría se disipa, la dura soledad se ablanda, y se tumba en la cama con el único deseo de dormir, de dormir y olvidar que está sola, que está sola y que siempre lo estará porque es una cosa rota, una muñeca irremediablemente destrozada, y se le entumecen las manos y se le embotan los labios y se queda dormida y así se la encuentra Ana a la mañana siguiente, tendida en la cama, quieta y sin vida.

TERCERA PARTE

Lo que quieren las almas muertas

**San Diego
Abril de 1991**

*¿Qué significa ese agolpamiento junto al río?
¿Qué quieren las almas muertas?*

Virgilio,
Eneida, Libro VI

19

Quisiera estar en Carrickfergus,
solo de noche en Ballygrant...[6]

De pie junto a la tumba, Danny se acuerda de una de las viejas canciones favoritas de Marty, una que debe de haber escuchado mil veces a lo largo de los años.

El cementerio de Rosecrans es muy hermoso. Está enclavado en un largo promontorio con vistas al Pacífico, como si de ese modo los cuerpos allí enterrados pudieran mirar hacia el otro lado del mar y ver dónde murieron.

Harris cumplió su promesa, piensa Danny. Se encargó del entierro de mi padre.

---

[6] *Carrickfergus,* balada popular irlandesa. *(N. de la T.)*

Pero el mar es ancho,
no puedo cruzarlo a nado
ni tengo alas para volar...

Bueno, siempre dijiste que te encantaba San Diego, se dice Danny, seguramente porque aquí te emborrachabas cuando ibas y venías de la guerra. Siempre decías que te gustaba el sol. Y aquí estás. Espero que lo disfrutes.

Me he pasado la vida vagando sin cesar.
Suave es la hierba y gratis mi cama,
pero, ay, quién estuviera en Carrickfergus,
en el largo y sinuoso camino que baja al mar...

Danny sabe que sus sentimientos son complicados, contradictorios. Durante la mayor parte de su infancia y su juventud, su padre fue un borracho que lo descuidaba y maltrataba. Y más adelante, cuando ya era adulto, Marty se convirtió en un viejo amargado. Solo después de que naciera Ian empezó a mostrar un ápice de ternura, y durante el último año de su vida se portó más como un padre que en todos los años anteriores.

Ahora, Danny piensa en esos últimos meses.

No va a llorar por Marty. Qué coño, Marty se reiría de él si llorase, diría que es de maricones. Pero tiene ganas de llorar.

Derrama *whisky* Bushmills sobre la tumba de su padre.

No la botella entera, se guarda para sí casi toda. Nunca ha sido muy bebedor; al parecer no heredó de Marty el mal irlandés, pero ahora bebe de firme.

Lleva borracho dos días, desde que se enteró de la muerte de Diane.

Se pregunta qué papel ha desempeñado en ella. Típico de Danny Ryan, se dice, tratar de salvarla y acabar matándola.

Los periódicos tuvieron cuidado de informar de que fue una sobredosis, no un suicidio, y los tabloides que hace dos días la crucificaban retiraron discretamente los clavos de su prosa y publicaron elegías. El estudio sabe que la película ya acabada y guardada en su lata vale mucho más de lo que valía ayer, y el público siente la pena y la satisfacción de saber que una mujer que encontró el amor ha sido castigada por ello.

Ahora en Kilkenny se cuenta
en piedra de mármol negra como la pez
que con oro y plata la mantenía,
mas no seguiré cantando si no he de beber…

Danny da otro trago a la botella y vierte un poco más sobre la tumba.

—*Sláinte.*

Le pasa la botella a Ned, que bebe un sorbo y se la pasa a Jimmy Mac, que a su vez se la pasa a Bernie.

Luego bebe Sean y por último Kevin.

Guardan todos un silencio respetuoso mientras Danny se despide de su padre. La botella vuelve a él y bebe otro largo trago.

Escucha la voz de su padre.

Porque hoy estoy borracho y rara vez sobrio,
un guapo vagabundo que va de pueblo en pueblo.
Mas, ay, estoy enfermo, mis días están contados.
Venid, muchachos, y echadme en el suelo.

Danny vierte el resto de la botella sobre la tumba.

—Descansa en paz, viejo.

El sol entra por la ventana como si la asaltase.

Hiere sus ojos y Danny comprende que tiene que ser por la tarde, si el sol da en una ventana orientada a poniente, en una habitación de hotel en la playa. Cierra los párpados con fuerza, luego se rinde y sale de la cama. La resaca toma el relevo del sol, clavándole un puñal en la cabeza. Entra arrastrando los pies en el baño y se lava la cara con agua fría.

Celebraron la fiesta para conmemorar el funeral de Marty en la *suite* del hotel.

Danny recuerda pocos detalles de lo que pasó esa noche. Se bañaron improvisadamente en el mar, a la luz de la luna, echaron una carrera por la playa, y en algún momento Sean y Kevin se liaron a puñetazos y no se separaron hasta que Danny amenazó con enfrentarse al ganador.

Recuerda, avergonzado, que habrían hecho un concurso de puntería tirando a botellas apoyadas en la barandilla del balcón de no ser porque Bernie, que estaba relativamente sobrio, les paró los pies antes de que empezasen a disparar.

Dios mío, Danny, piensa.

Céntrate de una puta vez.

Las preguntas cargadas de mala conciencia son un tema recurrente, con ligeras variaciones.

«¿Por qué tú estás vivo y ella no? ¿Por qué tú estás vivo y ella ha muerto?».

Desconoce la respuesta.

Se está afeitando cuando llama Angie MacNeese para preguntarle si puede pasarse por allí para hablar con él.

Se sientan en la terraza.

—Jimmy se enfadaría muchísimo si supiera que he venido a hablar contigo —le dice.

—¿Qué pasa, Angie?

Se conocen desde el instituto.

—Jimmy no quiere irse a Las Vegas. Quiere quedarse aquí.

—¿Y por qué no me lo ha dicho? —pregunta Danny.

—Ya conoces a Jimmy. Es demasiado leal. Es un compañero fiel. Primero fue Pat y ahora tú. Pero lleva años dando vueltas, Danny, dando tumbos de acá para allá. Y eso no ha sido bueno para nosotros, para nuestra familia. Estamos cansados de mudarnos, queremos establecernos en un sitio.

—¿Y no puede ser en Las Vegas? Una mudanza más, Angie. Nos establecemos allí y a partir de ahora todo será legal.

—También iba a serlo aquí —responde ella—. ¿Y qué pasó?

Tiene razón, piensa Danny.

—Jimmy quiere coger su dinero y montar una empresita, vivir su vida y criar a sus hijos.

—No es como si estuviera en la mafia —dice Danny—, no ha hecho un juramento de sangre. Puede irse cuando quiera.

—Pero necesita tu bendición, Danny. Necesita oírte decir que no pasa nada. Si no, no lo hará.

Otra vez tiene razón.

Pero ¿vivir sin Jimmy?

Llevan juntos desde que iban al parvulario.

—Hablaré con él —dice.

* * *

Resulta que Bernie tampoco quiere irse.

—Esto me gusta —dice—. Tiene un clima mediterráneo. Y en el desierto, si quieres salir a dar un paseo, hay que madrugar. No te ofendas, Danny, pero yo ya estoy viejo. No quiero trabajar más.

Danny no se ofende, pero no deja de parecerle irónico. Ha tomado muchas decisiones pensando en proteger a su banda, y ahora su banda se está desmoronando espontáneamente. Va a echar de menos a Bernie, su maestría con los números, su sentido común, pero el viejo se ha ganado el derecho a dictar los términos de su jubilación.

Ned sí le acompañará, por supuesto. Ha pasado la mayor parte de su vida protegiendo a Marty Ryan y pasará el resto de sus días protegiendo a su hijo.

Da igual dónde.

Los Monaguillos también se vienen. ¿Estás de coña? ¿Las Vegas? Alcohol, juego y putas: una combinación imbatible, la trinidad impía.

Pero Danny les advierte que tienen que comportarse. Va a dedicarse a negocios legales y les buscará un cometido, pero no pueden meterse en líos.

Antes de irse, Danny va a hablar con Jimmy. Quedan frente a una tienda de dónuts, en un pequeño centro comercial de las afueras de San Diego.

—Lo que daría por un Dunkin's —comenta Jimmy.

—Ahora eres californiano —responde Danny—. Starbucks, In-N-Out Burger… La próxima vez que te vea, estarás comiendo *sushi*.

—¿Cómo que «la próxima vez»? —Jimmy entorna los ojos con desconfianza, sus mejillas pecosas se arrugan.

—Tú no quieres venir a Las Vegas. Odiarías aquello. Allí todo es falso y tú eres la persona más auténtica que conozco.

—¿No quieres que vaya contigo? —Parece dolido.

—Claro que sí. —De hecho, piensa, no sé qué voy a hacer sin ti—. Pero seguramente sea mejor que nos separemos un tiempo. Es más seguro. Tú quédate aquí y vive a tu aire hasta que se calmen las cosas.

Jimmy sabe lo que está haciendo Danny. Ambos lo saben. Dice:

—Sabes que si alguna vez me necesitas…

—Lo sé.

—Estamos a cuarenta y cinco minutos en avión.

Lo dejan así.

Sin despedidas, sin abrazos.

Solo:

—Cuídate, ¿eh, Danny?

—Tú también, Jimmy.

Luego, Danny se sube al coche y se va.

20

Peter Moretti Junior vuelve de la guerra. Y ahora está en casa, en Providence. De permiso tras acabar su misión en el extranjero, pero aún con dos años de contrato por delante.

Un marine condecorado.

Estaba en primera línea del frente la noche que los blindados iraquíes invadieron Kuwait. Al principio, cuando los tanques fueron hacia ellos, se cagó de miedo, casi se mea encima, pero mantuvo la posición y devolvió los disparos.

Cumplió con su deber, hizo su trabajo.

Semper Fi.

Y ahora está otra vez en casa, en Providence.

Es la primera vez que vuelve desde el entierro de su padre. Han sido tiempos difíciles para él: primero enterró a su hermana, luego a su padre y después combatió en una guerra.

Un compañero marine, licenciado hace unos meses, va a buscarlo al aeropuerto. Tim Shea estaba a su lado cuando atacaron los iraquíes y allí seguía cuando se retiraron a todo correr.

Peter Junior aún no está listo para reencontrarse con su familia. O con lo que queda de ella. Sabe que debería ir directamente a casa a ver a su madre, que eso es lo que tendría que hacer, pero por la razón que sea se resiste a hacerlo. Quizá porque no quiere verla con Vinnie, su nuevo marido.

Mi padrastro, piensa.

Santo Dios.

Tim lo comprende. Su padrastro fue uno de los motivos por los que se alistó en el Ejército. Estaba harto de sus gilipolleces.

—¿A dónde vamos, entonces? ¿Quieres tomar una copa, ir a un club de *striptease* para acordarte de cómo es un coñito americano?

—Me gustaría ir a la tumba de mi padre —dice Peter Junior—. ¿Te parece raro?

—Qué va, para nada —contesta Tim.

Se dirigen al cementerio de Gate of Heaven, en East Providence.

—Bueno, ¿qué has estado haciendo desde que te licenciaste? —pregunta Peter Junior.

—Un poco de esto y de aquello, nada más. Beber y hacerme pajas. Si crees que te van a recibir como un héroe, vete desengañando. A nadie le importamos una mierda.

—Pero no lo hicimos por eso, ¿no?

—¿Y por qué lo hicimos, entonces?

—Por la libertad —contesta Peter Junior.

—Vale. —Tim se echa a reír.

—¿Qué pasa?

—Eres la monda, Pete. No cambias.

Llegan al cementerio.

—Te espero en el coche —dice Tim.

Peter alcanza a ver la lápida —o más bien el mausoleo— desde el aparcamiento. Es grande, con ángeles, querubines y otras chorradas esculpidas, y la Virgen María mirando a su padre. Entonces se da cuenta de que hay una mujer poniendo flores en la tumba.

—¿Heather?

Ella se da la vuelta.

—¡Hermanito! ¿Cuándo has llegado?

—Hace una hora.

—Fíjate… Casi no te reconozco. Estás hecho un hombre, un auténtico marine.

Es cierto. Es el epítome del marine, delgado y pulcro. El pelo corto, la cara bien afeitada y la tez curtida. Un joven, ya no un adolescente.

Se abrazan.

—¿Has ido a casa ya? —pregunta Heather.

—No. ¿Cómo es?

—Raro, con Vinnie allí haciendo de hombre de la casa. No voy mucho por allí.

—Están casados, Heather.

—Se casaron demasiado rápido para mi gusto —dice ella.

—¿Querías que mamá estuviera sola?

No sabe por qué siente la necesidad de defender a su madre. Heather resopla.

—Yo no me preocuparía de que Celia vaya a estar sola.

—¿Por qué dices eso?

¿Y desde cuándo llama «Celia» a su madre?

—No quiero pelearme contigo, hermanito. ¿Cómo has llegado hasta aquí?

—Me ha traído un amigo —contesta Peter Junior—. Ha ido a recogerme al aeropuerto.

—¿Por qué no me has llamado? Eso me duele.

—Porque es extraño, ¿sabes? Estar otra vez aquí.

—Que le den por culo a este sitio —dice Heather—. Es triste y espeluznante. Vamos a tomar una copa.

Peter Junior y Tim se reúnen con ella en el Eddy, en el centro de la ciudad, y se ponen a tomar chupitos.

—¿Sabe Celia que has vuelto? —pregunta Heather.

—Le dije que iba a venir, pero no exactamente cuándo.

—Se va a cabrear muchísimo cuando se entere de que no has ido directamente a verla.

—No creo que le importe mucho —dice Peter Junior—. ¿Sabes cuántas veces me escribió cuando estaba fuera?

Levanta un solo dedo.

—No te lo tomes como algo personal —le dice su hermana—. Está pedo la mitad del tiempo.

Piden otra ronda.

Cuando van por el cuarto trago, Tim dice:

—Voy a dejar que los hermanos se pongan al día tranquilamente. Tú te encargas de que este cabeza hueca llegue a casa como es debido, ¿verdad, Heather?

Los hermanos hablan de sus recuerdos de su padre, de su pena, de su dolor, del hecho de que Vinnie haya ocupado su lugar tanto en casa como en el negocio. Peter se da cuenta de que Heather parece más enfadada que triste, y de que se está conteniendo.

—¿Qué pasa?

—Nada.

—Dímelo.

Ella duda, se piensa si de verdad quiere decírselo, y luego se inclina sobre la mesa hasta casi pegar la cara a la de él.

—Lo mataron, sabes.

—Ya sé que lo mataron.

—No —dice Heather—. Vinnie y la puta de nuestra madre. Lo mataron ellos.

—¡Por Dios, Heather! —No puede creer que haya dicho eso.

—Es la verdad. Si no me crees, pregúntale a tu padrino.

—¿El tío Pasco lo sabe?

—¿Hay algo que Pasco no sepa? Mira, no sé si de verdad lo mató mamá, pero prácticamente empujó a Vinnie a hacerlo. Hasta estuvo a punto de reconocerlo delante de mí una noche que estaba borracha.

A Peter Junior le da vueltas la cabeza, y no solo por la bebida.

—Santo cielo, Heather.

—Olvídalo. Olvida que te lo he dicho.

—¡¿Cómo voy a olvidarlo?!

—Mira, ¿qué podemos hacer, de todas formas? —pregunta ella—. Vete a casa, hermanito, deja que ella te mime, que monte una fiesta. Seguro que Vinnie te encontrará algo que hacer, si eso es lo que quieres.

Pero Pete no se va a casa. Llama a Tim y le pide que lo lleve a la costa.

A casa de Pasco.

Pasco se lleva una sorpresa al verlo, pero lo deja entrar. Le hace sentarse a la barra de la cocina y le ofrece una sambuca.

—Estamos muy orgullosos de ti, Peter Junior, de lo que has hecho allí.

—Gracias.

—¿Piensas montar algo? Seguro que si hablas con Vinnie…

—¿Mató a mi padre?

—Peter…

—Eres mi padrino. Tienes que decirme la verdad.

—La verdad —dice Pasco— es que no lo sé. Eso he oído decir, sí. Pero no puedo demostrarlo.

Peter Junior encaja la noticia.

—Me han dicho que mi madre también estaba en el ajo.

Pasco suspira.

—Tus padres tenían una relación problemática, ya lo sabes. Era complicado.

O sea, que es verdad.

Peter Junior sacude la cabeza, contiene las lágrimas.

—¿Qué harías tú, tío Pasco? ¿Si estuvieras en mi lugar?

Pasco le da la respuesta más sencilla.

—Eres hijo de tu padre.

Peter Junior se desgarra por dentro. Haga lo que haga, estoy jodido, piensa. Si mato a Vinnie, soy un asesino. Si no lo mato, soy un pringado. *Eres hijo de tu padre.* Es la manera de Pasco de decirme que lo haga, de darme luz verde. Si no lo hago, soy una mierda.

Se despide y va al coche, donde lo espera Tim.

—¿A dónde vamos ahora, jefe?

—A mi casa —dice Peter Junior, y luego pregunta—: ¿Llevas armas?

—Algo llevo en el maletero —contesta Tim—. Una escopeta del doce y una Glock del nueve. ¿Por qué? ¿Vas a atracar una licorería o qué?

—No. ¿Has oído algo sobre el asesinato de mi padre?

—Esto es Rhode Island.

O sea, que todo el mundo se entera de todo.

—Tengo que encargarme de ese asunto —dice Peter Junior.

—Si hay que hacerlo, se hace y punto.

El trayecto es corto, unos diez minutos hasta la mansión de Narragansett. A Peter apenas le da tiempo a pensar, es como si el coche fuera por sí solo en esa dirección, llevándolo consigo.

—Déjame aquí y vete —dice cuando llegan cerca de la casa.

—No —contesta Tim—. Si entra uno, entramos todos. *Semper Fi.* Si tiene gente ahí dentro, yo te cubro.

—¿Estás seguro?

—No es mi primer rodeo, vaquero. ¿Te acuerdas?

Peter Junior se acuerda. Tumbados en la oscuridad, viendo el destello rojo de los cañones de las ametralladoras, Tim se reía como un cabrón.

No es la primera vez que matan de noche.

Ahora hay una garita y una verja rodeada por un muro de piedra.

¿Desde cuándo tiene mi madre una verja y un guardia?

El guardia sale y les hace detenerse. Peter se acuerda de él, era uno de los subalternos de su padre. El guardia también lo reconoce, sentado en el asiento del copiloto.

—¡Peter Junior! ¡Bienvenido! ¿Sabe tu madre que estás aquí?

—Quiero darle una sorpresa.

El guardia pulsa un botón y se abre la verja. Aparcan junto a la puerta principal de la casa. Tim abre el maletero y Peter Junior coge la escopeta, se acerca a la puerta y toca el timbre. Pasan un par de minutos: la feliz pareja, el rey y la reina, están arriba, en la cama.

Peter Junior sostiene el arma a su espalda.

La mirilla se abre.

Luego, la puerta.

Vinnie está en bata, sin nada debajo, y Peter Junior tiene un visión obscena y fugaz: el tío se estaba follando a su madre.

—Peter Junior —dice Vinnie—. No sabíamos que estabas aquí. ¿Cuándo...?

Saca la escopeta.

Vinnie se da la vuelta e intenta cerrar la puerta.

Peter Junior dispara.

El disparo impacta en la nuca, casi le arranca la cabeza a Vinnie.

Peter Junior entra en la casa, mira hacia arriba y ve a su madre de pie en la escalera. Lleva una bata de seda azul con el cinturón a medio atar y tiene el pelo revuelto.

Tim entra y cierra la puerta de una patada.

Celia sube corriendo las escaleras.

Peter Junior la sigue y la encuentra en su dormitorio, rebuscando en un cajón de la cómoda. La aparta de un tirón y la hace girarse. Ella retrocede hacia la cómoda sin darse cuenta, o sin que le importe, que se le abra la bata.

La habitación huele a su perfume.

Es nauseabundo y Peter piensa que va a vomitar. La bata tiene mariposas, mariposas y flores, y él ve el triángulo de vello entre sus piernas.

—¿Qué vas a hacer? —pregunta su madre llorando—. Peter Junior, ¿qué vas a hacer? Dios mío...

—Mató a mi padre. A tu marido.

—No.

—¡No mientas! —Carga un cartucho en la recámara.

—Soy tu madre. Te di a luz.

—¡Mataste a mi padre! ¡Estoy jodido! Estoy muy jodido.

—Mi bebé, mi niño…

Le abre los brazos, llamándolo.

Peter se queda paralizado.

Celia da un paso adelante.

Él aprieta el gatillo.

La detonación la empuja contra la cómoda. Se desliza hacia abajo manchándolo todo de sangre, se sienta con un golpe sordo y mira sus intestinos, que rebosan entre sus dedos. Luego lo mira a él.

Peter carga otro cartucho y le vuela la cabeza.

Luego baja corriendo las escaleras.

—Tenemos que salir de aquí —dice Tim.

Se suben al coche y pasan a toda velocidad junto al guardia, que va corriendo hacia la casa.

Peter Junior está fuera de sí.

—¡¿Qué he hecho?! ¡¿Qué he hecho?!

Ahora vomita. Vomita una y otra vez.

Pasco sale a abrir, alertado por los golpes frenéticos en la puerta.

Ya sabe quién es. Ha recibido varias llamadas: alguien se ha cargado a Celia y Vinnie Calfo.

Y él sabe quién ha sido.

Peter Junior está de pie en la puerta, llorando, con la camisa salpicada de sangre y de sabe Dios qué más.

—Tienes que ayudarme, tienes que ayudarme.

Pasco no le deja entrar.

—¡¿Ayudarte?!

—Tú me lo dijiste. Me dijiste que lo hiciera.

—¿Yo te dije que mataras a tu madre? —pregunta Pasco—. ¿Qué clase de animal hace una cosa así?

—No sé qué hacer —solloza—. No sé qué hacer. Por favor...

—Entrégate —dice Pasco—. O huye. O vuélate los sesos. Pero no vuelvas por aquí.

—Tío Pasco... Padrino...

—Tú no eres mi ahijado. Me avergüenzo de ti. Eres un *animale. Bruto.* Un maldito animal.

Cierra la puerta.

Peter Junior se aleja tambaleándose.

No hay ningún coche en la entrada de la casa. Tim se ha marchado.

Peter Junior echa a correr.

21

Danny conduce por el desierto.

Se dirige hacia Las Vegas por una carretera secundaria, lejos de la autopista, una calzada de dos carriles que cruza el desierto de Anza-Borrego.

Al salir de San Diego se adentró en las montañas, cruzó el pueblecito de Julian y recorrió luego veinticinco kilómetros de curvas cerradas hasta bajar al desierto.

Quizá no sea la ruta más sensata, piensa, estando solo cincuenta o sesenta kilómetros al norte de donde di el *tumbe* de Abbarca, pero Popeye ya no está, se murió, nadie sabe que estoy aquí, y necesito espacio para despejarme y aclarar mis ideas.

Quiere estar solo, y el desierto está vacío y es precioso.

Sus pensamientos no lo son tanto.

La mala conciencia lo tortura. En el inmenso vacío del desierto, sus pensamientos tienen espacio para desbocarse. Si hubiera estado allí... Si no la hubiera dejado... Si no la hubiera abandonado...

Estaría viva.

La culpa lo corroe por dentro.

Se imagina qué habría pasado si hubiera hecho tal o cual cosa, si hubiera vuelto a la casa y la hubiera encontrado inconsciente, si hubiera llamado a emergencias, si hubiera intentado reanimarla, si hubiera sentido su corazón latir de nuevo, si la hubiera visto respirar.

O si hubiera llegado antes, antes de que echase mano de la botella y las pastillas.

O si no la hubieras dejado.

Ve también el reverso de la moneda, las cosas que no vio, pero que se imagina: Diane cogiendo las pastillas, abriendo el frasco, tendida muerta en la cama.

Él ha matado a cinco personas en su vida.

Ahora ya son seis.

De las otras muertes no se siente culpable: fueron en defensa propia.

Y esta también, se dice.

Sí, la mataste para salvarte.

A pocos kilómetros del pueblo de Borrego Springs, ve a una joven en el arcén.

Lleva una blusa de estilo campesino, vaqueros desteñidos y sandalias, y la larga melena rubia suelta bajo un sombrero de cuero. Una mochila descansa junto a sus pies. Las ondas de la calima tiemblan en torno a sus tobillos.

Está haciendo autoestop.

Danny se detiene.

Ella agarra la mochila, se acerca trotando al coche, abre la puerta y sube.

—¡Gracias!

—Es peligroso estar ahí fuera —dice Danny—. Podrías morir.

—Estoy acostumbrada. ¿A dónde vas?

—A Las Vegas. ¿Y tú?

—Al este, a pocos kilómetros de aquí, a donde vivo. Supongo que podría decirse que es una comuna.

—No sabía que todavía existían.

—Esta existe —dice—. Soy Cybil.

—Danny.

Se dan la mano.

Ella se inclina y saca un porro de la mochila.

—¿Quieres colocarte?

Al principio Danny no quiere, pero luego piensa que por qué no. Hace años que no fuma hierba, o maría, o como lo llamen ahora. Desde antes de que naciera Ian.

—Vale —contesta.

—Guay. —Ella enciende el porro, aspira el humo y se lo pasa—. Ten cuidado, que es fuerte.

Sí que lo es. Danny lo nota a los pocos segundos de darle una calada (¿todavía se dice así, «dar una calada»?). Le devuelve el porro y Cybil le da otra calada. A las tres veces de pasárselo, Danny está colocado.

Cybil gira el dial de la radio.

—Soy una *deadhead*. Los sigo por ahí cuando van de gira.

—¿A quién?

Ella se echa a reír.

—A los Grateful Dead.

—Yo soy más bien de Springsteen —responde Danny.

—Clase obrera, proletariado, Costa Este…

—Eso es.

Veinte minutos después llegan a un camino de tierra, a la derecha.

—Este es mi desvío —dice Cybil.

—Te llevo hasta allí.

—¿Seguro? Son unos cinco minutos.

—No pasa nada.

La comuna está en una mina abandonada. Barracas destartaladas de adobe y madera con techo de chapa, una torre vieja y dos grandes depósitos de agua, de madera. Detrás, en un cerro, se abren varios pozos mineros apuntalados con postes.

Delante se levantan dos tipis, junto a la inevitable furgoneta Volkswagen aparcada bajo un sombrajo hecho con palos y ramas. Otro cobertizo da sombra a una mesa de pícnic decrépita en la que una chica está sentada tejiendo una pulsera.

Dos personas salen de uno de los tipis. Una de ellas es un hombre blanco que aparenta unos treinta y cinco años, con barba larga y castaña y el pelo trenzado en rastas. La otra es una joven asiática con el cabello negro, largo hasta la cintura.

Parecen recelosos hasta que Cybil abre la puerta del coche.

—Ha sido un placer conocerte —le dice Danny.

—¿No quieres quedarte un rato? —pregunta ella.

Danny duda. Ella se ríe.

—No te preocupes, no somos la familia Manson. Seguro que tienes hambre, ¿a que sí?

—Un poco.

¿Un poco?, piensa Danny. Tengo tanta gusa que podría comerme el asiento del coche.

—Pues quédate a comer algo. —Cybil abraza al hombre y a la mujer. Luego dice—: Danny, estos son Harley y Mayling. Chicos, este es Danny. Me ha traído en coche.

—Bienvenido, tío —le dice Harley mientras Danny sale del coche. Luego mira a Cybil—. ¿Has conseguido el…?

Ella asiente con la cabeza y da unas palmadas a su mochila.

—¿Hay algo de comer? Estamos hambrientos.

Danny la sigue hasta el cobertizo de la mesa de pícnic y ve un bidón de aceite cortado por la mitad con una parrilla encima. Sobre las brasas hay colocada una gran olla. Cybil sirve dos cuencos.

—Chili vegetariano.

Puede ser, piensa Danny, pero sabe a tierra. Aun así, lo engulle con ansia.

Harley se sienta a su lado.

—Danny, ¿qué te trae por aquí?

—No soy policía, si te refieres a eso.

—¿Qué eres, entonces?

—Empresario.

—Un empresario cruzando el desierto en coche —dice Harley—. Qué interesante.

—Quería ir a Las Vegas por otra ruta —dice Danny—. Estoy harto de la Quince.

—Es muy fea. —Harley lo mira con fijeza—. Juraría que te conozco de algo. ¿Nos hemos visto en algún sitio?

—No, que yo recuerde. —Danny supone que puede haber visto su foto en un tabloide en el supermercado o algo así.

—Habrá sido en otra vida —responde Harley.

—Será eso. —Danny quiere cambiar de tema—. Bueno, ¿qué hacéis aquí?

—¿Que qué hacemos? —pregunta Mayling—. Vivir.

Se acercan otras dos personas, Hannah y Brad, la mujer a la que Danny ha visto tejiendo y otro joven que al parecer acaba de levantarse y aún se está acostumbrando a la luz del sol. Entre todos le cuentan cómo viven: hacen manualidades, artesanía y música, y una vez a la semana, más o menos, van a Borrego Springs a comprar provisiones, aunque sobre todo rebuscan en los contenedores.

—Los restaurantes tiran mucha comida —explica Cybil.

Danny piensa que va a vomitar el chile vegetariano, pero la marihuana lo ayuda a contener las náuseas.

—¿Qué hacéis para ganar dinero?

—No necesitamos mucho. Principalmente hacemos trueque —contesta Harley. Tiene los dientes mellados y una sonrisa casi lobuna—. Y a veces vendemos un poco de maría.

Apunta con la barbilla al sur, hacia la frontera.

Danny intenta entender de qué van: dos tíos y tres tías viviendo juntos. Cybil se da cuenta y se echa a reír.

—Somos poli.

—Ni idea de qué es eso —dice Danny. ¿Politoxicómanos, quizá?

—Poliamorosos.

—La monogamia es propiedad —explica Mayling—. La exclusividad excluye.

Vale, piensa Danny. Se pregunta qué habría dicho Terri sobre la exclusividad excluyente: «De eso se trata, boba».

—Bueno, gracias por la comida —dice—. Ha sido un placer conoceros.

—Quédate unos días —propone Cybil.

—Tengo que irme.

—Las Vegas va a seguir donde está —insiste ella—. Tómatelo con calma, échate una siesta. Eso voy a hacer yo.

Estoy cansado, se dice Danny.

Está cansado, fumado y todavía nota los estragos del alcohol en su organismo. Las ganas de acostarse, de dormir, son poderosas. Pero no se trata solo de eso, sino de esa idea de vivir sin más, de dejar de lado las responsabilidades y dedicarse simplemente a vivir durante un rato.

Sigue a Cybil por el campamento. Quedan dos letrinas de los tiempos en que la mina funcionaba. Un saco impermeable, colgado de un trípode de madera, sirve de ducha. Danny se fija en las tiras de luces de Navidad que hay colgadas por ahí y luego ve un generador de propano.

—Lo encendemos algunas noches, cuando queremos electricidad —explica Cybil.

Se para delante de un pozo excavado en el cerro. Una rama de palo verde, pintada con aerosol dorado, hace de puerta.

—Un toque personal —dice Cybil al apartarla.

Se agacha para entrar.

Danny tiene que ponerse a cuatro patas para seguirla.

Está oscuro como boca de lobo.

—Espera aquí —le dice ella.

Danny la oye moverse y un momento después aparece una llamita y ve su morada. Un saco de dormir, una almohada, una docena de velas, un cajón que hace las veces de estantería con unos cuantos libros de bolsillo y algunos volúmenes viejos de tapa dura. Un montón de casetes y un *walkman*.

Una mandolina.

Cybil se quita la ropa, se tumba y da unas palmaditas en el saco de dormir, invitándolo a echarse. Danny se tumba a su lado.

—Estoy demasiado fumada para follar —le dice ella.

—No pasa nada.

A los pocos segundos, está dormido.

Harley da una larga calada a la pipa y se la pasa a Brad.

—Sé que conozco de algo a ese tío.

Brad dice:

—Yo sé quién es.

—¿Ah, sí?

Harley espera que se explique, pero Brad se limita a dar una chupada a la pipa y se queda con la mirada perdida.

—¿Quién es? —pregunta Harley.

—Lo vi en un periódico la última vez que estuvimos en el pueblo —dice Brad—. Es un mafioso que está saliendo con una actriz o algo así. Están haciendo una película juntos o no sé qué movida.

—¿Sabes cómo se llama?

—Dame un segundo. —Brad se concentra profundamente. Luego dice—: Danny Ryan.

El nombre le suena.

—¿Estás seguro?

—Sí, ¿por qué?

Harley ha oído ese nombre. No por alguna gilipollez de Hollywood, sino por sus contactos en el mundo de la droga.

—Voy a coger la furgoneta para ir al pueblo —dice.

—Vale.

Tiene que hacer una llamada.

Cybil se arrodilla sobre el saco de dormir y mete la mano bajo la almohada.

—Danny, ¿quieres colocarte de verdad?

Saca un puñado de pequeñas setas de color marrón claro.

—Setas mágicas. Alucinógenas. Son muy parecidas al ácido, pero naturales. Vamos a comérnoslas todos esta noche.

—No, creo que no me apetece.

—Venga ya —dice ella—. Relájate. Te servirán para entrar dentro de tu cabeza.

—Yo solo entraría dentro de mi cabeza con una linterna y una pistola —responde Danny.

—Yo estaré contigo —dice Cybil—. Seré tu guía.

Le tiende la mano con una seta entre los dedos, como un cura ofreciéndole la hostia consagrada.

Introibo ad altare Dei.

Danny coge la seta.

—¿Qué hago con ella?

—Mastícala y luego te la tragas.

Él obedece. Le sabe amarga y tuerce la cara. Cybil se ríe y también se come una. Luego le pasa otra.

—¿Seguro? —pregunta Danny.

—Sí, claro.

Danny coge la seta, mastica y traga.

Este es mi cuerpo.

Peter Junior cruza los brazos y se balancea. Sentado contra un árbol, junto a la Ruta 1, no sabe qué hacer ahora.

No puede creer lo que ha hecho.

—¿Qué has hecho, qué has hecho? —se pregunta mientras se mece adelante y atrás.

Has matado a tu madre, piensa.

Creía que Pasco acudiría en su ayuda, que su padrino se

serviría de su poder para esconderlo, para ayudarlo a escapar hasta que se calmaran los ánimos. Que estaría orgulloso de él por haber matado a Vinnie y se encargaría de echar tierra sobre el asunto.

Pero me llamó animal, monstruo.

Puede que lo sea.

Hace frío y tiembla. Ve un coche venir por la carretera, se levanta y saca el pulgar.

El coche se para.

Peter Junior corre hacia él.

La ventanilla del pasajero baja. El conductor pregunta:

—¿A dónde vas?

—Adonde tú vayas —contesta él.

—Voy a Westerly.

Desbloquea la puerta y Peter Junior entra. Westerly está en la frontera con Connecticut, así que al menos podré salir del estado, piensa.

—Es bastante tarde para estar haciendo autoestop —comenta el tipo. Es un hombre maduro, puede que un pescador.

—Un amigo me ha dejado tirado.

—Pues vaya amigo.

—Sí.

Semper Fi.

El tipo lo deja en el centro del pueblo y él busca una cabina telefónica y llama a Heather.

—La policía ha estado aquí —le dice su hermana—. Dios mío, Peter, ¿le disparaste a mamá?

Ahora es otra vez «mamá», piensa él.

—No sé qué pasó. Vino hacia mí. No sé qué hacer, Heather.

—Yo tampoco lo sé.

365

—¿Puedes venir a buscarme? —pregunta—. ¿Llevarme a algún sitio?

—La policía acaba de estar aquí.

—Pero ya se han ido, así que puedes venir, ¿no?

Silencio.

—Heather, por favor.

Más silencio.

Luego, el pitido de la línea.

Eso es todo, piensa Peter Junior.

Estoy solo.

Un animal perseguido, solo en la noche.

Oscuridad.

No, oscuridad no.

Negrura.

Tan negra que fuera no se ve nada, solo puedes mirar hacia dentro. Dentro de mi cabeza, piensa Danny, dentro de la puta cabeza de Danny Ryan, una linterna y una pistola, una linterna y una pistola, vamos a divertirnos, una linterna y una pistola. Oh Danny Boy, suenan las gaitas… El verano se ha ido y las rosas se han marchitado, han caído todas alrededor de mis pies, pétalos pisoteados, olor a flores muertas pudriéndose sin sol, el hedor dulzón y repulsivo de la muerte que no se te va de la nariz, el recuerdo de cuando desenterraste a Pat que llevaba días muerto en su tumba poco profunda, de cuando lo sacaste de la tierra del polvo flores caídas todas las rosas marchitas si yo también estoy muerto y puede que lo esté vendrás a buscar el sitio en el que yazgo y te arrodillarás y rezarás un avemaría por mí, nosotros no nos arrodillamos no cantamos Jimmy y yo te desenterramos y te envolvimos en una manta y te metimos en la parte de atrás del coche oh Pat Pat Pat las gaitas están tocando esas memeces nostálgicas de Irlanda yo nunca he visto el viejo terruño así a mí qué más me da Oh Danny Boy oh lágrimas de cocodrilo oh dejadme en paz de una puta vez emborracharse el Día de San Patricio eso es para aficionados los profesionales se emborrachan a diario de día y de noche mi padre era un borracho un viejo amargado con el cerebro como sopa de almejas, auténtica sopa de almejas de Rhode Island hecha con caldo claro no con ese puré que parece vómito de bebé o esa porquería de salsa de tomate que es una abominación una ofensa contra el Señor, Dios mío estoy jodido, jodido de verdad, jodido del todo *introibo ad altare Dei* acércate al altar de Dios así de jodido estoy ¿te acuerdas de cuando Pat quería meterse a cura y ponía una mosquitera en el armario y te confesaba pero tenían que ser pecados inventados no auténticos porque eso habría sido pecado mortal así que decías tonterías como que habías asesinado a Lincoln o matado a Superman o robado el diamante Hope y Pat te ponía de penitencia tres padrenuestros cinco avemarías un acto sincero de contrición la fase de querer meterse a cura se le pasó cuando le vio las tetas a Sheila por debajo de una blusa blanca ceñida y entonces pasó por la fase quiero-meter-la-mano-debajo-de-esa-blusa la misma que pasaste tú con su hermana Terri aunque por Dios santo tú jamás se lo habrías dicho a él porque te habría pegado un puñetazo en la nariz? ¿Te acuerdas de esa vez que te preguntó si te estabas tirando a su hermana y le dijiste no exactamente y él preguntó que qué coño querías decir con eso y tú contestaste que no del todo, que solo le metías mano? Terri era una buena chica católica y una buena hija no iba a entregarse así como así las monjas les decían que pusieran una guía telefónica encima del regazo de los chicos si tenían que sentarse encima de alguno en un coche para no sentir su cosa y los chicos italianos decían que con los irlandeses bastaba con poner un periódico y ni siquiera hacía falta que fuera el del domingo.

Terri la pobre Terri otra flor caída diagnóstico esa palabra horrenda esa palabra diabólica qué clase de Dios castiga a los buenos con el mal Terri nunca hizo nada él recuerda su cara cuando le dieron el diagnóstico las pruebas que siempre salían mal no podía ni descansar ni un momento de respiro la quimio el goteo la mierda que le metían en el brazo en las venas en la sangre la dejó allí muriéndose y se dio a la fuga abandonó a su mujer al diagnóstico al invierno cuando la enterraron seguramente tuvieron que usar un soplete para descongelar la tierra fría y dura y poder cavar Dios no podía dejar que muriera en el dulce y cálido verano está todo tan oscuro tan negro.

Danny se arrastra sobre su vientre, se estira hacia delante como si pudiera impulsarse hacia una luz que no existe.

La muerte.

La siente por todas partes, en torno suyo y dentro de sí. La muerte, la enfermedad, el cáncer que mató a su mujer, la podredumbre que carcomió a su padre, la siente en la piel, en los huesos, dentro de los huesos, médula mortal, podredumbre del ser, putrefacción de los huesos, nacido para el pecado y la corrupción.

Ahora monstruos, los diablos y los demonios de su infancia los esbirros de Satanás de los que le hablaban las monjas le clavan rastrillos en la piel que arde, arde sin cesar por los siglos de los siglos amén ve sus caras horribles le sonríen con sus colmillos afilados y llenos de sangre los oye sisear dice «Dios mío siento de corazón haberte ofendido y reniego de todos mis pecados y oye Demasiado tarde tonto del culo» se saca la pistola del cinturón y dispara los destellos rojos del cañón hienden la oscuridad la hacen sangrar quiere matarlos a todos pero Cybil dice que solo están en su cabeza así que deja de disparar y ahora oye agua correr, olas que rompen en una orilla que no es la del océano es un remolino, un torbellino de lodo y suciedad los detritos de su vida y sus pecados ve a Jardine el poli corrupto la sucia barba le ha crecido estando muerto, tiene las uñas largas y la ropa le cuelga hecha jirones va de pie en un bote cruzando el canal, Danny lo reconoce ahora es el viejo canal, el paso entre Goshen y Gilead y sabe que tiene que cruzarlo pero los muertos vienen detrás se precipitan hacia el canal pasan por encima de él lo pisotean son los muertos de la larga guerra corren hacia el ferri, hacia el barquero pero Danny recuerda que no hay ferri, que para cruzar el viejo canal saltaban al agua y nadaban dejándose arrastrar por la corriente que los llevaba hasta las rocas del otro lado y le pregunta a Cybil ¿Qué están haciendo? ¿A dónde van? Ella dice quieren cruzar pero no pueden porque no están en paz y ahora Danny está al borde del canal y Jardine dice no puedes cruzar, hijo de puta, no estás muerto Cybil dice tienes que pagarle, ¿cuánto? pregunta Danny, me debes millones dice Jardine me quitaste el dinero y la vida y Cybil dice conoces las ramas doradas que hay delante de mi casa te las daré, llévalo, Danny se sube a la barca junto a Jardine pero ya no es Jardine es Liam el puto Liam Liam el que lo empezó todo Liam con un agujero en la cabeza mira a Danny y dice te follaste a mi mujer Danny dice que no que no lo hizo pero Liam contesta en el cine te la follaste en el cine que es mucho mejor tendría que haber sido yo todo el mundo dice

370

que soy tan guapo como una estrella de cine no como tú mamón y entonces Danny oye el aullido de unos perros pero es absurdo que haya perros aquí no son perros en realidad sino coyotes y él sigue su aullido.

Fuera del pozo al aire libre hay una fiesta en marcha gente bailando a la luz de la luna *espíritus en la noche espíritus en la noche, levántate ahora* Danny se levanta se yergue como una persona como un ser humano no como un animal que se arrastra en la oscuridad se levanta y ve cuerpos teñidos de rojo por la luz de una hoguera cuerpos que se retuercen al ritmo de una música extraña flautas y guitarras tal vez Grateful Dead, agradecidos quizá de no estar muertos ve a Cybil delante de él llamándolo invitándolo a seguirla al desierto a la pista de baile él la sigue se aleja de la hoguera se adentra en la cruda noche y entonces…

Ve a Peter Moretti con el pelo negro chorreando me he enterado de que estabas muerto dice Danny me dispararon en la bañera te lo puedes creer pregunta Peter ya no puede uno ni darse un baño Cassie está allí tumbada en la bañera con el pelo extendido como algas flotando en la marea dos agujeros limpios en la frente ve a Danny y dice intenté advertirte él contesta lo siento, siento mucho no haberte escuchado ella dice ¿sabes eso que dicen de que cuando empieza a llover sopa los irlandeses salen a la calle con tenedores? es bueno, ¿eh?

Pat se acerca ¿estás tratando de tirarte a mi hermana? a esta no dice Danny a la otra Pat dice mis dos hermanas están muertas, Pat su mejor amigo más que un cuñado más que un hermano Pat arrastrado por un coche, trozos de su cuerpo tirados en la calle trozos de Pat trozos de Pat ahora dice Dios mío Danny la has cagado la has cagado de verdad te dejé al mando

¿qué ha pasado? Danny dice lo siento Pat lo hice lo mejor que pude pero no bastó no soy tú nunca lo fui nunca lo seré tienes que serlo dice Pat ¿por qué? Porque no hay nadie más.

Solo Danny Ryan Danny Ryan Danny Ryan las gaitas las gaitas, Pat dice ¿sabes cuál es diferencia entre tú y yo, Danny? que tú verás salir el sol de nuevo, y entonces se va.

Danny se aleja del campamento y se adentra solo en el desierto lejos de Cybil lejos de su guía y ve a Terri.

Sin tubos, sin fluidos filtrando la morfina en su sangre sino tumbada en la arena como solía tumbarse en la playa sobre el codo con la cabeza apoyada en la mano dice me dejaste y él contesta me dijiste que lo hiciera me dijiste que cogiera a nuestro hijo y me fuera y ella dice claro puede que fuera la única vez que hiciste lo que te decía y se ríe y dice te dije que querías tirártela a quién pregunta él a la mujer que salió del agua, a Pam ese día que empezó todo vi cómo la mirabas de arriba abajo cómo le mirabas las tetas y supe que querías tirártela y por fin lo has hecho y él dice que lo siente y Terri dice no, me alegro por ti, Danny, si yo pudiera follarme a Robert Redford lo haría pero no puedo porque estoy muerta pero me alegro por ti de verdad creía que no ibas a atreverte me pone un poco cachonda ven aquí y fóllame él dice vamos a casa ella dice no aquí en la playa pero cuando él va a tumbarse a su lado para sentir el vello suave de sus brazos y oler el dulce aroma a vainilla de detrás de sus orejas solo hay arena y se levanta otra vez y va a buscarla entre las estrellas que allí parecen estar tan cerca que es casi como si pudieras estirar la mano y coger alguna están tan cerca en esta noche suave del desierto y Danny se aleja más y más y entonces ve a

Diane caminando, vagando por la arena a la luz mortecina de la luna, tenue, brumosa, los ojos fijos en el suelo Danny la sigue va tras ella la llama pero ella no se detiene se aleja de él no lo ve o finge no verlo Danny pregunta ¿fue culpa mía? lo siento, no quería hacerte tanto daño, no quería irme, dejarte, tuve que hacerlo para salvarnos a los dos pero nunca pensé que… no imaginé que harías eso no te alejes de mí Diane por favor háblame dime que me perdonas dime que me odias di algo háblame por favor Diane pero ella sigue caminando, se aleja sin mirarlo. Ha amado a dos mujeres en su vida dos mujeres que han muerto pétalos de rosa desprendidos del tallo flotando flotando alejándose de él.

Se yergue y llora tapándose la cara con las manos las lágrimas le corren por entre los dedos y se encorva y solloza no puede parar no puede detener la pena que mana de él como una ola que se precipita que rompe en espuma blanca que atraviesa sus oídos el agua salada se le mete en la nariz en la boca el dolor del pecho le pesa tira de él hacia abajo la ola lo aplasta lo empuja hacia abajo lo lastra sus lágrimas se mezclan con el agua lágrimas calientes en el frío océano, sal a la sal.

La ola rompe en la playa y lo arroja sobre la arena Cybil está a su lado todavía oyen la música mandolinas guitarras tambores platillos flautas ella se mueve al compás de la música es más dura de lo que pensaba tiene los bordes duros los huesos duros, duros los músculos del vientre tan suave por dentro tan suave y húmedo, pegajoso suave y cálido su polla se hincha se hincha ella dice está bien quiero que lo hagas y él se muere dentro de ella.

Más aullidos, ahora humanos, gritos canciones música y entonces Cybil lo llama para que se una a la fiesta para que celebre la luna y las estrellas, el coño, la polla, la mierda, la orina la tierra la arena la vida de todo ello pero él no quiere estar con gente, quiero ver a mi padre dice mi padre, quiero buscar a mi padre Cybil dice puedes ver lo que imagines tu cabeza te llevará a donde quiera ir él se levanta y avanza tambaleándose por un camino por un barranco hasta el cerro detrás del campamento allí hay un oasis de hierba verde y hasta algunos árboles, sube a la cima del cerro.

Un fuego ahora, detrás del campamento, las altas llamas se elevan delante de las torres, las pavesas se arremolinan en el cielo nocturno los ángeles regresan a la gloria purificados por el fuego de este infierno terrenal.

No soy una pavesa, piensa Danny, nunca me elevaré así ninguno de nosotros podrá hacerlo ninguno de nosotros los ladrones, los estafadores, los traficantes, los chantajistas, los asesinos. Los perdonados vuelan, los no perdonados estamos anclados a la tierra, encadenados al suelo por nuestros pecados por esas cadenas tan pesadas, gemimos aquí morimos aquí.

Arriba aún, sin embargo, en lo más alto todavía, Danny lucha por salir, se esfuerza por liberarse de esta crisálida, pero está atrapado y se oye a sí mismo decir ya está saliendo el sol rojo como una rosa y Marty está allí, sentado de cara al este, dice ¿qué coño haces con una *hippie,* imbécil, qué vas a hacer ahora, abrazarte a los árboles y mascar muesli? Danny va a abrazarlo pero Marty se aparta ojalá estuviera en Carrickfergus, Danny dice solo quiero un abrazo. ¿Es que también te has vuelto marica? Madre de Dios. Se sientan en silencio, miran el desierto vacío, silencioso, hasta que Marty dice ¿qué cojones haces comiendo setas? Tienes un hijo. ¿Qué haces aquí sentado, tonto del culo? Tienes un hijo, una familia que cuidar Danny dice Tú nunca cuidaste de los tuyos nunca cuidaste de mí Marty contesta Estoy cuidando de ti ahora, ¿quieres ser como yo quieres vivir con esos remordimientos con esa pena con ese dolor solo por las noches en Ballygrant? Levántate, joder, levántate de una puta vez.

Levántate, se dice Danny. Levántate levántate Marty ese padre de mierda tiene razón tienes un hijo tienes que volver tienes que hacer de padre no le hagas lo que tu viejo te hizo a ti esto tiene que acabarse en algún momento tiene que terminar tienes que ponerle fin no hay nadie más.

Se levanta.

Baja del cerro por el barranco de espaldas al sol que acaba de salir regresa hacia el campamento y mientras camina piensa que se le está bajando el subidón pero entonces ve la peor alucinación, la imagen más horrenda, los peores monstruos los cuerpos desnudos atados a postes con los brazos estirados hacia arriba las muñecas atadas los tobillos atados a los postes, Brad, Hannah, Mayling. Harley, desnudo, su polla obscena su cara crispada de rabia y terror. Cybil, su cuerpo largo y delgado, con los bordes duros y tensos hasta casi romperse las lágrimas arrastran el polvo de su cara y sus hombros tiemblan mientras solloza y Danny comprende que aún no ha vuelto de la tierra de los muertos porque frente a él ve a un tuerto gigantesco a un cíclope.

Popeye.

Se acerca a él y le pregunta:

—¿Estás muerto?

—¿Parezco muerto?

—No lo sé.

Pero no está muerto, está vivo y es de carne y hueso.

Danny ve a otros hombres de pie a su alrededor, armados. Un semicírculo de todoterrenos, formando un arco como carretas en una vieja película del Oeste. Reconoce al hombre que está al lado de Popeye, lo recuerda del *tumbe,* es el hombre al que dejaron atado en el suelo.

Neto Valdez lo mira y dice:

—Te lo dije. Toda tu familia y tú. *Muerte.* Y despacio, además.

Harley grita:

—¡A mí no! ¡Yo soy quien os avisó!

Se retuerce y forcejea.

Unos brazos agarran a Danny, le hacen ponerse de rodillas a puntapiés, le atan las manos a la espalda.

Popeye le habla.

—¿Esta es tu familia? ¿Tu pequeña familia *hippie?*

Danny debería haberlos matado a todos.

Ahora lo sabe.

Pero Danny Ryan no es así.

Ese ha sido siempre su problema: que aún cree en Dios. En el cielo y el infierno y todas esas milongas.

Está de rodillas, con una pistola apuntándole a la cabeza. Los demás lo miran con ojos suplicantes y aterrorizados, sujetos a postes, con las muñecas y los tobillos atados.

El aire del desierto es frío al alba y Danny tirita arrodillado en la arena mientras sale el sol y la luna es un recuerdo que se desvanece. Un sueño. Puede que la vida no sea más que eso, piensa: un sueño.

O una pesadilla.

Porque incluso en sueños, se dice, pagas por tus pecados.

Un olor acre hiende el aire sereno y fresco.

Gasolina.

Entonces oye decir:

—Vas a ver cómo los quemamos vivos. Y después te toca a ti.

Así que así es como muero, piensa.

Popeye le hace una seña a Neto con la cabeza.

Neto coge una lata grande de gasolina.

Cybil grita y suplica:

—¡Por favor, por favor, nooooo!

—Ella primero —ordena Popeye.

Alguien agarra a Danny por la barbilla desde atrás y le levanta la cara, lo obliga a mirar.

Ve los ojos de Cybil desorbitados por el terror.

Neto levanta la lata de gasolina.

—¡Por favooooor! —grita Cybil—. ¡Noooooooo!

Neto vierte la gasolina sobre la cabeza de Popeye.

Luego enciende una cerilla y se la lanza.

Danny ve dar vueltas a Popeye como una antorcha giratoria.

Los hombres se ríen.

—Estábamos hartos de sus pendejadas. —Neto escupe en la arena—. ¡Ya era hora!

Baja la mirada hacia Danny.

—No te preocupes, *pendejo*[7], los voy a matar en un santiamén. —Saca una pistola.

—Déjalos a ellos —dice Danny—. No tienen nada que ver con esto.

—¿Ni el que te vendió? —pregunta Neto—. ¿No quieres vengarte?

Danny sacude la cabeza.

---

[7] En español en el original. *(N. de la T.)*

—Podrías haberme matado y no lo hiciste —dice Neto—. Estamos en paz.

Se enfunda la pistola y da órdenes en español.

Unas manos desatan a Danny.

Cae de bruces.

Escucha pasos, puertas de coches, motores.

Cuando vuelve a levantar la vista, se han ido.

El sueño se desvanece.

La larga noche ha acabado.

Rompe el día.

AGRADECIMIENTOS

Nadie escribe un libro él solo.

Es una ilusión.

Cuando bajo por la mañana, doy la luz, me preparo esa primera taza de café imprescindible y enciendo el ordenador, estoy ya en deuda con el conocimiento y la labor de miles de personas a las que ni siquiera conozco.

Conozco, sin embargo, a gran número de personas sin las que mi trabajo no solo sería imposible, sino que además adolecería de falta de calidad y deleite.

A mi amigo y agente, Shane Salerno: no tengo palabras para expresarte mi agradecimiento, así que tendrá que bastar con un simple «gracias». Menudo camino hemos hecho, hermano.

A Deb Randall y Ryan Coleman, y a todo el equipo de The Story Factory: quiero que sepáis lo mucho que os valoro y aprecio.

A Liate Stehlik de William Morrow: no imaginas cuánto significan tu fe y tu confianza en mí. Le has dado un hogar a un autor un tanto errante.

A mi editora, Jennifer Brehl: sin ti esto no sería una novela, sería un simple manuscrito. Este libro le debe mucho a tu buen gusto, tu criterio, tu entusiasmo y tu apoyo. Nunca te lo agradeceré lo suficiente.

A mi correctora, Laura Cherkas: acepta, por favor, mi contrición por mis pecados y mi gratitud por haberlos redimido. Me has salvado de muchas faltas sonrojantes.

A Brian Murray, Andy LeCount, Julianna Wojcik, Kaitlin Harri, Danielle Bartlett, Jennifer Hart, Christine Edwards, Andrew DiCecco, Andrea Molitor, Ben Steinberg, Chantal Restivo-Alessi, Frank Albanese, Nate Lanman y Juliette Shapland: todo mi agradecimiento por el enorme esfuerzo y el fantástico trabajo que hacéis en mi nombre.

A todo el equipo de márketing y publicidad de HarperCollins/William Morrow: sé que no podría hacer mi trabajo si vosotros no hicierais el vuestro tan bien y tan infatigablemente.

A mi abogado, Richard Heller, gracias de todo corazón.

A mis seguidores en las redes sociales, @donwinslow en Twitter, #DonWinslowBookClub, y a las tropas de #WinslowDigitalArmy, mi más sincero agradecimiento por hacer a mi lado este camino. ¡Adelante!

A todos los libreros: no sé dónde estaría sin vosotros, pero no estaría donde estoy. Gracias por tantos años de apoyo, hospitalidad y amistad.

A mis lectores, mi humilde gratitud por la inspiración, el respaldo y el cariño que me habéis brindado a lo largo de mi carrera. Habéis hecho posible que viva de lo que me apasiona y, a fin de cuentas, vosotros sois lo que cuenta.

A las muchas personas y lugares que me han brindado amistad, diversión, alimento y mucho más: David Nedwidek y

Katy Allen, Pete y Linda Maslowski, Jim Basker y Angela Va-llot, Teressa Palozzi, Drew Goodwin, Tony y Kathy Sousa, John y Theresa Culver, Scott y Jan Svoboda, Jim y Melinda Fuller, Ted Tarbet, Thom Walla, Mark Clodfelter, Roger Bar-bee, Donna Sutton, Virginia y Bob Hilton, Bill y Ruth Mac-Eneaney, Andrew Walsh, Jeff y Rita Parker, Bruce Riordan, Jeff Weber, Don Young, Mark Rubinsky, Cameron Pierce Hughes, Rob Jones, David y Tammy Tanner, Ty y Dani Jones, Deron y Becky Bisset, la «prima» Pam Matteson, David Schniepp, Drift Surf, Quecho, Java Madness, Jim's Dock, Cap'n Jack's, The Coast Guard House, Las Olas, Peaches, The Seaview Market y Right Click: gracias a todos.

Y, cómo no, a mi hijo, Thomas, y a mi esposa, Jean, sin los que… En fin, ya sabéis. Sois más de lo que nunca soñé.

Nadie escribe un libro él solo.